भगवान नही, मुझे इंसान चाहिए

श्री देबाशीष भट्टाचार्य

BlueRose ONE .com
Stories Matter
NewDelhi • London

BLUEROSE PUBLISHERS
India | U.K.

BlueRose ONE
Stories Matter
NewDelhi • London

For permissions requests or inquiries regarding this publication, please contact:

BLUEROSE PUBLISHERS
www.BlueRoseONE.com
info@bluerosepublishers.com
+91 8882 898 898
+4407342408967

ISBN: 978-93-5989-396-9

Cover design: Muskan Sachdeva
Typesetting: Pooja Sharma

First Edition: February 2024

समर्पण

इस कहानी को लिखने का लेखक को कोई श्रेय नहीं है। कलम हाथ में पकड़ने से नहीं लिखा जा सकता है, जब तक कि कहानी की पूरी संरचना मानव के मस्तिष्क में ठीक से समाहित न हो जाए, तब तक कहानी को लिखा नहीं जा सकता। यह पुस्तक परम पूजनीय श्री श्री बाबामणि को समर्पित है। उनके आशीर्वाद से लेखक लेखन की दुनिया में अपने कदम को आगे बढ़ाया है, लेखक का उनके चरणों में अनन्तकोटि प्रणाम।

पावती

माननीय डॉ. विश्वनाथ दास, भूतपूर्व प्रोफेसर, प्रेसीडेंसी विश्वविद्यालय, कोलकाता, जिन्होंने साहित्य जगत में चलने के लिए लेखक को विशेष रूप से मदद की, मैं उन्हें प्रणाम एवं श्री सुशील कुमार मिश्रा जिन्होंने यह पुस्तक हिंदी में लिखने के लिए लेखक को भरपूर सहयोग किया, उन्हें हार्दिक धन्यवाद देता हूँ।

प्रस्तावना

वर्तमान सामाजिक व्यवस्था, राजनीति और आम लोगों के सोचने के तरीके में आए असाधारण बदलाव से ऐसा लगता है कि हमारे अतीत का स्वर्ण युग समाप्ति की ओर आगे बढ़ रहा है। हम इंसान हत्या, हिंसा, नीच मानसिकता और लालच के कारण एक-दूसरे के प्रति प्रेम से बने मेल-मिलाप के सेतु को नष्ट करके, मानव सभ्यता के सीने पर नफरत के काले धब्बे लगाने और इस सुनहरे दुनिया को खून से रँगाने में लगे हुए हैं।

संघर्ष के कारण मानव जीवन की शब्दावली से 'भाईचारा', 'मित्रता', 'रिश्तेदारी', और 'सौहार्द' शब्द जल्द ही मिट जायेंगे। अगर हमारे मस्तिष्क से गलत सोच और संकीर्ण भावनाएँ प्रेम की गंगा जल से साफ नहीं किया गया, तो हमारा खून पृथ्वी के चारों ओर फैल जाएगा, क्योंकि लोग प्यार की प्यासी न होकर नफरत के राक्षसी खेल में प्रवेश करने के लिए दृढ़ संकल्प रहेंगे। वेदनापूर्ण हृदय में आत्मा की पुकार सुनी, एक रास्ता अभी भी जीवित है, यदि हम प्रेम के धागे से एक मिलन सेतु का निर्माण करते है, तो सभी मनुष्यों के अंदर भाईचारे के रिश्ते स्थापित हो जायेंगे, तब पृथ्वी पर ख़ुशी की लहर फ़ैल जायेगी। एक असाधारण प्रेम कहानी, साथ ही मनुष्य के समाज में अच्छे इंसान बनने का मार्ग दर्शाते हुए यह पुस्तक "भगवान नहीं मुझे इंसान चाहिए" प्रकाशित किया है। मुझे पूर्ण विस्वास है कि यह पुस्तक दुनिया के सभी पाठकों के पास एक अच्छे संदेश ले आएगा और सभी के दिलों को छू लेगी। यह भावना जागृत कर देगी कि प्रेम ही मानव जीवन का मुख्य उद्देश्य है एवं प्रेम के बिना। जीवन अपूर्ण है।

सुधीर गहरी साँस लेते हुए पीछे मुड़कर देखा कि जयंती बहुत पीछे रह गई। छह माह के बेटे को सीने से लगाकर वह ठीक से दौड़ नहीं पा रहा है, तेजी से पीछे की ओर चलता है और लड़के को उनकी बाँहों से खींचकर अपनी छाती से लगाकर धीरे से बच्चे के गाल को कई बार चूमा और फिर जयंती को सौंप दिया।

सुधीर: "जयंती....तुम थोड़ा जोर से दौड़ो, ये हमारी जिंदगी की आखिरी रेस है, अगर तुम यहीं रुक जाओगी तो हमारे ज़िगर के टुकड़े की जिंदगी यहीं रुक जाएगी। हमें अभी भी बहुत दूर जाना है, अगर उन लोगो ने हमें पकड़ लिया तो वे हम तीनों को यहीं मार डालेंगे।"

पीछे भीड़ की चीखें, सबके हाथ में कोई न कोई हथियार; किसी के हाथ में लाठियां हैं, तो किसी के हाथ में कटलरी, चाकू, भाला, कुल्हाड़ी....मतलब यह है कि लोगो के घर से जो कुछ भी मिला लेकर आए हैं, ताकि उनका किसी तरह कतल किया जा सके। सुधीर और जयंती के पीछे भागते हुए विशाल जनता में से किसी ने चिल्लाकर कहा, "लड़के को पकड़ो, इसलिए कि वे किसी भी प्रकार बच न सकें; उन्होंने हमारे पूर्वजों के चेहरे पर कलंक लगा दिया है, उन्हे हर हाल में ख़त्म करना ही होगा।"

जयन्ती एक कुलीन परिवार की ब्राह्मण लड़की है, और सुधीर एक शूद्र किसान परिवार का अर्ध-शिक्षित लड़का है। दोनों के प्यार पर गाँव के सभी लोगों को आपत्ति थी; इसलिए वे काफी समय तक आवारा लोगों की तरह इधर-उधर छिपते और भागते रहे। आख़िरकार गाँव के लोगों को इसकी भनक लग गई, और वे उन्हें मारने की नियत से उनके पीछे पड़ गए। एक सुनहरा परिवार बसाने का सपना लेकर सुधीर और जयंती ने कौवों की तरह तिनका इकट्ठा किया, और किसी तरह मोहल्ले के बाहर एक सुनसान इलाके में एक प्यार का घोंसला बनाया। छह माह पहले उनके घर में एक बेटे का

जन्म हुआ। यह खबर लड़की के माता-पिता तक पहुंची। ऊंची जाति की लड़की को जीवित रखकर निचली जाति में बदल देने से बेहतर है कि उसे मार डाला जाए, इस इरादे से पूरे दल बल ने नदी तट पर दौरने लगा। आज हर कोई इस विचार से एकजुट हो गए कि जाति के लिए किसी पुरुष या महिला की हत्या करना अपराध या पाप नहीं है। दूर से लोगों की चीख-पुकार और उनके हाथों में मशाल देखकर सुधीर और जयंती यह मान लेते हैं कि जो लोग मानवता की नाम पर बर्बरता की पूजा करते हैं, वे उन्हें मारने के लिए उनके पीछे पीछे दौड़ रहे हैं, मानो किसी मृत्यु उत्सव में शामिल होने जा रहे हैं। इनके डर से आज ये अपनी टूटी-फूटी झोपड़ियां छोड़कर नदी किनारे जंगल की ओर भागने लगे हैं; और थोड़ा दूर में जंगल है...

जयंती ने हांफते हुए कहा, "मैं अब और नहीं चल सकती, मेरा सिर घूम रहा है।"

उनके बेटे का सिर छाती से नीचे की तरह हिल गया, सुधीर झट से उसका सिर अपनी छाती में ले लिया, उसे एक बार फिर चूमा और दोनों हाथों से पकड़ लिया, फिर दौड़ने लगे। लोगों की लगातार चीखें नजदीक आती जा रही, जंगल भी नजदीक दिखाई दे रहा था।

सुधीर : (पीछे मुड़कर जयंती को कहने लगा) "आज तुम्हे तेजी से दौड़ना ही होगा, बस केवल आगे की और देखों; यह सकोश जंगल जिसे दिखाई दे रहा है। हम उनके हाथों नहीं मरेंगे, यदि वे हमें पकड़ लेंगे, तो वे हमें मार डालेंगे, और हमारे साथ वे हमारे बच्चे को भी ख़त्म कर देंगे। हम अपने बच्चे को बचाने के लिए सब कुछ छोड़ दिया हैं।"

जयंती: "हां...हां हम उसे जिंदा रखकर मरना चाहते है।"

सुधीर: "ये देखो....क्या तुम्हारी साड़ी के आँचल में वह छोटी सी शीशी बंधी हूई है?"

दौड़कर जाती हुई एक बार गर्दन हिलाकर देखा तो उसकी नजर साड़ी के आंचल पर पड़ी, आंचल से बंधी शीशी हिल रही थी। घर से निकलते वक्त दोनों ने फैसला किया कि बेटे को किसी को सौंप देंगे और दोनों जहर पीकर हमेशा के लिए सो जाएंगे।

जयंती: “हाँ...यह शीशी सही है।”

आगे भयानक सकोश जंगल है। सकोश नाम का अर्थ यह है कि पहले गाँव के लोग मील या किलोमीटर की जगह कोश शब्द का इस्तेमाल करते थे। यह जंगल, जिसे गांव के लोग स्थानीय भाषा में सकोश कहते हैं, हजारों एकड़ में फैला हुआ है यह जंगल। इन जंगलों में विभिन्न प्रकार के जानवरों के साथ-साथ लुटेरे और जंगली सांगपो जनजातियों की भी कमी नहीं थी। रात के समय गाँव के लोग तरह-तरह के पशु-पक्षियों की विचित्र आवाज से डर जाते थे और सोचते थे कि भूत-प्रेत का प्रकोप है। दिन के उजाले में भी इस जंगल में कोई अकेला आता-जाता नहीं है।

जयंती जंगल में घुस गई और हाँफने लगी, लड़का भी अपने पिता की गोद में रोने लगा। घना जंगल, अपना ही शरीर ठीक से दिखाई नहीं देता; सुधीर पीछे मुड़कर देखता है, बहुत दूर से कई लोगों की चीखें और उनके हाथ में जल रहे मशाल की रोशनी धीरे धीरे विलुप्त होने लगी। ऊपर देखने पर आकाश में पेड़ों की पत्तियों के बीच से एक या दो तारे दिखाई देने लगे; कभी उल्लुओं और लोमड़ियों की आवाज़, कभी रात के पक्षियों के पंख फड़फड़ाना और पेड़ों की शाखाओं पर उनके उठने-बैठने की आवाज़, और बीच-बीच में बहती हुई हवा की आवाज़ के साथ ऊंचे पेड़ों का हिलना, जैसे सुधीर और जयंती के दिल में काले बादल छा गए। एक अनजाने डर और आतंक जयंती और सुधीर के मन को घेरना शुरू कर दिया। जयंती का दिल

ऐसे धड़क रहा है जैसे मौत का फरिश्ता उसके सीने में बैठा हो, और उसके छाती में जाता घुमा रहा है।

जयंती: "बहुत प्यास लगी है, क्या तुम्हें कहीं से थोड़ा पानी नहीं मिलेगा?"

सुधीर: "तुम्हारी माँ हमारे लिए चावल की एक प्लेट और एक गिलास पानी लेकर यहाँ आ रही है। मज़ाक कर रहा हूँ.... "

जयंती: (आह छोड़ते हुए) "मेरी नसीब में ऐसा कहाँ लिखा है! भगवान ने इस जन्म में मेरे जले हुए माथे पर वह ख़ुशी नहीं लिखी है!"

लड़का फिर रोया; घने जंगल के अंधेरे वातावरण में बच्चे का रोना जयंती की छाती पर हथौड़े की चोट के समान है।

जयंती: "वह बहुत भूखा है, मैंने उसे दोपहर को पानी के साथ थोड़ा सा साबूदाना को घोल कर पिलाई थी, तब से उसने कुछ भी नहीं खाया है। मेरे पास थोड़ा सा दूध खरीदने के भी पैसे नहीं थे, केवल साबूदाना पर कब तक उसका भूख मिटेगा!"

धीरे-धीरे जयंती की आँखों से आँसू बहने लगे। जंगल में सूखी पत्तियों पर बैठकर बच्चे को गोद में लेकर स्तनपान कराती है। सुधीर पानी की तलाश में इधर-उधर देखने लगा।

कुछ देर बाद अचानक उसे फुसफुसाहट की आवाज सुनाई दी; जयंती डर के मारे चिल्लाती है, "साँप...साँप..."

तुरंत ही सुधीर ने पेड़ की एक पतली टहनी हाथ में ले ली और उसे ज़मीन पर पटकने लगा। सांप ने फण उठाया और अपनी पूंछ के पीछेवाले हिस्से को जमीन पर रखकर लगभग तीन फिट ऊंचाई तक खड़ा हो गया; डर के मारे जयंती की जबान अटक गई, मुँह से शब्द नहीं निकलती। सुधीर

सोचता है कि अगर उसे चोट पहुंचानी है तो वह बच्चे या जयंती को काट लेगा। भौचक्का रह गया और मन ही मन कहने लगा, "जय माँ मनसा, रक्षा करो।" साँप ने भी अपनी जीभ बाहर निकाली और अपना सिर कई बार झुकाया, एक बार जयंती की ओर देखा और एक बार सुधीर की ओर। जंगली जानवरों या साँपों में, यह उनकी स्वाभाविक प्रवृत्ति है कि वे तब तक हमला नहीं करते जब तक कि उन्हें चोट न पहुँचा दे या डर की वजह से। जयंती और सुधीर को पत्थर की मूर्तियों की तरह देखकर सर्पराज ने धीरे से अपना सिर नीचे किया, फुफकारना बंद किया, सूखी पत्तियों पर झुक गया और तेजी से चला गया।

सुधीर (आह भरते हुए): "जल्द ही हम इस दुनिया को छोड़ कर चले जाएंगे, लेकिन फिर भी हमारे दिलों में कितना डर बसा हुआ है!"

बच्चे को सिर सहलाते हुए देखा माँ का दूध पीते समय नन्हा अपना सिर माँ की छाती पर रख कर सो गया। इसके बाद वे दोनों एक पल भी रुके बिना अपने लड़के के साथ रात के अंधेरे में एक-एक कदम जंगल में चलने लगे। जयंती थोड़ी देर बाद थक जाती हैं क्योंकि उन्हें सुबह से कुछ भी खाने-पीने को नहीं मिला है। चलते-चलते अचानक पैर अटक जाता है; एक कदम भी नहीं चल पा रही है, उसे एहसास हुआ कि कोई पीछे से उसकी साड़ी को खींच रहा है।

जयंती: (बहुत डरी हुई आवाज में) "भूत...भूत...!"

सुधीर ने पीछे मुड़कर देखा तो जयंती की साड़ी उसके टखनों से लेकर कंधों तक सीधी थी, जैसे कोई उसे पीछे से खींच रहा हो। वह साड़ी पकड़कर धीरे-धीरे पीछे की ओर बढ़ी तो देखा कि साडी का एक कोना कांटेदार पेड़ पर अटका हुआ है, और उसी में शीशी जो अंचल में बंधी हुगी थी वह

कांटेदार झाड़ी में अटका हुआ है। बड़ी सावधानी से शीशी को पकड़ते समय साड़ी का एक छोटा सा हिस्सा फट गया।

जयंती (देखते ही) "आह....साड़ी फट गई है!"

सुधीर (साथ साथ मजाक में): "साड़ी...फटी और पूरी, दोनों ही अब हमारे लिए बराबर हैं।"

जयंती: "यह वही साड़ी है, जो आपने मुझे पिछली बार शिवरात्रि पर दी थी, और कहा था, 'इसे पहनो और शिवजी की मंदिर में जा कर प्रसाद चढ़ाना।' मैंने साड़ी पहनी, पूरे दिन उपवास किया, अपने बालों की चोटी बनाई और शिव मंदिर के प्रवेश द्वार में अल्पना देते समय शिवजी से वरदान माँगा की हम दोनों एक ही साथ मर सकूँ। तब मैं नहीं सोची हमारी जिंदगी इतनी जल्द ही ख़त्म हो जाएगी।"

सुधीर: "रुको... ठहरो, ज्यादा मत सोचो, जल्द ही तुम यहाँ नहीं रहोगी, और न ही मैं रहूँगा। मैं तुम्हारी साड़ी और अपने कपड़े और पैंट अपने साथ नहीं ले जाऊंगा।"

जयंती: "बा: इस से क्या हुआ, हम तो अभी भी साथ हैं ना! तुम्हें पता है, जिस दिन मैंने तुम्हें शिमुलतला के 'आस्टोघाट मेले' में देखी, मैं सब कुछ भूल गयी और बस तुम्हें देखती ही रह गयी। पहले तो तुमने मुझे देखा नहीं, तुमने मेरी तरफ तब देखा जब मेरी सहेली कावेरी 'जयंती.... जयंती' बोलकर चिल्ला रही थी, तब तुमने देखा की मैं एक नागरडोला के बिच में आ गयी, मुझे पता ही नहीं चला कि मैं कब चट्टान के नीचे गिर गयी। तुम दौड़कर आए और एक हाथ से मुझे खींच लिया, जब तुमने मुझे धक्का दिया तो मैं पीछे की ओर गिरने वाली थी, तुमने मुझे अपने कंधों पर लपेट लिया और मुझे गिरने से बचा लिया। मैं डर के मारे दोनों आँखें हथेली से ढक ली, फिर धीरे से अपनी उंगलियों के बिच में आहिस्ता आँखें खोलकर तुम्हे देखा कि तुम

बहुत उदास हो। मैंने तुरंत अपनी आँखें हथेली से ढक ली। निःसंदेह, मैं तुम्हारी हरकतों को अपनी उंगलियों के अंतराल से देख रहा था। तुमने एक हाथ से मेरे शरीर को पकड़ रखा था और दूसरे हाथ से मिठाई वाले को थोड़ा पानी देने का इशारा किया। मैं तुम्हारी हालत पर हँसी, लेकिन अपना चेहरा अपनी उंगलियों से ढक लिया ताकि तुम न देख सको; उसी वक्त तुमने मुझे खड़ी रहने के लिए कहा और जल्द ही तुम मिठाई की दुकान से दो रसगुल्ले और एक गिलास पानी लेकर मेरे पास आकर कहा, "तुम जल्द यह पानी पी लो रसगुल्ले खा कर।" मैं तो बस आपको आश्चर्य से देखती रही, उस वक्त मुझे महसूस हुआ कि तुम मेरे कितने करीब हो। उस पल मुझे तुमसे प्यार हो गया, तुमने फिर कहा, जो होन। है वह तो हो गया, अब तुम यह रसगुल्ले खा लो। मैंने फिर कहा, तुम भी खाओ। एक कर्तव्यपरायण लड़के की तरह मेरी बात सुनकर मुझसे हाँ कहने को कहते हुए तुमने एक को मेरे मुँह में डाल दिया और दूसरे को तुम एक ही घूंट में निगल लिए। उसके बाद हम दोनों ने नागोर्डोला में एक साथ खूब धमाल मचाया, है ना! जानिए आगे क्या हुआ, मैं पूरी रात तुम्हारे बारे में सोचती रही; मुझे बिल्कुल भी नींद नहीं आ रही थी, जैसे ही मैंने आँखें बंद कीं तो तुम्हारे हाथ का स्पर्श और तुम्हारे डरे हुए चेहरे की तस्वीर मेरी आँखों के सामने तैर रही थी। अगले दिन मैं उठी और अपनी माँ को तुम्हारा सारी बातें और घटनाएँ बढ़चढ़कर बताईं। अगर तुम न होते तो शायद मैं मर जाती, लेकिन माँ कुछ भी सुनना नहीं चाहती थी। बस यह जानना चाहती थी कि तुम किस नस्ल के हो! मैंने कहा कि तुम एक अच्छे इंसान हो, लेकिन मेरे माता-पिता ने कहा कि नहीं, वह हमारी तरह उच्च विचारों वाला नहीं है। मैंने कहा आप ऊंच-नीच के लोगों को कैसे समझते हैं! मेरे माता-पिता दोनों ने मुझे डांटा और कहा कि आज के बाद मैं कभी तुम्हारा नाम नहीं लूंगी, मैंने तुम्हारा नाम नहीं बताया, लेकिन मैं अपने दिल में जानती

थी कि तुम मेरे मन का पसंदीदा आदमी हो। फिर, जैसा कि तुमने कहा था, मैं उस शनिवार की रात चुपचाप घर से निकल गयी, और तुम्हारे साथ आ गयी।

सुधीर: “तुम अभी भी वही बच्चे रह गए। मैंने सोचा था कि मैं बी.कॉम पास करने के पश्चात कलकत्ता जाऊंगा और नौकरी करूंगा। मैं उस दिन अचानक मेले में आ गया और बंदर का नाच बड़े ध्यान से देख रहा था। बंदर इतना बदमाश था कि वह पैसे देने के लिए लोगों का हाथ खींच रहा था। जो पैसे नहीं दे पाते उन्हें दाँत निकालकर दिखाने लगता है, मैं दो रुपये देने के पश्चात मुझे दो बार नाचकर दिखायी थी। अचानक, मैंने तुम्हारी प्रेमिका को “जयंती” कहते हुए सुना और देखा कि नागरडोला की एक कुर्सी तुम्हारे सिर पर गिरने वाली थी। मैं तुरंत तुम्हारे पास आ गया, तुम्हें पीछे धकेल दिया और तुम्हारे शरीर को अपने बाएं हाथ पर रख लिया। मुझे एहसास हुआ कि तुम अपनी उंगलियों के बीच की जगह से मुझे देख रही थी। जब तक संभव हुआ मैंने भी तुम्हें अपने पास रखा, मन में सोचा कि क्या मैं तुम्हें जीवन भर अपने पास रख सकता हूँ (एक आह भरते हुए)! मैंने कभी नहीं सोचा था कि जिंदगी इतनी जल्दी खत्म हो जाएगी! फिर भी उस दिन मैं सब कुछ छोड़ कर तुम्हारे साथ घर से निकल पड़ी, ये सोच कर कि हमें कोई अलग नहीं कर सकता।”

सुधीर ने अपने बाएं हाथ से जयंती के सीने के बाईं ओर सोते हुए लड़के को आपने पास ले लिया और अपने दाहिने हाथ से जयंती के सिर को थपथपाया। जयंती ने अपना सिर उसके छाती के दाहिनी ओर रखा और फूट-फूट कर रोने लगी। अचानक सुधीर को दूर पेड़ों के बीच से एक सफेद मंदिर के शिखर जैसा कुछ दिखाई दिया...

सुधीर: “देखो... देखो, यह किसी मंदिर के शिखर जैसा दिखता है!”

जयंती (अपना सिर झुकाती है और पेड़ों के बीच से देखने की कोशिश करती और कहती है): “मुझे कुछ दिखाई दे रहा हैं!”

सुधीर: "बस... वह इमली के पेड़ के बगल में, एक सफ़ेद मंदिर जैसा कुछ दिखाई दे रहा हैं।"

जयंती: (कपड़ा अपनी कमर पर लपेट लिया और आँखें बड़ी कर) "हाँ....हाँ, वह एक मंदिर है, अब डरने की कोई बात नहीं। यदि तुम मेरे सुनहरे बच्चे को वहाँ छोड़ दोगे, तो अवश्य ही कोई उसे ले जाएगा, और उसे जीवित रखेंगे।"

ये कह कर आँचल में बंधी हुई शीशी को खोल ली और चुपचाप दूर फेंकने की कोशिश की, जब सुधीर ने देखा तो उसे फिर से आँचल में बाँध लिया।

धीरे-धीरे सुधीर और जयंती बच्चे के साथ मंदिर के पास आ गए। मंदिर के अंदर एक बड़ा पीतल का दीपक जल रहा है, दरवाजा बंद है। द्वार के अंतराल से मुस्कुराती हुई जगत जननी माता महाकाली की मूर्ति को जयंती और सुधीर ध्यान से देखने लगे। माँ के काले रंग में भी कितनी सुंदरता और करुणा छिपी है, उस मंदिर के एक छोर पर सूली पर चढ़ाए गए ईसा मसीह की मूर्ति है, दूसरी तरफ इस्लाम की पवित्र पुस्तक कुरान, सितारों और चंद्रमा की छवि है, और एक जगह बुद्ध की ध्यानमग्न मूर्ति है। इससे यह मालूम होता है कि यहां सभी धर्मों के लोग आते-जाते हैं। जयंती ने मंदिर के दरवाजे पर सिर झुकाया और मन ही मन प्रार्थना की भगवान इस छोटे बच्चे की हमेशा रक्षा करना।

फिर सुधीर ने कंधे पर लटकी छोटी सी झोली को खोला और कंथा निकाला, फिर बच्चे को लपेटकर मंदिर के दरवाजे के सामने रख दिया। बच्चा इसलिये नहीं रोया क्योंकि थोड़ी देर पहले माँ का दूध पीकर लेटा हुआ है। उसने अपनी छोटी-छोटी आँखों से एक बार अपनी माँ की ओर एक बार अपने पिता की ओर देखा, और मधुर मुस्कान बिखेरी; जयंती टूट गई और

फिर रो पड़ी। बेटे के चेहरे पर मुस्कान देखकर सुधीर भी रो पड़ी, और अपने हाथों से उनके आंसू पोंछे।

जयंती का रोना बंद नहीं हुआ, वह सुधीर के सीने पर सिर रख कर बड़बड़ाती है...

जयंती: "क्या हमें इस छोटे बच्चे के साथ पृथ्वी पर रहने का कोई अधिकार नहीं है?"

सुधीर: "नहीं, वे सभी कल सुबह इस जंगल पर हमला करेंगे और हमें ढूंढेंगे, फिर हमारे साथ हमारे बच्चे को भी मार देंगे। वे तब तक चैन से नहीं बैठेंगे, जब तक वे हम सबको मार न डालें। यदि हम ऐसा नहीं करते हैं, तो हमारे सोने के टुकड़े जैसे बच्चे इस धरती पर जीबित नहीं रहेंगे। यदि वे हमारे बच्चे को देख भी लेंगे तो उन्हें पता नहीं चलेगा की यह बच्चा किसका है। अगर हम मरने के बाद इस सोने को बचा सकें, तो हमें मरने के बाद भी शांति मिलेगी।"

जयंती: (बच्चे को गले लगाकर रोने लगा) "नहीं...नहीं, मैं इस छोटे से सोने को छोड़कर यूं ही नहीं मर सकती। अगर हमारे मरने पर कोई जंगल का जानवर आकर मुँह में ले ली तो क्या होगा!"

सुधीर (गंभीर होकर) "तुम इन अशुभ संकेतों के बारे में क्यों बात कर रही हो! जैसे ही हम इतने सुंदर मंदिर को छोड़ रहे हैं, देखो इस मंदिर में जो काली माँ हैं, वो हमारे बच्चे की रक्षा करेगी; और एक दिन वह बहुत बड़ा आदमी बनेगा। बड़े होकर समाज को यह शिक्षा देगा कि इस संसार में केवल एक ही जाति है जो "मानव जाति" है; धर्म केवल एक ही है, जो "प्रेम" है। यह बच्चा हमारे प्यार का नतीजा है, इसलिए प्यार ही इस समाज को हिंसा और नफरत से ऊपर उठाएगा। इस छोटे से जीवन में हमारा यही एकमात्र कर्तव्य था कि हमारे बच्चे को कोई मार न सके। अब से भगवान उसका

मार्गदर्शन करेंगे। हम प्यार में एक साथ मरेंगे, इसलिए मरने के बाद भी हमारा प्यार बरकरार रहेगा। फिर हमें कोई नहीं मार सकता।"

सुधीर एक हाथ से जयंती के आंसू पोंछने के बाद, वे दोनों बच्चे को मंदिर में छोड़कर एक-एक कदम जंगल की ओर बढ़ने लगे।

जब माता-पिता चले गए तब बच्चा मंदिर के दरवाजे के सामने लेटा हुआ धीरे-धीरे एक या दो बार अपना सिर घुमाता है। घने जंगल में अपने माता-पिता को न देख वह डर के मारे रोने लगा। मंदिर से सटा हुआ एक सुंदर चालघर है, जो चारों ओर से घिरा हुआ है। थोड़ी देर बाद, एक सुंदर साधु कोठरी से बाहर आया, जिसके लंबे सुनहरे बाल, लंबी सफेद दाढ़ी, उसने पारंपरिक गेरू रंग के वस्त्र पहने हुए थे, उसके हाथ में कमंडलु और गले में एक विशाल रुद्राक्ष की माला थी। देर रात एक बच्चे की रोने का आवाज सुनकर गंभीर होकर दूर से ही कहा, "वहाँ कौन है!"

साधु धीरे-धीरे मंदिर परिसर के पास पहुंचा। मंदिर की सीढ़ियों पर चढ़ते ही उसने देखा कि एक साल का बच्चा लेटा हुआ रो रहा है। बच्चे ने कोई विशेष कपड़े नहीं पहने हैं, बच्चे को प्यार से उठाते समय बच्चे के बगल में कागज का एक छोटा सा टुकड़ा नजर आता है। जैसे ही उसने उसे उठाया। तो देखा कि कागज पर लिखा था, "बच्चे के माता-पिता दोनों इस दुनिया में बदकिस्मत हैं। लोग बच्चे और हमें (उसके माता-पिता) मारने की फिराक में हैं। बच्चे को मां के मंदिर में छोड़कर हमने विदा ली, इस माँ के मंदिर में प्रार्थना की वह बड़ा होकर एक अच्छा इंसान बने और समाज में सिर उठाकर जिए, तभी हमारी आत्मा को शांति मिलेगी।"

साधु ने बच्चे को प्यार से अपने सीने से लगा लिया और उसके माता-पिता का पता लगाने के लिए जंगल की ओर चल दिया। कुछ दूर जाने पर उसे जंगल में दो शव पड़े हुए दिखे। उन दोनों शवों के नाक के पास हाथ और

कान रखकर यह देखने की कोशिश करता है कि वे सांस ले रहे हैं या नहीं। हाथ की नाड़ी को दबाकर देखा कि जीवन की कोई लक्षण है या नहीं। अंततः निराशा में उसने जहर की एक छोटी सी शीशी देखी जिसका ढक्कन खुला हुआ था। एक दूसरे के बगल में ऐसे लेटे हुए थे मानो वे सो रहे दम्पति। जयंती ने एक हाथ सुधीर के सीने पर रखा और सिर सुधीर के कंधे पर रखकर लेटी हुयी थी, मानो उन दोनों एक साथ जिएंगे और एक साथ मरेंगे- इसी उद्देश्य से पृथ्वी पर आये थे।

साधु ने बच्चे को छाती से लगाकर एक हाथ से सूखी पत्तियां इकट्ठी कीं, फिर बच्चे को मुलायम पत्तों पर लिटा दिया और दोनों शवों को खींचकर एक जगह ले आया। खोजने के बाद, उसने कुछ सूखी लकड़ियाँ और लताएँ, पत्तियाँ एकत्र कीं, दोनों शवों को एक साथ रखा और उनमें आग लगा दी। रात के अंधेरे में घने जंगल में धीरे-धीरे दो शवों के जलने का सिलसिला जारी है, समय-समय पर दोनों शवों को हाथ में पकड़ी हुई मोटी लंबी छड़ी से हिलाते रहते ताकि शव ठीक से जल जाएं।

कभी-कभी देर रात की शांति को तोड़ते हुए जब जंगली जानवर चिल्लाते हैं और रात के पक्षी चहचहाते हैं, तो बच्चा डर के मारे रोने लगता है। साधु ने स्नेह से अभिभूत होकर एक हाथ से बच्चे को गले लगाया, और दूसरे हाथ से छड़ी हिलाती रहती ताकि आग बुझ न जाए। धीरे-धीरे भोर हुई, जलने की प्रक्रिया पूरी हुई और मंदिर के दरवाजे के सामने प्रकट हुए साधु; मंदिर की सीढ़ियाँ चढ़ें और कमलिनी, 'सुहासिनी, नंदिनी, छोटी माँ, नंदगोपाल, चित्रलेखा' आदि को पुकारने लगे। मंदिर से दूर कुछ घास-फुस के शेड वाले कुठियाँ हैं; ये सभी महिलाएं इन्हीं घरों में रहती हैं।

साधु का असली नाम कोई नहीं जानता, उसका उद्देश्य खुद को समाज से दूर रखना और लोगों की भलाई करना है। एक सिद्ध पुरुष और असाधारण

योग शक्ति होने के कारण, कई लोग उनका बहुत सम्मान करते हैं, और उन्हें योगी बाबा के नाम से जाना जाता है। अविश्वसनीय रूप से बहादुर, प्रतिभाशाली और मेहनती होने के कारण, हर कोई उससे डरने के साथ साथ गभीर श्रद्धा भी करते है। जहां वह रहता हैं वहां हर किसी को जाने की अनुमति नहीं है, केवल उनके आदेश से ही कोई उनके पास जाने का साहस कर सकता है। मंदिर और उसके आश्रम के सेवक-सेविका मंदिर के पास उन खपरैल वाले घरों में रहते हैं। समाज के कई प्रमुख लोग बाबा के पास आते हैं, लेकिन उनके रहने और योगी बाबा से मिलने का स्थान अलग था, जंगल से बहुत दूर सदानंदपुर में, जहां योगी बाबा का शिक्षा निकेतन है। उनके वहां जाने पर ही लोग उनसे मिलने आते हैं, गहरे जंगल का यह क्षेत्र कई लोगों के लिए अज्ञात स्थान है।

इतनी सुबह-सुबह योगी बाबा की गंभीर आवाज सुनकर सभी चौंक गए। सभी डर गये और झट से मंदिर परिसर में एकत्र हो गये। बाबा की चमत्कारी शक्ति इतनी अपार है कि आश्रम परिसर में कुत्ते-बिल्लियों के साथ-साथ बंदर, लोमड़ी और यहां तक कि सांप भी घूमते हैं, लेकिन कभी किसी को नहीं काटते। यहां पशु-पक्षी, जानवर, इंसान और कुत्ते सभी एक साथ इकट्ठा होते हैं। छोटी माँ सबसे बुजुर्ग विधवा है, लगभग नब्बे वर्ष की। उसका एक लड़का अर्धविक्षिप्त है और इसी आश्रम में उनके साथ रहता है। बेटे का नाम हारू है, हारू का गला थोड़ा कमजोर है, वह दबी हुयी आवाज में बातें करते और बहुत अच्छा गाते भी हैं, जिसे हर कोई सुनना पसंद करता है। सब लोग उसे ब्रोकन हारू कहते हैं, उसका एक पैर थोड़ा कमजोर होने के कारण चलने का समय थोड़ा लँगड़ाता है।

योगी बाबा की गोद में एक छोटे से बच्चे को लेटा हुआ देखकर हर कोई आश्चर्यचकित रह गया। कोई सोच भी नहीं सकता कि इतनी सुबह-सुबह यह छोटा सा बच्चा इस जंगल में कहां से योगी बाबा की गोद में आ गया। बाबा

से कुछ पूछने की हिम्मत किसी को भी नहीं होती, योगी बाबा ने सुहासिनी को बुलाया और बच्चे को सुहासिनी की गोद में सौंपते हुए कहा, "आज से जान लो कि इस बच्चे को मेरे मंदिर में खड़ी माँ भवतारिणी के आशीर्वाद से प्राप्त हुआ है, इसका किसी प्रकार अनादर न हो। चूँकि यह मुझे इस मंदिर के देव भूमि में मिला, मैंने आज से इसका नाम "देव" रख दिया।"

नन्हा देव आश्रम में सबकी आंखों का तारा बनने लगा। केवल एक छोटा बच्चा है, और आश्रम में काम करने वाले लोगों की संख्या लगभग तीस है। उनकी देखभाल में कभी कोई गलती न हो इसके लिए सभी लोग उन्हें गले लगाकर दिन गुजारते हैं। ऐसे ही आश्रम के माहौल में देव सबकी देखरेख में बड़ा होने लगा। योगी बाबा ने उन्हें प्रत्येक व्यक्ति को उसके गुणों के अनुसार विकसित करने का काम सौंपा। जैसा कि निर्देश दिया गया था, किसी ने भी उसे उसके माता-पिता के बारे में कभी नहीं बताएगा। सुहासिनी उन्हें अपने बेटे की तरह मानती थी, योगी बाबा को अपना पिता कहती थी। योगी बाबा की तपस्या के रहस्य और उनके साधन प्रणाली देव ने कम उम्र में कई कठिनाइयों को सहन करते हुए जटिल क्रियाएं अल्प समय में हासिल की, जिसे साधक काफी अभ्यास के बाद हासिल कर पाते हैं। ऐसे तंत्र-मंत्र का अभ्यास करने के अलावा, योगी बाबा ने दूर-दूर से बुद्धिमान शिक्षकों को बुलाया और देव को पश्चिमी शिक्षा में भी पारंगत बनाने के लिए शिक्षा निकेतन भेजते रहे। उन सभी बुद्धिमान गुरुओं का योगी बाबा के आश्रम में आना संभव नहीं होता। वे सदानन्दपुर शिक्षा निकेतन में आकर देव को पढ़ाते थे; इसलिए देव को अक्सर इन दो स्थानों, शिक्षा निकेतन और बाबा के आश्रम, की यात्रा करनी पड़ती थी। देव अंग्रेजी के अलावा फारसी, उर्दू, संस्कृत आदि भाषाओं का ज्ञान प्राप्त करने लगे। अपने पिता की आज्ञा के अनुसार देव अपने हाथों से बना हुआ खाना के अलावा दूसरे के हाथों से

बना हुआ खाना कभी भी ग्रहण नहीं करता। उसे अपना भोजन स्वयं उपलब्ध कराना पड़ता था।

दूसरी ओर, महीने में एक बार जब योगी बाबा अमावस्या के दौरान रात में घने जंगल में जाते थे, तो वे देव को मंत्र-तंत्र, तप-यज्ञ सिखाने के लिए अपने साथ ले जाते थे। देव भी आँखें बड़ी करके अपने पिता के सामने बैठ जाता और अजीब हरकतें देखते रहते। जंगल में देर रात को पशु-पक्षियों की चीख-पुकार और आवाजें सुनाई देती हैं। सूखी लकड़ियाँ इकट्ठा करके आग जलाने के बाद, कभी-कभी जब योगी बाबा "ओम आग्नेय स्वाहा" कहता हैं या आग में घी डाल देता, तब आग की लपटें बहुत ऊँची उठ जाती और पेड़ों की शाखाओं को झुलसा देती। कभी-कभी आसपास का वातावरण धुएं से ढक जाता है। देव एक अजीब माहौल और अजीब रीति-रिवाज से वास्तविक समाज से अलग एक अजीब व्यक्ति में बदलने लगा। योगी बाबा के सख्त निर्देश थे कि कभी भी कोई भी व्यक्ति इन सब बातों का प्रचार नहीं करेगा। लगभग सभी को पता था कि इस सर्बो त्यागी साधु का उद्देश्य क्या है। देव सांसारिक रिश्ते को पूरी तरह समझ नहीं पाया। लोग ही नहीं...आश्रम में पले हुए पशु-पक्षी और सांप भी योगी बाबा के सामने नत मस्तक हो जाते।

जब देव ने किशोरावस्था पार कर युवावस्था में प्रवेश किया तो एक दिन योगी बाबा ने देव को बुलाया और अपने पूजा स्थल पर ले गये। वे स्वयं देव के सामने बैठकर धीरे-धीरे ध्यान करने लगे। थोड़ी देर बाद उसने आँखें खोली और देव के चेहरे की ओर देखा, उसकी आँखों से बिजली जैसी रोशनी निकली और देव के चेहरे पर गिरी।

योगी बाबा ने मुस्कुराते हुए कहा, "मैं तुम्हारा अतीत, वर्तमान और भविष्य जान लिया।"

देव को चारों ओर देखने का इशारा किया...

देव ने तुरंत चारों ओर देखने लगा, देखा दूर.... दूर बहुत सारे सुंदर फूल खिले रहे है, आकाश की ओर जब देखा, उसे दिखाई दी कई रंग-बिरंगे पक्षी एक साथ उड़ रहे, साथ ही मधुर धुन में अपनी भाषा में गा रहे है, पेड़ों की पत्तियाँ हवा में हिल रही, जैसे नाच रही है; कुछ दूरी पर झरने का सफेद पानी पत्थरों के ढेर पर एक समान लय से गिर रहा है। देव के सर पर हाथ रखकर.....

योगी बाबा: "ये फूल मुस्कुरा रहे हैं, पक्षी मधुर गा रहे हैं, पेड़ों की पत्तियाँ मन ही मन झूम रही हैं, झरना परम प्राप्ति की आशा में ऊँचे से नीचे की ओर बह रहा है, क्या तुम मुझे बता सकते हो कि ऐसा क्यों हो रहा है? तुम जानते हो कि यह सृष्टि का प्रवाह कैसे जारी है? तुम्हें भी ये सिलसिला कायम रखना होगा, तुम्हें मुझे छोड़ना होगा। बहुत सारे काम संसार में तुम्हारा इंतजार कर रहा है; लेकिन मेरे सबक कभी मत भूलना, बहुत खतरे होंगे, कठिन परिस्थितियों में भी तुम्हे अपने आदर्शों को नहीं छोड़ना हैं। गुरु द्वारा सिखाए गए ज्ञान की चर्चा किसी के साथ न करें। मैं इस आध्यात्मिक ज्ञान को सदैव गुप्त रखा। हिंसा को हिंसा से नहीं जीता जा सकता, हर किसी की आत्मा के भीतर ब्रह्म ज्योति है जिसे साधना से जगाना है, प्रेम उस साधना का ईंधन है; फिर प्यार को कभी लत में शामिल नहीं करना चाहिए। जीवन का मूल्य महान है, महानता की खोज ही जीवन का उद्देश्य है। ये कहते हुए उसने देव के माथे पर चंदन का टीका लगाया और उसे जाने के लिए कहा। जब देव ने वह स्थान छोड़ दिया, तो योगी बाबा गहरी तपस्या में मग्न हो गए।

कुछ महीनों के बाद योगी बाबा देव के साथ शिक्षा निकेतन चले गये। बहुत दिनों के बाद बाबा के आगमन का समाचार सुनकर अनेक दर्शनार्थी, भक्त-शिष्य एकत्रित हो गये। कई लोगों ने बाबा को प्रणाम किया और दान अर्पित की जिसे योगी बाबा ने उदारतापूर्वक गरीबों और जरूरतमंदों में वितरित कर दिया। सभी ने सिर झुकाकर एक-दो शब्द कहे और बाबा का

आशीर्वाद सिर पर रखकर चले गये। अचानक एक भक्त ने बाबा को प्रणाम करने के बाद कुछ देर तक देव की ओर देखा, मानो देव के अंदर कुछ खोजने की कोशिश कर रहा हो। देव भी आश्चर्यचकित हो रहा था, वह सज्जन उसे देखकर कुछ सोच रहा हो। अचानक सज्जन ने योगी बाबा से पूछा, "गुरुवर, आपकी महिमा अपार है, मैं आप से एक प्रश्न पूछता हूँ, मैं आपके साथ इस बच्चे को पहले कभी नहीं देखा, यह बच्चा कौन है?"

योगी बाबा (देव के शिर पर हाथ थपथपाते हुए कहा): "यह मेरा देव है।"

जो सज्जन इस समय देव को देख रहे थे उनका नाम विजय सेठ हैं। उन्होंने योगी बाबा के साथ ऐसा लड़का पहले कभी नहीं देखा था, गोरा रंग, मासूम चेहरा, लंबे घुंघराले बाल, आंखों में स्पष्ट बुद्धि और दिव्य चमक वाले इस लड़के पर वह मोहित हो गए थे...

विजय सेठ (हाथ जोड़कर): "अगर मुझे ऐसा एक बेटा मिल जाता, तो मैं उसे अपने पास जो कुछ भी है उसी से हर संभव कोशिश करता कि वह एक दिन बहुत बड़ा आदमी बने।"

योगी बाबा (मुस्कुराते हुए): "मैं तो इसी लिए इसे यहां लाया। अब से यह बेटा तुम्हारा है, लेकिन अगर मैं कभी कहूं तो इसे मुझे वापस देना पड़ेगा। उसे वैसे ही जाने देना है, जैसे मैंने उसे बनाया है। उन्हें पारंपरिक भारतीय शिक्षा प्रणाली के साथ-साथ पश्चिमी शिक्षा में भी दक्ष बनाना है। हालाँकि उसने अधिकांश शिक्षा अपनी शिक्षा निकेतन से की है, लेकिन उसे बाकी कॉलेज और विश्वविद्यालय की डिग्रियाँ प्राप्त करने की आवश्यकता है। माँ भवतारिणी की इच्छा है कि वह भविष्य में एक सफल इंसान बने।"

विजय सेठ ने बड़ी ख़ुशी से देव को गले लगा लिया। देव का पूरा शरीर कांपने लगा, आंखों और चेहरे पर पसीना आ गया; सोचने लगा कि मुझे

किसी अजनबी को सौंपने से योगी बाबा की आत्मा को कोई ठेस नहीं पहुंची! मैंने कुछ भी गलत तो नहीं किया! मुझसे एक बार भी नहीं पूछा गया कि मैं जाना चाहता हूं या नहीं! वहां मुझे कौन मिलेगा और मुझे क्या मिलेगा, यह सोच कर दिल धड़कने लगा!

योगी बाबा (फिर से बोले): "जब तक मैं तुम्हें नहीं बुलाऊंगा तुम मेरे पास कभी वापस नहीं आओगे। तुम्हारे जीवन में जो भी कठिनाइयाँ आयेंगी, तुम्हे उसे सहन करना होगा।"

ये शब्द सुनते ही देव के पैरों के नीचे से जमीन खिसक गई।

विजय सेठ ने अंततः योगी बाबा को प्रणाम किया और अपनी कार में बैठ गये, देव भी कार में बैठने से पहले बाबा के चरणों में झुक कर प्रणाम किया।

योगी बाबा (उसके सिर पर हाथ रखते हुए): "मैं तुम्हें विदा कर रहा हूं... लेकिन समय आने पर तुम मेरे पास वापस आओगे।"

विजय सेठ की कार शिक्षा निकेतन से निकल कर गांव की सड़क पार कर मुख्य सड़क में आ गयी। देव को कार की खिड़की से पेड़ों की कतारें, घर, गाड़ियाँ, बहुत सारे दुकाने और बाजार आदि दिखाई देने लगे। सोचते रहे कि इस दुनिया में मेरा अपना कहने लायक कोई नहीं है, मन भारी हो जाता है। कार की सीट पर बैठने के बाद योगी बाबा ने उसके लिए एक छोटे बैग में कुछ कपड़े और जरूरतमंद सामान भेज दिए थे। अचानक उसे याद आया कि उसके पास कुछ नहीं है; कपड़ों में से खोजकर उसने योगी बाबा की एक फोटो निकाली। योगी बाबा ने एक बार उसे कहा था कि जब वह बहुत खतरे में हों तो इस तस्वीर के साथ मुझे याद करेगा तो उसे जरूर सुकून मिलेगा। फोटो को एक बार अपनी छाती और सिर पर लगा लिया और कहा, "देखना, एक दिन मैं तुमसे भी बड़ा हो जाऊंगा।" अचानक कार एक आलीशान घर के

सामने रुकी। जैसे ही दरबान ने दरवाज़ा खोला, कार अंदर आकर सीढ़ियों के सामने रुक गई।

विजय सेठ एक धनी व्यापारी है, उनके पास अपार धन-संपदा है, फिर भी वह एक ईमानदार और सत्यनिष्ठ आदमी होने के कारण समाज में उनका बहुत सम्मान हैं। सेठ के परिवार में एक बेटा सुजॉय है, जो आयात और निर्यात के कारण एक देश से दूसरे देश की यात्रा करता है। इस विशाल महल में विजय सेठ की पत्नी सावित्री, बेटी सुलोचना स्कूल की छात्रा, कुछ नौकर और कर्मचारी रहते हैं। सेठ महाशय ने घर के उत्तर दिशा में एक विशाल मंदिर बनवाया है, जिसकी स्थापना स्वयं योगी बाबा ने कई वर्ष पूर्व की थी। मंदिर के बगल में सेठ के महल से अलग एक सुसज्जित घर है। मंदिर की स्थापना के दौरान योगी बाबा इसी कमरे में रुके थे। जब विजय सेठ घर के सामने खड़े हुए तो दरबान चाबी लेकर आया और दरवाजा खोला। देव और विजय सेठ कमरे में प्रवेश किया, देव अपना कुछ सामान कमरे के एक कोने में रखा और विजय शेठ की ओर देखता रहा।

विजय सेठ: "मैं अपना बनाया हुआ यह मंदिर तुम्हें सोंपता हूँ क्यों कि तुमने आश्रम में असली शिक्षा प्राप्त की है। मेरी बहुत समय से यह इच्छा थी कि इस मंदिर को किसी उपयुक्त व्यक्ति को सौंप दूँ। तुम्हे योगी बाबा के साथ देखकर मुझे लगा कि तुम पढ़ाई के साथ साथ इस मंदिर की देखभाल करने के लिए भी उपयुक्त है। यह मेरे लिए गर्व की बात है कि योगी बाबा ने तुम्हें अपने हाथों से बनाया है। तुम्हे अपनी पढ़ाई और दैनिक जरूरतों के लिए जो कुछ भी चाहिए वह मेरे लोगों द्वारा समय पर दिया जाएगा। आज से तुम हमारे परिवार के एक सदस्य हो।"

विजय सेठ कमरे से बाहर चला गया।

देव ने दीवार पर टंगी योगी बाबा की फोटो को एक नजर देखा और कहा, "तुम मेरी हमेशा रक्षा करना।"

इस बीच दोपहर के लगभग दो बज चुके हैं, जब योगी बाबा आश्रम लौटते हैं तो सभी देखते हैं कि देव उनके साथ नहीं है। बाबा मंदिर में अकेले खड़े रहे और कुछ देर तक मौन रहा, फिर सीढ़ियों से नीचे आकर अपनी कुटिया में चले गए, बाबा से कुछ भी पूछने की किसी को हिम्मत नहीं हुई।

छोटी माँ: "बाबा... वह देव जो आपके साथ गया था, वह कहाँ है!"

योगी बाबा: "देव... देव के स्थान पर चला गया है।"

जवाब सुनकर हर कोई हैरान रह गया।

छोटी माँ: "वह कब आएगा? हमने अभी तक खाना नहीं खाया है, जब वह आएगा तो हम उसे खिलाने के पश्चात खाएंगे। कितनी देर हो गई, उसके खाये बिना हम सब लोग कैसे खा सकतें हैं! यह जानते हुए कि आज देर हो जायेगी, हमने उसका खाना अलग से बनाया है, वह अभी आकर कैसे खाना बनाएगा! इसलिए बाबा, आपको और देव को मंदिर में जो प्रसाद मैंने पकाया है, उसे साझा कर देती हूँ। मुझे नहीं पता कि उसे आने में और कितना समय लगेगा!"

योगी बाबा: "वह दोबारा यहां नहीं आयेगा; आज से तुम उसके बिना खाना खाओगी।"

ये शब्द सुनकर आश्रम में हर कोई स्तब्ध रह गया, यहाँ तक कि आश्रम में पाले हुए दो कुत्ते, 'योग' और 'विभूति' भी मुँह सुखाए बैठे थे, जैसे कि उन्होंने अपने प्रियजनों को खो दिया हो। दरअसल देव उनसे रोज खेलता और उन्हें खाना खिलाता था। बाबा भी बिना कुछ बोले अपनी कुटिया में प्रवेश कर गये। पूरे आश्रम में शांत वातावरण व्याप्त हो गया। सुहासिनी ने इतने समय

तक उसे अपने बेटे की तरह पाला है, वह पत्थर की तरह मंदिर की सीढ़ियों पर बैठी है, और सोच रही है कि क्या किया जाए! ज्यादा दुख मिलने पर लोगों में रोने की क्षमता नहीं होती, सुहासिनी की स्थिति भी बिल्कुल वैसी ही है, ब्रोकन हारु लँगड़ाते हुए आते है और कहता, "मैं अभी यहां रहकर क्या करूंगा, मैं भी चला जाऊंगा।"

छोटी मां खुद पर काबू नहीं रख पाई और जोर-जोर से रोने लगी।

दिन भर की थकान मिटाने के लिए योगी बाबा ने अपनी छोटी सी चौकी में ही बिस्तर लगा लिया। उसने धीरे से अपनी आँखें खोलीं, कमरे के चारों ओर देखा और दीवार पर एक रस्सी लटकी हुई थी, जिस पर देव द्वारा इस्तेमाल किया गया एक छोटा सा कंबल रखा हुआ था। जिस पर चटाई बिछाकर सोना और योगा करना देव के लिए रोजाना काम था। योगी बाबा का इरादा तपस्या के माध्यम से उन्हें शक्तिशाली बनाना था। जब देव छोटे थे तो शरारतें कम नहीं करते थे। एक दिन सभी लोग उसे ढूंढने लगे, लेकिन वह कहीं नहीं मिला। योगी बाबा अपने ध्यान स्थल पर गए और देखा कि वे उनके ध्यान आसन के बगल में एक छोटी सी आसन बिछाकर अपनी आँखें बंद करके बैठे हैं, पूरे शरीर पर काली स्याही लगी हुई है, और उनके हाथ में एक छोटा त्रिशूल है। योगी बाबा ने कठोर स्वर में पूछा, "'इतना बुलाने पर भी तुम जवाब क्यों नहीं दे रहे हो! और तुम यहाँ बैठे क्या कर रहे हो? यह तो पागलपन है! तुमने इस तरह पानी का एक मडका भी अपने सिर पर क्यों रखा?" देव ने एक बार अपनी आँखें झपकाईं और कहा, "बाबा, तुम यह नहीं समझते, "मैं तो शिवजी बन गए, शिव के सिर पर जो गंगा है, उसे भी नहीं जानते!" कभी-कभी, बाबा लेट जाते और थोड़ा आराम करते। देव चुपचाप आकर उसकी छाती पर बैठ जाते, अपनी छोटी उंगलियों से योगी बाबा की आंखें दबाकर बोलता, "अब क्या दिखाई दे रहा है?" योगी बाबा उत्तर देते, "मैं और क्या देख सकता हूं? दोनों आंखें तूने बंद कर रखा; तुने

मुझे अंधा कर दिया; मुझे तो बस केवल अँधेरा दिखाई दे रहा है।" साथ साथ देव कहते थे, "रुको, मैं लाइट जला रहा हूं।" यह कहकर वह दोनों हाथ हटाकर पलकें उठाने की कोशिश करता था और कहता था, "मेरे चेहरे को देखो, कितनी रोशनी दिखेगी।" यह कहकर वह जोर-जोर से हँसता था। एक-एक कर सारी यादें याद आने पर योगी बाबा भी काफी उदास हो गए। जीवन के सभी भ्रमों पर काबू पाने के बाद भी महायोगी इस भ्रम के बोझ से दबे हुए लगते है।

देव विजय सेठ के महल में मंदिर के बगल वाले कमरे में खड़ा हो गया और कुछ देर सोचते रहे कि उसे क्या करना चाहिए, उसे योगी बाबा की आज्ञा का पालन करना होगा। यह सोचकर आश्वस्त हुआ कि एक दिन बाबा उसे बुलाएंगे। अचानक दरवाजे से बाहर देखते हुए लगभग चालीस-पैंतालीस साल की एक महिला ने मातृ-प्रेम से भरी मधुर आवाज में पूछा, "बेटा, तुमने कुछ खाया?"

आज तक कभी भी आश्रम के बाहर देव किसी से संगति नहीं की, थोड़ा हैरान हुआ...

देव: "हाँ...नहीं...मेरा मतलब है..."

सुनते ही महिला दरबान के साथ ऊपर अपने कमरे में चली गई। ये हैं विजय सेठ की पत्नी सावित्री, धर्मप्राण और भक्तिमती। थोड़ी देर बाद, सावित्री दरबान के साथ खाना लेकर आती है, लेकिन देव सब कुछ लेने से इनकार कर देता यह कहकर की वह योगी बाबा के निर्देश अनुसार खाना बनाकर ही खाएंगे।

सावित्री: "मुझे पता है, तुम्हें सब कुछ खुद ही करना होगा, लेकिन आज तुम बहुत दूर से आए हो और देर हो गई है, इसलिए यह खाना खाओ।"

देव: "मैं अपनी व्यवस्था स्वयं कर लूँगा, मुझे यह बचपन से ही सिखाया गया है।"

सावित्री दरवान को देव के घर में फल, सब्जियां, चावल-दाल इत्यादि, जो भी आवश्यक हो, की व्यवस्था करने का निर्देश देती है। प्रस्थान के समय देव का उद्देश्य....

सावित्री: "बताइये, तुम मुझे क्या कह कर बुलाओगे?"

देव यह सोचकर थोड़ा झिझका कि उसे ऐसे माहौल के बारे में कोई अंदाज़ा नहीं है।

सावित्री (मुस्कुराती है): "अब से तुम मुझे मौसी कहोगे।"

थोड़ी देर बाद देव ने घर में दरबान द्वारा दिया गया सारा सामान व्यवस्थित किया और धीरे-धीरे खाना बनाना पूर्ण किया। जमीन पर एक आसन पर बैठकर खाना खाने जा रहे थे, तभी याद आ गयी मैं नाहने के पश्चात पूजा नहीं की। जल्दी से मंदिर की चाबी ली और धीरे-धीरे सीढ़ियाँ चढ़ कर माँ भवतारिणी की विशाल मूर्ति देखने के लिए मंदिर का दरवाजा खोला। यह प्रतिमा योगी बाबा के निर्देशानुसार स्थापित की गई है। उनके शिक्षा से शिक्षित होकर, देव मंत्रों का जाप करते हैं और धीरे-धीरे पूजा समाप्त किया। आख़िरकार मंदिर के दरवाज़ा बंद कर बाहर आये और एक-एक करके सीढ़ी से नीचे उतरने लगा।

एक चौकीदार ने विजय सेठ के घर का मुख्य दरवाजा खोला। एक कार घुसी, विजय सेठ की बेटी सुलोचना कार से निकली; गोरा, गोल-मटोल, सुन्दर और नेक चेहरा। दरवान ने उसका स्कूल बैग हाथ में लिया और सीढ़ियाँ चढ़कर कमरे की ओर जाने लगे। सुलोचना की नजर मंदिर पर पड़ी; गोरा, घुंघराले लंबे बाल, मासूम मुस्कुराता हुआ चेहरा, लम्बाई छह फिट के

आस पास होगी, एक पैर सीढ़ियों की ओर देखता हुआ उतर रहा है। सुलोचना के मन में सवाल है कि आखिर यह लड़का कौन है जो अचानक घर के मंदिर में आ गया!

सुलोचना: "यह सुनो...तुम कौन हो?"

देव ने धीरे से अपना सिर उठाया, आगे देखा और विस्मय से सुलोचना के चेहरे की ओर देखने लगा।

सुलोचना (दोहराती है): "यह सुनो...तुम कौन हो?"

देव झिझक रहा था, और सोच रहा कि क्या जवाब दे...

सुलोचना (भौहें ऊपर उठाकर): "क्या अजीब लड़का है! क्या तुमने मेरी बात नहीं सुनी, या तुम कम सुनते हो? जब से मैं चिल्ला रही हूं तुम जवाब नहीं दे सकते कि तुम कौन हो?"

घबराहट से कुछ बोल नहीं पाता, आखिर...

देव: "हाँ...हाँ...नहीं....मेरा मतलब है कि मैं जवाब दे रहा हूँ।"

सुलोचना: "क्या दे रहे हो.... जब मैं पूछती हूँ कि तुम कौन हो, तो तुम कोई उत्तर नहीं देते; तुम तो मूर्ख की तरह खड़े हो!"

देव (कांपती आवाज के साथ): "नहीं...मेरा मतलब है मैं जवाब दे रहा हूँ।"

सुलोचना (अब थोड़ा मजाक करने के लिए गंभीर चेहरा बनाएं): "बस, अब जल्दी बोलो तुम कौन हो?"

देव: "नहीं.... मतलब मैं देव हूँ।"

सुलोचना: "ओह, यह कोई जवाब हुआ! तुम कौन सा देव हो भाई! आर्थात आसमान में सूर्य देव या बरुन देव, कैलाश पर्वत पर महादेव या चक्र

वाले इंद्रदेव या पतिदे... (यह कहते हुए उसने शर्म से अपनी जीभ काट ली, आँखें बंद कर लीं और मन ही मन कहा....क्या जाने लड़का क्या सोचेगा! फिर भी बच गई पतिदेव पूरी तरह से मुँह से बाहर निकलकर नहीं आया, इसलिए स्कूल में सभी लड़कियाँ मुझे कहती है की मेरी ओंठ बंद नहीं होती। सब कुछ तो सही था, पर पतिदे... मुँह से क्यों निकल आया समझ में नहीं आता...! फिर भी जो होना है वह तो हो गया, अब सोचने से क्या फायदा! परन्तु अब मैं उसके तरफ कैसे नजर डालूं! थोड़ा शर्म से अपना सिर झुका लिया और गलती का प्रायश्चित करने के लिए दो बार सिर हिलाया। सिर हिलाने से दोनों तरफ के बालों की दो लटें अगल-बगल से झूलती हैं। क्या सोचना है, देखती हूँ वह क्या उत्तर देता है। फिर से अपना सिर उठाता है और देव के चेहरे की ओर देखता है।

देव ने जंगल के अंदर एक आश्रम में योगी बाबा के सख्त शासन के अधीन बड़े हुए है। आश्रम के बाहर किसी कुमारी लड़की से आमने-सामने की बात तो दूर, कभी देखा तक भी नहीं; लेकिन आज पहली नजर में यह कैसी लड़की से सामना हो गया जो ऐसे बातें करती कि मैं जवाब नहीं दे पा रहा हूँ! यह लड़की है या बारूद का गोला! क्या सभी लड़कियाँ ऐसी ही होती है! एक साथ इतनी सारी बातें उनसे सुनने के बाद मन ही मन सोचा। कि आखिर वह एक छोटी सी लड़की मेरे बारे में जानने के लिए इतनी उत्सुक क्यों है! सर उठाकर देखा कि सुलचना उसके तरफ देख रही है, अंदर से घबराहट होने लगा। सोचने लगा अगर यह लड़की दोबारा कोई सवाल लेकर बैठ गई तो! अंदर ही अंदर थोड़ा सा जोस लाकर.....

देव: “हाँ.... मैं, मैं देव ही हूँ।”

अब सुलोचना को समझ में आ गया कि देव ने उसकी बातों पर ज्यादा ध्यान नहीं दिया। अब डर को हटाकर कहने लगी...

सुलोचना: “मैंने कब कहा कि तुम झूठ बोल रहे हो, तुम देव नहीं हो!”

लड़कियों से बात करने की आदत नहीं होने से दिल में थोड़ा डर लेकर.....

देव: “मेरा मतलब है मैं...”

सुलोचना: “हाँ, बताओ तुम कहाँ के हो, कहाँ रहते हो?”

देव (स्पष्ट उत्तर देता है): “मैं जंगल में रहता हूँ।”

उसकी आँखें आश्चर्य और जिज्ञासा से फैल गईं, उसने अपना माथा थोड़ा ऊपर उठाया और फुसफुसाया...

सुलोचना: “हे देव, यह कैसे हो सकता.... मेरा मतलब है, तुम जंगल में रहने वाले देव हो; इसका मतलब तुम जंगली देव जरूर। जंगल का देवता होना चाहिए! तब निश्चय ही वन में सभी लोग तुम्हारी पूजा करते होंगे। जंगल के सभी जानवर तुम से डरते होंगे! अब से मुझे बहुत सावधान रहना होगा, तुम क्या कहते हो!”

देव: “नहीं... ऐसा नहीं है, अब से मैं यहीं रहूंगा।”

सुलोचना: “चमत्कार! तुम कितनी जल्दी जंगलीदेव से नगरदेव में बदल सकते हो! मुझे बताओ तुम कुछ न कुछ जादू-टोना जरूर जानते हो!”

देव: “नहीं.... मैं नहीं जानता, और मुझे यह सब पसंद नहीं है।”

सुलोचना: “मुझे बताओ कि तुम्हें क्या पसंद है, जंगलीदेव।”

देव सोचता रहा कि यह लड़की मुझे तब तक नहीं छोड़ेगी जब तक कि वह मेरे पेट की सारी नाड़ियाँ बहार न निकल ले, खुद को बहुत खतरे में सोचकर हक्का-बक्का रह गया...

कोई जवाब न मिलने से.......

सुलोचना: “अरे जंगलीदेव, तुम ठीक से तो बताओ तुम्हारा पता क्या है? तुम किसके पास आए हो? तुम किसके हो या तुम मेरे....(गलती से मुंह से निकल गया तुम मेरे...)”

इतनी देर तक खड़े रहने के बाद सुलोचना की शब्दों को सहन करते हुए डर धीरे-धीरे ख़त्म हो गया। सुलोचना की बात ख़त्म होने से पहले ही यानि जब सुलोचना कहती है, तुम मेरे....

देव (कुछ सोचे बिना): “मैं तुम्हारी हूँ... ।”

आकाश में बिजली की भाँति गर्जना कर रही थी सुलोचना अचानक देव के मुख से “मैं तुम्हारी हूँ” ये शब्द सुनकर उसकी वाणी की सारी शक्ति रुक गई। उसके मुंह से और कोई शब्द नहीं निकला, जैसे भारी बारिश के बाद सूरज निकलने पर नीला आकाश शांत और उज्ज्वल दिखता है, देव को सुलोचना के चेहरे पर शांति और चमक दिखाई देने लगी। उसे समझ नहीं आ रहा कि वह अचानक इतना शांत क्यों हो गयी! उन्होंने जो कहा, उसका गूढ़ अर्थ और आशय समझ में नहीं आता।

सुलोचना के हृदय में भय मिश्रित हर्ष का अनुभव होने लगा। बुद्धि और साहस उम्र से ज्यादा है सुलोचना की। मानो सोच रही हो, देव के चेहरे पर सरलता देख कर सुलोचना के हृदय सरोवर में प्यार का कमल खिलने लगा है, और मन ही मन कहने लगी, ‘हां मैं तुम्हारी हूँ’।”

सुलोचना न जाने कितनी देर से देव को देख रही थी, अचानक सावित्री फर्श के एक छोर से दूसरे छोर तक जाते जाते देखा देव और सुलोचना को नीचे मंदिर के पास खड़े रहते हुए।

सावित्री (तुरंत बोली): "सुलोचना, देव से पूछो कि उसने खाना खाया या नहीं।"

सुलोचना (माँ की आवाज से चौंक गयी और अपने आप को संभलकर देव को जंगलीदेव न कहकर प्यार से): "देवाधिदेव, तुमने खाना खाया है? मेरा मतलब है कि माँ पूछ रही है क्या तुमने खाना खाया है!"

देव (अचानक सुलोचना की इतनी मिठास आवाज सुनकर भ्रमित हो गया, फिर उत्तर दिया): "नहीं...मैं अभी खाऊंगा।"

सुलोचना (माँ को देखते हुए): "कहता है अभी खाऊंगा बोला।"

सावित्री: "तुम आओ और खाना खा लो, तुम्हारे संगीत शिक्षक अभी आनेवाली है।"

एक बार देव की ओर देखा और कहती है, "मैं आ रही हूँ।"

सुलोचना ने स्कूल के कपड़े बदले और खाने के लिए डाइनिंग टेबल पर बैठ गई, माँ सावित्री खाना परोसने लगी।

सुलोचना (आश्चर्य से अपनी मां की ओर देखा): "वह नहीं खाएगा! उसने कहा अब खाऊंगा! उसका खाना कहाँ है?" (मन ही मन सोचने लगी उसके साथ खाना खाते समय उसके बारे में ज्यादा से ज्यादा जानकारी प्राप्त कर लूंगी)

सावित्री: "मेरा मतलब है कि तुम किसके बारे में बात कर रही हो?"

सुलोचना (देव के बारे में कुछ भी न जानने का दिखावा करते हुए): "वह जो... मेरा मतलब है कि मैं जिस लड़के से बात कर रही थी, वह हमारे घर आया और कह रहा था कि अभी खाना खाऊंगा!"

सावित्री (मुस्कुराते हुए): "अरे तुम देव के बारे में बात कर रही हो?"

सुलोचना: “ओह ठीक है....मेरा मतलब है कि तुमने मुझ से पूछी थी कि वह खाना खाया है या नहीं। मैंने जब पूछा तो उसने कहा कि अभी खाएंगे, फिर खाना खाने आया नहीं?”

सावित्री: “हाँ, उसने कहा कि वह खाएगा, लेकिन हमारे साथ नहीं। वह वहां अपना खाना खुद बनाता है।”

सुलोचना (सोचने लगी कि वह अकेले कैसे खाना बनायेगा और खायेगा! मंदिर के बगल में जो कमरे है उस पर अकेले कैसे रहेगा): “क्या उसके पास शिक्षा नहीं है?”

सावित्री: “वह आम आदमी से थोड़ा अलग है, उसने गुरुकुल से कई शास्त्रों और गुरुओं से महारत हासिल की है, जो कई लोगों के लिए अज्ञात है। वह हमारे योगी बाबा का प्रिय पुत्र है, अब से वह सभी प्रकार की पढ़ाई यहीं से करेगा।”

अचानक नीचे का गेट खुलने की आवाज आती है, विजय सेठ कार लेकर अंदर आता है और कर्मचारी को देव के कमरे में पढ़ाई, कपड़ों और सारा सामान देता है; हिदायत देता है कि उसके कमरे के आसपास हमेशा साफ-सफाई रखा जाए। देव सेठ को प्रणाम करते हैं...

विजय सेठ: “योगी बाबा के निर्देशानुसार तुम्हें यहाँ से तैयार होना होगा, मैं तुम्हें केवल आवश्यक सामान ही दूँगा। तुम्हे खुद को स्थापित करने के लिए कड़ी मेहनत करनी होगी। यदि तुम खुद को स्थापित नहीं करोगे तो तुम दूसरों की मदद कैसे कर सकते हो! मैं बहुत छोटी उम्र से ही योगी बाबा के पास आता-जाता रहा हूं। उसने तुम्हे मुझे सौंपने में संकोच नहीं किया क्योंकि वह मुझसे प्यार करतें है और मुझे जानते है। तुम यहीं से अपना जीवन बनाओगे, कोई भी यहाँ आकर तुम्हें तुम्हारे काम में किसी भी तरह से रोकेगा-टोकेगा नहीं, यही योगी बाबा का आदेश है।”

विजय सेठ (अपने शयनकक्ष में आया और सावित्री को संबोधित करते हुए): "मेरी कार कि पार्टस तैयार करने की फैक्ट्री बंद होने वाली है। मैंने सुजॉय से समय-समय पर उसका ख्याल रखने के लिए कहा, और उसने कहा कि उसके पास समय नहीं है। आज हांगकांग, कल शिकागो, परसों पेरिस इन सब कामों में व्यस्त है। अपना इतना आयात-निर्यात कारोबार देखने के बाद उसे और कार पार्टस बनाने वाली फैक्ट्री को देखने का समय कहां है! पुश्तैनी फैक्ट्री दूरदर्शिता के अभाव में बंद होने के कगार पर है। एक बार सुजॉय ने कहा कि इसे बेच दो या किसी और को दे दो ताकि यह काम जारी रहे। मुझे लगता है कि अगर देव बड़ा हो जाए और इसे अपना बना ले, तो कारोबार कायम रह सकता है। लड़का अच्छे चरित्र का है और योगी बाबा की करतूत है, इसलिए वह कभी कोई गलत काम नहीं करेगा।"

सावित्री: "तुम उसे अपने जैसा समझोगी तो क्या हुआ, उसे भी हमें स्वीकार करना होगा।"

विजय: "यह तो तय है, लेकिन यहां रहकर उसके मन में हमारे प्रति प्यार और आकर्षण जरूर पैदा हो जाएगा।"

धीरे-धीरे दोपहर बीत गए और शाम हो गई, शाम के समय देव कमरे की दक्षिणी खिड़की खोलता है और पर्दा हटाकर बाहर का माहौल देखने की कोशिश करता है। दूर-दूर तक पहाड़ों की कतारें, पहाड़ियों के वीच में बने घर काफी छोटे दिखाई दे रहे है। दूर से घरों पर रोशनी दिखने में ऐसा लगता है जैसे पहाड़ी पर बहुत सारे दीपक जल रहे। पहाड़ को देखते-देखते उसे शाम को योगी बाबा के आश्रम के माहौल का ख्याल आया। कानों में शाम की आरती और कंसार घंटियों की आवाज गूंज रही है, जबकि योगी बाबा मंदिर में पूजा कर रहे हैं मंत्र उच्चारण के साथ "ॐ सर्वमंगल मांगल्ये शिवे सर्वत्व साधिके, शरण्ये त्रामके गौरी नारायणी नमोस्तुते। ॐ सृष्टि स्थिति विनाशानां

शक्तिभूते सनातनि। गुणाश्रये गुणमये नारायणी नमोस्तुते।" मंदिर की पूजा समाप्त होने के बाद ब्रोकन हारु सामने आकर खड़ा हो जाता और भजन गाने लगता है,

"मेरे सुनहरे गौरांग

नाचते हुए जा रहे हैं

हाथ उठाकर

हरि का नाम का धारा

बहती जा रही है

तुम आ जाओ नाचते हुए

हाथ उठाकर

तुम आ जाओ

इस गकुल धाम

हाथ उठाकर

आ जाओ गकुल धाम

हाथ उठाकर।"

पूजा समाप्त हो गई, छोटी माँ केले के पत्ते में सभी को प्रसाद सिन्नी, खीर, पेड़ा, नारियल, फल आदि वितरण करने लग जाती। कभी-कभी वह एक या दो लोगों को साथ ले जाता और आँगन में लकड़ी की आग पर तरिताकारी पकाती हैं, एक साथ सभी मिलकर खाने के लिए। पर बाबा के निदेशानुसार देव खुद के लिए स्वयं बना लेता था। यहां कंसार-घंटी की कोई आवाज नहीं होती, कोई जमावड़ा नहीं होता.... सोचकर मन उदास हो जाता है।

हालाँकि वह शेठ परिवार के घर के बगल में रहते हैं, पर पूरी तरह से अलग था। कई दिन बीत गए लेकिन उसके घर कभी कोई नहीं आया। विजय सेठ के सख्त आदेशों की अवज्ञा करते हुए कोई भी उनके पास आकर उनकी जीवनशैली को देखना या जानना नहीं चाहता। योगी बाबा ने उन्हें इसी तरह जीना भी सिखाया। सुलोचना ने देव को सारे सुख-दुख की बातें बताने की सोची, लेकिन कुछ नहीं हुआ। प्रतिदिन स्कूल से लौटते वक्त वे सोचती रहती अगर वह लड़का पलक झपकते दिख जाए तो दिल से दूर होने का गम मिट जायगा! प्रतिदिन स्कुल से लौटते वक्त मंदिर की ओर निगाह डाल लेती कि कास वह लड़का एक बार मिल जाए, लेकिन मन कि आशा अधूरी रह जाती। आज शनिवार है, आगामी परीक्षा की तैयारी और स्कूल में शिक्षकों के बैठकों के लिए जल्द छुट्टी हो गयी। देव हमेशा की तरह स्नान करके मंदिर में पूजा करने के पश्चात सीढ़ियों से नीचे धीरे धीरे उतर रहा था, अचानक गेट खुलने की आवाज से वह चौंक गया और देखा कि सुलोचना कार से स्कूल से लौट रही हैं। तुरंत, पहले कि घटना याद करके उनका दिल धड़कने लगा। यह सोच कर कि वह बिना कोई सवाल पूछे जाएगी नहीं! डर के मारे वह सीढ़ियों से नीचे उतरने कि वजह दोबारा सीढ़ी से ऊपर चढ़ने लगा। तब तक सुलोचना को कार के साइड ग्लास से सब कुछ दिखाई दी। देव ने मन ही मन सोचा सुलोचना उसे देखा नहीं; मंदिर का ऊपरी दरवाजा खोलकर अंदर जाना होगा और उससे छुटकारा मिल जाएगा।

सुलोचना के दिमाग में यह बात नहीं आ रही है कि सीढ़ी से नीचे उतरने के बजह ऊपर क्यों जा रहा है, जल्दी से गाड़ी से नीचे उतरकर......

सुलोचना: "यह सुनो, अभी तो मंदिर से नीचे उतर रहे थे, तुम दोबारा मंदिर क्यों जा रहे हो?"

देव (सोचने लगा कि सुलोचना उसे देख लिया है): “नहीं....मेरा मतलब है कि मैं यह मंदिर का प्रसाद लेना भूल गया, इसलिए लाने जा रहा हूं।”

चौकीदार, जो काफी देर से स्कूल बैग लेकर खड़ा था, उसने सुलोचना को उससे बात करते हुए देखा और बैग को उनके कमरे में रखने के लिए चला गया।

देव को मंदिर में पुनः प्रवेश करते देख, सुलोचना मंदिर की ओर जाने वाली सीढ़ियों के नीचे खड़ी हो जाती है।

देव मन्दिर के अन्दर से झाँककर देखा कि सुलोचना चली गयी है या नहीं! वह उसे देखकर हैरान हो गया, चौंक गया और मन ही मन सोचा जब तक सुलोचना चली नहीं जायगी तब तक मैं इस मंदिर से बाहर नहीं निकलूंगा। मैं इसी मंदिर के अंदर मां की मूर्ति के सामने खड़ा रहूंगा।

देव (मूर्ति के सामने हाथ जोड़कर आंखें बंद करके): “हे माँ जगदम्बा, तुम मुझे इस भयानक लड़की से बचाना।”

यह देखकर कि देव मंदिर से नीचे नहीं आया, सुलोचना धीरे-धीरे सीढ़ियों से ऊपर चढ़ गई, मंदिर के दरवाजे के सामने खड़ी हो गई और देव को प्रार्थना करते हुए सुना, लेकिन वह इतने धीरे से बोल रहा था कि सुलोचना समझ नहीं पाई।

सुलोचना: “क्या देवाधिदेव, तुम इतनी देर से खड़े होकर माता जी से किस वरदान की प्रार्थना कर रहे हो?”

देव (मुँह बनाते हुए): “अब मैं क्या प्रार्थना करूँ, मैं तो इस माँ से कह रहा था कि इस घर में सब अच्छे हों।”

सुलोचना: "वाह, बहुत अच्छी प्रार्थना, तुम्हें यह प्रार्थना प्रतिदिन माँ से करनी चाहिए; लेकिन क्या तुम्हें अपनी या अपने घर की भलाई की कोई ज़रूरत नहीं है, जंगलीदेव?"

देव: "अब से आप सभी की भलाई में ही मेरी भलाई है, क्योंकि मैं आप सभी के साथ हूं।"

सुलोचना (थोड़ा बचकानापन से): "तुम सही कह रहे हो, हमारा कल्याण मतलब तुम्हारा कल्याण है; अगर तुम समझो तो अब से मेरी भलाई का मतलब तुम्हारी भलाई है। इसलिए तुम्हे प्रतिदिन प्रार्थना करनी चाहिए ताकि मुझे परीक्षा में अच्छे परिणाम मिले।"

देव कुछ नहीं कह पाता, बस सहमति में सिर हिला देता है।

सुलोचना: "अभी तुम प्रसाद दो, जो तुम लेना भूल गये थे।"

वह सोचने लगा कि वह तो बड़े खतरे में है, अब मैं उसके लिए प्रसाद का इंतजाम कहां से करूं! सुबह माँ के मंदिर में पूजा हुई, फिर पुजारी ने पूजा ख़त्म की और प्रसाद लेकर चला गया, मैं अभी नहाकर मंदिर में मां को प्रणाम करने आया, चारों ओर देखा, नहीं.... कहीं कुछ भी नहीं है।

सुलोचना: "मुझे प्रसाद कब मिलेगा?"

देव ने हाथ जोड़कर मन ही मन माँ से कहा, "बचा लो वरना इस लड़की के हाथों मेरी जान चली जायेगी!"

अचानक मां की प्रतिमा के सामने देखा एक पीतल का कलश है, जिस पर थोड़ासा पानी है, और बगल में तांबे का कुशी। झट से कुशी को उठाकर कलश से पानी भर ली, फिर सुलोचना के सामने आ गया। सुलोचना के सामने खड़े होकर उसकी सिर के दोनों ओर गुँथे हुए बालों का गुच्छा, गोल गोरा चेहरा, स्कूल यूनिफॉर्म गुलाबी/सफ़ेद स्कर्ट, बड़ी-बड़ी आँखों.....देव भी

हाथ में कुशी लेकर उसके सामने खड़े होकर उसे देखते ही मंत्रमुग्ध हो गया। मन ही मन सोचा कि भगवान की रचना इतनी सुंदर हो सकती है! उसके हाथ में पानी भरा हुआ कुशी हाथ में ही रह गया। सुलोचना ने उसे आश्चर्य हो कर देखती रही और सोचा मैं हर दिन स्कूलों, कॉलेजों में और सड़कों पर बहुत सारे लड़कों को देखती हूँ, लेकिन आज तक इतना भव्य, सुंदर दिखने वाला लड़का कभी मेरी नजर में नहीं आया है। उसे देखते हुए उन्होंने दाहिने हाथ के नीचे बायाँ हाथ रख कर माँ का 'चरणामृत' लेने कि आशा में सामने खड़ी रह गई। दोनों एक दूसरे कि ओर नजर डाले हुए है।

सुलोचना: "क्या अभी तक माता का 'चरणामृत' नहीं बना?"

उसकी आवाज़ ने देव का सम्मोहन तोड़ दिया, उसने देखा कि सुलोचना के हाथ उसकी छाती के सामने फैले हुए हैं। डर के मारे हाथ में पकड़े हुए कुशी थोड़ा कांपने लगा। चूंकि कुशी आकार में काफी बड़ी है, इसलिए पानी जल्दी लेने के समय काफी भरी हुई थी। यदि कुशी से पानी डालते समय ज्यादा ध्यान न दिया जाए तो पानी जमीन पर गिर सकता है। माँ का 'चरणामृत' ज़मीन पर गिरना शुभ नहीं माना जाता, इसलिए कुशी को संभलकर पकड़के सुलोचना के हाथ में देने के लिए थोड़ा झुकता है, और फिर डर के मारे उसे सीधा पकड़ने के बजाय उल्टा पकड़ लेता है; फिर झुका, देने के लिए पर दे नहीं पाया क्यूंकि उसे पूरा पानी भरे हुए और थोड़ा हिलने से पानी कुशी से टपक कर गिरेगा। एक दो बार कोशिश करने के पश्चात भी पानी उसके हाथ में देने के लिए असमर्थ हुआ। सुलोचना कुछ नहीं बोली और उसकी हरकतें देखकर अंदर ही अंदर मुस्कुराने लगी। देव एक बार फिर सुलोचना के हाथ पर पानी डालने की कोशिश करता है लेकिन उसका हाथ कांपता है।

सुलोचना: “जमीन पर ‘चरणामृत’ गिरना पाप होगा, यही सोच रहे हो न?”

देव (घूंट लेते हए): “दरअसल, कुशी काफी बड़ी है, इसलिए उसे हिलाना मुश्किल लग रहा है।”

सुलोचना: “तुम एक काम करो, मैं यहाँ उबासी ले रही हूँ, तुम इसे मेरे मुँह में डाल दो; तब यह जमीन पर नहीं गिरेगा।”

अपने हाथ में कुशी को सीधे उसके चेहरे के पास लाकर देव ने एक बार कुशी में पानी की ओर देखा और एक बार उसके चेहरे की ओर। सुलोचना मुँह खोलकर घुटनों के बल बैठ गयी और सोचती है कि ‘चरणामृत’ उसके गले में गिर जायेगा; लेकिन यह क्या, देव के हाथ में चरणामृत रह गया, उसकी मुँह में एक बूँद भी नहीं गिरा। सुलोचना अपना मुँह बंद कर लिया और कुशी की ओर देखा, फिर जोर से हंसने लगी।

देव (घबराते हुए): “नहीं...नहीं, मेरा मतलब थोड़ा डर गया क्यों की कुशी बड़ी है।”

सुलोचना: “क्यों डर रहे हो, मुझे देखकर तुम्हे डर लगता है!”

देव: ”नहीं....मेरा मतलब है कि मैं पानी यानि ‘चरणामृत’ ठीक से नहीं डाल सकता।”

सुलोचना: “तुम क्या कर रहे हो देवाधिदेव! तुम कुशी को उल्टा पकड़े हुए हो, उस से पानी कैसे गिरेगा!”

कुशी को उल्टा पकड़कर पानी डालना वाकई मुश्किल है...

देव (देखा सच मुच कुशी को उन्होंने उल्टा पकड़ रखा): “अब कोई परेशानी नहीं होगी।”

सुलोचना अब मुँह खुला रखकर झुककर बैठ गई, देव भी धीरे-धीरे पानी की एक बूंद उसके गले में डालता है लेकिन सुलोचना फिर भी अपना मुंह बंद नहीं करती है। एक बार फिर कुशी से पानी गले में जब डाले थोड़ा हाथ हिल गया और दो बूंदें पानी होठों से बाहर आ गया। पानी की दो बूंदें जमीन पर न गिरें इसलिए वह झट से सुलोचना के होठों के नीचे के पानी को अपनी उंगलियों से पोंछ देता है। सुलोचना ने एक घूंट लिया और अपनी आँखें बंद कर लीं और उसके हाथ का कोमल स्पर्श महसूस किया।

सुलोचना: "माँ की 'चरणामृत' से सुकून मिलता है।"

अपना सिर फर्श पर झुकाया और सीढ़ियों से नीचे उतरने लगी। पीछे मुड़कर देखने पर पता चला देव भी सीढ़ियों से एक-एक कदम बहुत धीरे-धीरे नीचे जा रहा हैं।

सुलोचना: "क्या तुम स्वर्ग की सीढ़ी से धरती पर उतर रहे हो?"

देव: "स्वर्ग बहुत दूर है, वहाँ पहुँचना, फिर से वापस आना इतना आसान है क्या!"

सुलोचना: "तुम बता सकते हो कि स्वर्ग तक कितनी सीढ़ियाँ हैं?"

देव: "स्वर्ग की सीढ़ियाँ अनगिनत हैं, इतनी जल्दी नहीं गिनी जा सकतीं। रावण स्वर्ग तक रास्ता या सीढ़ियाँ बनाने का इतना प्रयत्न किया था, पर नहीं बना सका।"

सुलोचना: "तुम असली में एक बुद्धू हो, रावण कैसे बना सकता है! उसे राम की पत्नी सीता का हरण करने जैसा महान कार्य करना था, जिसके लिए उसे समय चाहिए। अगर वह बुरा सोच नहीं रखते, तो दो-चार दिन में ही इसे बना सकते थे।"

देव: "क्या तुम मुझे बता सकती हो कि स्वर्ग तक जाने के लिए कितनी सीढ़ियाँ हैं?"

सुलोचना: "मूर्ख, तुम्हें यह भी पता नहीं! स्वर्ग तक जाने की लिए केवल एक ही सीढ़ी है, यह सत्य है। यदि तुम सत्य की मार्ग पर चलोगे तो एक दिन तुम जरूर स्वर्ग पर पहुँच ही जाओगे।"

तभी वह खिलखिला कर हँसी और तेजी से सीढ़ियाँ उतरकर अपने कमरे में चली गई।

देव मंदिर से नीचे अपने घर की ओर जाते हुए सोचता है कि लड़की कितनी सरल और बुद्धिमती है। मैं इतने सारे धर्मग्रंथों का अध्ययन करने के बाद भी, यह नहीं समझ सका कि अगर मैं एक सत्य पर कायम रहूं तो स्वर्ग जा सकता हूँ। देव ने घर में प्रवेश किया, भोजन समाप्त करने के पश्चात, अपने साथी किताबें लेकर बैठ गया और पढ़ाई शुरू कर दी।

जैसे-जैसे महिने और साल बीतते गए, देव कॉलेज में पढ़ाई के साथ-साथ खेल में भी उत्कृष्ट प्रदर्शन करता रहा। जीवन के प्रारम्भे योगी बाबा से मिली शिक्षाएं उनके लिए हमेशा उपयोगी होती हैं। उनके जीवन का लक्ष्य संघर्ष करके आगे बढ़ना है। उन्हें कॉलेज से आगे विश्वविद्यालय में प्रवेश दिलाया गया, हालाँकि वे यूनिवर्सिटी में प्रथम स्थान प्राप्त किया पर उसे देखने में लगता है कि वह एक साधारण छात्र हैं। वर्तमान सामाजिक व्यवस्था में स्वयं को ढालते हुए बहुआयामी प्रतिभा के स्वामी गुरु प्रदत्त तपस्या को एक दिन के लिए भी उपेक्षा नहीं करते और ज्ञान के प्रकाश में हर जगह अपनी छाप छोड़ जाते हैं। अधिकांश सहपाठी पढ़ाई से अधिक दल-राजनीति को आदर्श मानते हैं। कभी-कभी इस दल-राजनीति से धर्म और जाति की राजनीति का संघर्ष हो जाता है; एक दिन ऐसी एक घटना जो पूरे यूनिवर्सिटी को हिला दिया। 'एनसाइक्लोपीडिया ऑफ द सोशल साइंस' किताब के पन्ने

पलटते हुए देव ने दो मंजिला लाइब्रेरी से देखा कि नीचे ज़मीन पर दोनों समुदाय के बीच लड़ाई चरम स्तर पर पहुंच गई। अचानक उनमें से एक दूसरे को मारना चाहता है। अन्य छात्रों की चीख-पुकार पर आसपास के कई स्टाफ सदस्य एकत्र हो गए। कई छात्र–छात्रायें इन मामलों में खुद को शामिल न करने के लिए चुपचाप अपनी कक्षाओं में चले जाते हैं, अचानक लाइब्रेरी में देव के एक सहपाठी आकर कहता है, “देख देव, तुम्हे एक बार जाकर देखना चाहिए कि वहाँ क्या हो रहा है, तुम इसे संभाल सकते हो, अन्यथा इस विश्वविद्यालय परिसर में हत्या हो सकती है।” चूंकि देव बलशाली और बहादुर था, इसलिए कई लोग उनका प्रशंसा करते थे। बिना देर किए वह सीढ़ियों से नीचे उतरा और घटनास्थल पर पहुंच गया। इस लड़ाई में एक शख्स अपनी पैंट की जेब से एक बड़ा चाकू निकालता है तो दूसरा एक छोटी सी लकड़ी उठाता है, और एक-दूसरे को पीटना शुरू कर देता है। बहस के बीच अचानक चाकू धारी युवक लाठीधारी युवक पर टूट पड़ा और कुछ ही सेकेंड में उसे धक्का देकर जमीन पर गिरा दिया और फिर लाठीधारी युवक ने लाठी से पीटने का प्रयास कर रहा है। दोनों समूहों के कुछ अन्य छात्रों एक दूसरे को लाठियों, थप्पड़ों और घूंसों से पीटने में व्यस्त हैं। जमीन पर गिरकर हाथ में डंडा लिए युवक ने अपने ऊपर चढ़े युवक के हाथ से चाकू हटाने की काफी कोशिश कर रहे थे। आस-पास खड़े कई छात्र डर के मारे चीखने-चिल्लाने लगे। देव को पता चलता है कि छाती पर बैठा हुआ युवक एक समुदाय का और ज़मीन पर लेटा हुआ युवक दूसरे समुदाय का। एक-दो सेकेंड में छाती पर बैठा हुआ युवक जमीन पर पडे युवक के पेट में चाकू घुसा देगा! देव के पास लाइब्रेरी की वह मोटी किताबें हैं, जिसे उस युवक को जो चाकू हाथ में पकड़ रखा उस पर फेंकने से तब जमीन पर लेटा युवक तो बच जाएगा, लेकिन स्थिति बहुत भयावह होगी; इसलिए कि दूसरे पक्ष समझेंगे की मैं जिसे बचा रहा हूँ, उसके धर्म को मैं सापोर्ट करता हूँ। दूसरे समूह के

छात्र मिलकर उस पर हमला करेंगे; दोनों गुटों के बीच लड़ाई और तेज हो जाएगी। उसने तुरंत किताब को दोनों हाथों से उठाया और जोर से फर्श पर (सीमेंट पर) फेंक दिया। इतनी मोटी किताब अचानक तेज आवाज के साथ जमीन पर गिरी। जैसे ही चाकूधारी युवक का ध्यान किताब की ओर गया, देव ने झट से उसके हाथ से चाकू छीन लिया; इससे पहले कि जमीन पर लेटे हुए युवक लाठी से वॉर करे, वह खुद को सामने लेता है और दूसरे को छुपा लेता है। जमीन पर लेटे युवक ने जब डंडे से वार करना चाहा तो डंडा देव के कंधे पर लगा।

एक समुदाय के युवक: "तुम लोग चले जाओ, आज इसे मैं ख़त्म कर दूंगा, साला समझता है क्या हम मर गये!"

दूसरा समुदाय के युवक (खड़े होकर): "आज साला तुम नहीं तो मैं दोनों में से एक जिन्दा रहेगा।"

देव (दोनों को किसी तरह पकड़ा): "तुम लोगो का क्या परेशानी है? तुम लोग आपस में लड़ते रहो, मैं जा रहा हूं, लेकिन जाने से पहले मेरा एक सवाल है। यदि तुममें से कोई भी उत्तर दे सके, तो मैं तुम्हारी बात मान लूँगा, और यदि तुम्हें हत्या करके भी शांति मिले, तो पहले उस चाकू से मुझ पर वार करो; बस मेरे सवाल का जवाब देने के पश्चात ही मुझे या एक दूसरे को मारो।"

कॉलेज या यूनिवर्सिटी में जूनियर छात्र सीनियर छात्रों को कुछ सम्मान देते हैं। देव की बात सुनकर दोनों बोले, "बताओ तुम्हारा सवाल क्या है, हम पहले सुन लेते।"

देव: "प्रश्न दोनों के लिए एक ही है, जो पहले उत्तर देगा वह विजेता होगा। यदि कोई सही उत्तर नहीं दे पाता है, तो तुम्हे जानना होगा कि तुम्हे कुछ और शिक्षा की आवश्यकता है।

सवाल: तुम्हे कहा गया एवरेस्ट जितना ऊंचा पहाड़ बनाना है, बताओ इसे कैसे बनाया जा सकता है?"

इस प्रश्न से वे दोनों आश्चर्यचकित रह गये, दोनों ने आकाश में तैरते बादलों की ओर देखा। एक सिर खुजा रहा है, और दूसरा गाल पर हाथ रखकर सोच रहा है। एक कहता है यह संभव नहीं है, तो दूसरा कहता है यह प्राकृतिक है, मनुष्य द्वारा इसका निर्माण संभव नहीं है। अब तक स्थिति कुछ शांत हो चुकी थी, इसलिए सभी छात्र देव की बात सुनने लगे। घटना के सिलसिले में कुलपति भी मौके पर पहुँच गये।

देव: "तुम में से कोई भी मेरे प्रश्न का उत्तर नहीं दे सकता, इसलिए मैं तुमसे दूसरा प्रश्न पूछता हूँ। आशा है तुम दोनों इसका सही उत्तर दे सकोगे।"

देव: "इस समय दुनिया में कितने लोग हैं, यानि कुल जनसंख्या कितनी है?"

एक कहता है एक हजार करोड़ और दूसरा कहता है पांच-सात सौ करोड़ होंगे।

देव (धीरे से मुस्कुराते हुए): "अगर हम दुनिया के सभी लोग एक दिन में पचास टोकरियाँ मिट्टी और बजरी इकट्ठा करें, तो यह निश्चित रूप से बहुत अधिक होगी यानि एक हजार करोड़ गुना पचास मतलब पचास हजार करोड़ टोकरियाँ मिट्टी केवल एक ही दिन में इकट्ठा कर पाएंगे। अगर हमने एक दिन के बजाय एक महिने या एक साल या दस साल या फिर पचास साल एक ही जगह में इकट्ठा करते जायेंगे तो क्या उस इकट्ठे किये हुए स्थान हिमालय पर्वत से ऊँचा नहीं होगा। अब बताओ, क्या तुम कभी दो हाथों के अपनी दसों उंगलियों से हिमालय जैसा पर्वत बना सकते हो? हमारी दुनिया एक बड़ा बगीचा है, हम सब इस बगीचा के फूल हैं, जिसे जिंदगी कहते हैं। स्वर्ग आज तक न किसी ने देखा है, और न देख पाएगा जिन्दा रहकर। यहां अलग अलग

फूलों जैसा अलग अलग धर्म हैं। यदि हिंदू, बौद्ध, ईसाई, इस्लाम, जैन, पारसी आदि कोई समुदाय कहे, 'यह सारा संसार केवल हमारे धर्म के लोगों के लिए है' तो संघर्ष होना अनिवार्य है। यह कई एक रोटी नहीं है, जिसके टुकड़े करके विभिन्न समुदायों में वितरित किया जायेगा। यदि हम कहें, 'दुनिया के सभी मुसलमान या सभी हिंदू या सभी ईसाई या बौद्ध या जैन आदि एकजुट हो जाओ...' ऐसा कहने से हिंसा और प्रतिहिंसा बढ़ेगा, समाज और देश नष्ट हो जाएगा। ऐसे ही लोगो से भेदभाव कभी कभी एक देश से दूसरे देश के लोगो में भी नफ़रत और भेदभाव पैदा हो जाती है। प्रेम की जगह नफ़रत के बीज हम दिल में पाल लेते हैं। समाज और देश भ्रष्ट हो जायेगा। लोग क्रोध से अन्धे होकर लड़ते-झगड़ते रहेंगे। यदि किसी बिंदु पर किसी समुदाय या देश के लोग गुस्से में आकर लोगों को मारने के लिए परमाणु बम का उपयोग करते हैं, तो परिणाम क्या होंगे! दुनिया का तापमान 1000 डिग्री से अधिक बढ़ जाएगा; तब तुम्हारे पास धर्म चाहे इस्लाम हो या हिंदू, ईसाई हो या बौद्ध या जैन सब मारे जाएंगे। वहाँ कोई मनुष्य, पशु, पक्षी, कीड़े-मकौड़े और यहाँ तक कि पौधे भी नहीं होंगे। यह धरती केवल एक कब्रिस्तान बन जायेगा। तुम रहोगे तभी धर्म को रक्षा करोगे, अगर तुम ही नहीं रहोगे, तब तुम्हारा धर्म किस काम का। हालाँकि यहाँ किसी तरह कोई जीवित रह भी जाए तो क्या वह प्रकृति का तांडव सहन कर लेगा! कोई प्रकृति का रुद्ररूप से बच सकता है! क्योंकि तब प्रकृति के उन्माद का एक नया अध्याय शुरू होगा। अत्यधिक तापमान के परिणामस्वरूप, हिमालय और अंटार्कटिका सहित दुनिया के सभी पहाड़ों की बर्फ दो मिनट में पिघल जाएगी, जिससे भूमि पर पानी की मात्रा कई गुना बढ़ जाएगी। इस समय भूखंड में केवल एक हिस्सा ही ज़मीन और बाकि तीन हिस्सा पानी है। ऐसे में भी अगर थोड़ी बाढ़ आ जाए तो हम बर्बाद हो जाते है। उस समय सभी जगह जलमग्न हो जायगा, मनुष्य के लिए तब रहने लायक जगह ही नहीं बचेगा। इसलिए मेरा मानना है कि धर्म, जाति या लोगों की

राजनीति अधिक की जानी चाहिए या इसे गांवों, कस्बों, शहरों, देश और विदेश में जारी रखना है ताकि हम जल्द ही उस आपदा को देख सकें। दोस्तों, हम इंसानों को नहीं भूलना चाहिए जिन्हें ईश्वर की सर्वश्रेष्ठ रचना कही जाती है, हमें अपने अस्तित्व को बचाने के लिए सिर्फ अपनी सोच को बदलने की जरूरत है। हमें यहाँ कहना होगा कि 'अपने धर्म या अपने क्षेत्र के लोगों' को छोड़कर 'हम दुनिया के सभी लोगों एक है।' मैं तो इतना ही जानता हूं कि प्रत्येक मनुष्य के हृदय में जो प्रेम है वही असली धर्म है। यदि तुम्हें लगता है कि मेरी सोच ठीक नहीं है या मैं गलत बोल रहा हूँ तो नजरअंदाज कर देना, फिर यह चाकू लो, मेरी छाती पर रख दो। इतना जान लो, खंजर या हथियार से न धरती जीती जा सकती है, न दिल; केवल लोगों को प्यार और सेवा देने से हम पूरी दुनिया को जीत सकते हैं; और अल्लाह, भगवान या गाड की सेवा कर सकते हैं।

बातें सुनकर दोनों ने सिर झुका लिया, मुँह से कोई शब्द नही निकला। सभी विद्यार्थी एवं स्टाफ मौके पर खड़े रहकर मंत्रमुग्ध होकर देव की बातें सुनते रहे। ऐसा नहीं लगा कि यह स्थान कुछ समय पहले युद्ध का मैदान था।

वाइस चांसलर (आगे आकर देव की पीठ थपथपाते हुए): "तुम्हारी शिक्षा ही सार्थक शिक्षा है, देश को आज तुम जैसे लड़कों की जरूरत है।"

दोनों युवकों ने लज्जा से सिर झुकाकर क्षमा माँगी और प्रेम के बंधन में एक-दूसरे को गले लगा लिया।

देव: (दोनों को गले लगाया, चाकू जमीन पर फेंक दिया और कहा): "प्यारे दोस्तों, धर्म, जाति और समुदाय के नाम पर राजनीति करने की कोशिश मत करो, अपना प्यार हमेशा दूसरों के साथ बांटने की कोशिश करो।"

जैसे ही यह घटना जंगल की आग की तरह फैली, सुलोचना ने घर आकर अपने माता-पिता को घटना बताई और देव की प्रशंसा की। सारी बात सुनने के बाद सावित्री को..

विजय सेठ: "देखो मुझे कैसा लड़का मिला है, और मैं उसे अपने बेटे की तरह पाल रहा हूँ।"

धीरे से मुस्कुराता है, फिर उदास चेहरा बनाता है...

सावित्री: "लड़का तो अच्छा है, लेकिन क्या पता योगी बाबा कब बुलाएं और चला जाए!"

देव की सभी परीक्षा समाप्त हो गयी कई दिन हो गए, अब मन थोड़ा ऊब गया है, यह सोच कर कि योगी बाबा एक बार आश्रम चलने के लिए कब बुलाएंगे। काफी समय हो गया वहां से कोई खबर नहीं मिली। आश्रम भी घने जंगल में है, जहां न तो टेलीफोन की सुविधा है, और न ही परिवहन की कोई सुविधा। वहां से दस किलोमीटर दूर सदानंदपुर है जहां बाजार-हाट, स्कूल-कॉलेज, पोस्ट ऑफिस, बैंक और गाड़ी-घोड़े की आवाजाही है; बचपन से ही आश्रम में रखे गए जानवरों के साथ देव का उठना-बैठना चला आ रहा था। यहां उन्हें अकेलापन महसूस होता है। हालाँकि, पड़ोस का एक कुत्ता हर दिन दोपहर के समय देव के पास आता है और भौंकता है। अचानक कुत्ते के भौंकने से उसका ध्यान टूटा और सोचा उसे खाना खिलाने का समय हो गया। एक कटोरी में चावल और करी लेकर जल्दी से घर का पिछला दरवाजा खोला और देखा कि पहाड़ी इलाके की ओर जाने वाली संकरी सड़क के किनारे एक काला कुत्ता खड़ा है, जो अपनी पूंछ हिला रहा है और भौंक रहा है। देव को देखते ही वह खुशी से दौड़ा और उसके पैर चाटने लगा। कुत्ते ने पत्ते में रखे हुए सारे चावल और करी धीरे-धीरे खाने लगा और अपनी जीभ से चाट लिया।

इस बीच सुलोचना अपने कॉलेज की अंतिम परीक्षा की तैयारी कर रही है, दोपहर में एक निजी ट्यूटर आता है; उसके लिए कोई सन्दर्भ पुस्तक भी नहीं मिल पा रही है। इधर-उधर देखते हुए एक खिड़की के पास आया और उसे ढूंढने लगा। अचानक खिड़की से नज़र मंदिर के बगल वाले घर के पीछे सड़क पर पड़ी। यह क्या देख रहे हैं! काफी दिनों बाद आज देव दिखाई दिया। अपने माता-पिता की सख्त हिदायत के कारण देव कभी उनके घर की ओर नजर उठाकर नहीं देखता। अब वे दोनों बड़े हो चुके है, देव और सुलोचना के बीच एक प्रेम का आकर्षण है, जो किसी को मालूम नहीं है। किताब मिलने के बाद सुलोचना पर्दा को थोड़ा हटाकर देव की ओर देखा और आश्चर्य हो गयी। कटोरे में रखे सभी चावल और करी खाने के लिए कुत्ते के सामने रखा जो उस कुत्ते ने प्यार से खाने लगा। खाने के बाद कुत्ता कई बार अपनी जीभ को बाहर निकालता है और मुंह के आसपास के क्षेत्र को पोंछ लेता या साफ करता है। पूछ को बार बार हिलाने लगता है यह कहकर की खाना संतोषजनक था, उसके बाद अपने भरे पेट से खुश होकर देव के पैरों को चाटता है, देव धीरे-धीरे उसके सिर पर हाथ फेरने लगा। इस कुत्ते के प्रति देव की दया देखकर उसे गुस्सा आ जाता है, वह बर्दाश्त नहीं कर पाती...

सुलोचना: "वेह देवाधिदेव, मुझे भी तो बताओ यह सब क्या हो रहा है?"

सुलोचना की आवाज सुनते ही उसने आग्रह से और शर्माते हुए खिड़की की ओर देखा-

देव: "यह मेरा भक्त है, इसलिए मैं उसे थोड़ा खाना खिला रहा था।"

सुलोचना: "क्या इस त्रिभुवन में तुम्हे और कोई भक्त नहीं मिला हैं?"

देव: "और कहाँ मिला!"

सुलोचना (भ्रूभंग करती हुई): "कहाँ मिला! कहती हूँ तुम्हे इतने बड़े बड़े आँखों से दिखाई नहीं देती? बताओ, क्या तुम अपनी आँखों से नहीं देख सकते?"

चारों ओर अच्छी तरह देखता रहा...

देव: "मुझे कुछ दिखाई नहीं दे रहा।"

सुलोचना(भ्रूभंग करती हुई): "दिखाई नहीं दे रहा है, देखने के लिए तुम्हारा दिल है? इसीलिए तो मैं तुम्हें जंगलीदेव कहता हूँ। देखने के लिए आंखों के साथ-साथ थोड़ा दिमाग भी चाहिए। क्या तुम्हारा दिल और दिमाग काम नहीं करता! कल से कुत्तों को खाना खिलाने के बजाय कभी कभी इंसान को भी खिला देना।"

देव: "अगर तुम्हें और मुझे धरती पर रहने का अधिकार है तो कुत्ते को क्यों नहीं। लोग अपना भोजन स्वयं उपलब्ध कर सकते हैं; परन्तु यदि हम अनबोलता जानवर को नहीं देखेंगे तो वे कैसे रहेंगे, और कहाँ जायेंगे!"

सुलोचना (थोड़ा गुस्से में और जोर से): "मैं कहती हूं कि वे जहन्नुम में जाएंगे। और तुम बहुत कुत्ते दयालु लोग हो, क्या कुत्तों के साथ-साथ इंसानों को भी खाना खिलाना या उनसे प्यार करना गलत है!"

सुलोचना(यह सब कहते हुए पढ़ने के लिए अध्ययन कक्ष में जाने लगी, जाने से पहले उसने अपनी जीभ बाहर निकाली और भ्रूभंग किया): "जाओ, घर जाओ और बैठकर मेरे शब्दों के अर्थ के बारे में सोचो। इतना पढ़ने के बाद भी तुम्हें समझ नहीं आ रहा कि मैं क्या कहना चाहती हूँ, तुम्हे बुद्धू के बिना और मैं क्या कहूँगा!" (वाचनालय की ओर बढ़ता है)

देव देखता है कि सुलोचना अब खिड़की के पास खड़ी नहीं है, मन थोड़ा भारी हो जाता है; वह मन में सोचती है कि यहां अपना कहने वाला

कोई नहीं है, लेकिन लड़की थोड़ी बात करती है और पूछती है। मेरा दिल क्या कहता है, तुम जानती हो सुलोचना, मैं तुम्हें सच्चे दिल से कितना प्यार करता हूं, लेकिन मैंने एक वादा किया है जिसे तोड़ने की ताकत मुझमें नहीं है। जब योगी बाबा मुझे बुलाएगा तब जाना पड़ेगा। मेरी जिंदगी योगी बाबा के हाथ में है; उन्होंने मुझे बुलाया तो जाने के अलावा मेरे पास कोई अलग रास्ता नहीं है। मैं यहाँ दो दिन के लिए तुम्हारा साथी हूँ। मैं दौड़कर तुम्हारे पास जाकर तुम्हें सब कुछ बाता देना चाहता हूं, लेकिन मैं ऐसा नहीं कर सकता, यह मेरी कमजोरी है। मुझे गलत मत समझो सुलोचना, जिस दिन मैं योगी बाबा के पास जाऊंगा, सबसे पहले उन्हें तुम्हारे बारे में सब कुछ बताऊंगा। अब यदि मैं तुम्हारे प्रेम के बंधन में बंध गया तो मेरी शिक्षा, दीक्षा और पिता से किया हुआ वचन सब झूठा हो जायेगा। क्या तुम जानती हो कि मेरा मन कितनी बार कमज़ोर हो जाता है, मैं कितनी कठोरता से उसे अपने अधीन रखता हूँ! एक दिन तुम्हें पता चलेगा कि मैं त्याग, सत्य और संयम के बंधनों में किस प्रकार बंधा हुआ हूँ।

परीक्षाएँ आ रही हैं, इसलिए सुलोचना देर रात तक पढ़ाई करती है, पढ़ाई के बीच में वह एक-दो बार उठती है, खाना खाती और अपनी मां से दो-चार बातें कर लेती है। कभी-कभी देव से समाचार पाने की उत्सुकता मन के कोने में झाँकती है। वह यह सोच कर थोड़ा खुश होती है कि अब वह अवसर उनके पिताजी के कार पार्ट्-स फैक्ट्री में जाता है, जैसा उसके पिता ने कहा और उसकी थोड़ी देखभाल करता है। लेकिन वह इतना अनुशासित है कि अपने हाथ में कभी एक पैसा नहीं रखता। कुछ भी खरीदने के बाद बचा हुआ पैसा तुरंत वापस कर देता है, अगर माता-पिता उससे कुछ हाथ में रखने को कहें तब वह कहता है मुझे पैसे की जरूरत नहीं है, कभी जरूरत पड़ी तो मैं मांग लूंगा। जब योगी बाबा बुलाएँगे तो मैं चला जाऊँगा, मेरे हाथ में पैसा रखकर क्या होगा! आपने मुझे वह सब कुछ दिया है जिसकी मुझे ज़रूरत है।

मेरे माता-पिता उनकी सादगी और ईमानदारी से इतने प्रभावित हैं कि अगर मैं अब अपने माता-पिता को अपने मन की बात बताउंगी तो वे गलत नहीं सोचेंगे। पहले यह परीक्षा अच्छे से मिट जाए, फिर एक दिन मैं अपनी मां को बताऊंगी कि मैं क्या महसूस करती हूं। उसे कोई परेशानी नहीं होती! भले ही वह अनुशासित हो, पर अपना दुःख किसी को नहीं बताना चाहता! यह सच है कि उनके जैसे जो लोग दूसरों के कष्ट को दूर करने का प्रण लेते हैं, वे कभी भी अपने कष्टों के बारे में किसी को नहीं बताएगा। अगर कोई उनसे पूछता है कि कोई कष्ट है या नहीं तो वे ऊपर से मुस्कुरा देते हैं, और दर्द को दिल में दबा लेते हैं। इसका अर्थ यह है कि मेरे कष्ट को जानकर यदि तुम्हें कोई कष्ट हो, तो समझो कि मैंने तुम्हें कष्ट दिया है; अगर मैं तुम्हें खुश नहीं कर सकता, तो तुम्हें परेशान क्यों करूँ!

आज अचानक हवा के झोंके में खिड़की का पर्दा उड़ने लगा, घड़ी में देखा तो रात के लगभग 12:30 बज रहे। जैसे ही पर्दे हवा के झोंके से हिलने लगे तब सुलोचना बाहर की ओर देखती है, अचानक उसे मंदिर की तरफ, यानी घर के पीछे का दरवाजा खुलने की आवाज सुनाई देती है। डर के मारे सुलोचना का दिल धड़कने लगा, उत्सुकता से पढ़ना छोड़कर खिड़की के पास खड़ी हो गयी; ऐसा लगता है जैसे कोई छाया सड़क पर पहाड़ों की ओर बढ़ रही हो! उस आदमी को ठीक से देखने के लिए उसने पर्दा थोड़ा सा सरकाया और बड़ी-बड़ी आँखों से सड़क की ओर देखा, डर के मारे उसका दिल तेजी से धड़क रहा था, वह इतनी रात को दरवाज़ा खोलकर बाहर क्यों जा रहा है! लेकिन अँधेरे में घर को छोड़कर कहाँ जा रहा हैं! उसके बारे में कितने सपने, कितनी उम्मीदें, कितनी अटकलें- क्या सब झूठ होंगे! लोग जिंदगी से कितनी उम्मीदें रखते हैं, लेकिन मेरी एक ही उम्मीद और सपना है, जो सिर्फ उसी के बारे में है। नहीं... नहीं... उसे किसी भी कीमत पर लौटाना हैं, अन्यथा मेरा अस्तित्व ही झूठा हो जाएगा। देखते हैं वह रात को कहाँ और

क्यों जाता है! धीरे से अपने कमरे का दरवाज़ा खोली और तेज़ी से सीढ़ियों से नीचे उतरी, उसके पीछे-पीछे चलती और देखती रही कि वह रात में अकेला कहाँ जा रहा है! देव पहाड़ की चोटी पर आया, जहाँ एक बड़े पत्थर के बगल में एक छोटा सा शेड बना हुआ है; बंद दरवाज़ा खोलते ही पूर्णिमा के चाँद की रोशनी में सब कुछ साफ़-साफ़ दिखाई देने लगा। वह माचिस निकालता और एक दीपक जलाता है, कमरे के अंदर मूर्तियों के बारे में कुछ खास नहीं है, दूर से जो धुंधला दिखाई देता है वह सिर्फ एक प्रतीकात्मक लेखन या संकेत है, लेकिन वह यहां क्यों या किस उद्देश्य से आया है यह सुलोचना को समझ में नहीं आता है! देव कभी-कभी पूर्णिमा या अमावस्या को यहां आता हैं और तंत्र-मंत्र द्वारा विशेष साधना-भजन करता हैं, जिसे कोई नहीं जानता। सोच कर सुलोचना को थोड़ा डर लगता है। एक एक कदम बहुत सावधानी से रखकर कुटिया के बहुत नजदीक चली आयी और देखा कि अंदर बहुत पुरानी किताबें हैं, ऐसा लगता है कि उन पर साधना और भजन का विशेष मार्ग लिखा हुआ है। दिया को एक छोटे से ऊँचे पत्थर पर रखने से सामने एक सुंदर धातु की आकृति बिल्कुल स्पष्ट दिखाई देती है, लेकिन धातु का निशान या आकार कैसा होगा इसका अंदाजा तब तक नहीं लगाया जा सकता जब तक कि उसके करीब न पहुँच जाएँ। देव धातु की मूर्ति या चिन्ह के सामने एक चटाई बिछाता हैं, दीपक की आग से कई अगरबत्तियाँ जलाने के पश्चात उसे धातु की मूर्ति के बाईं ओर रख देता हैं। योगी बाबा कहा करते थे कि दो दुनियाएं हैं; एक दुनिया है जिसमे काम-वासना में फंसे हुए आदमी रह जाते और दूसरी दुनिया वह है जो पारलौकिक दुनिया चेतना से परे है। उस दुनिया को जानने के लिए, मनुष्य को षड रिपुओं से ऊपर उठना होगा, जिसके लिए विशेष साधना की आवश्यकता होती है, और यह साधना एकांत में करना पड़ता है। पूर्णिमा होने से आकाश में चमकते हुए चंद्रमा को ऐसा लगता है, जैसे एक सजी हुई सफेद नौकायन दूरी पर बादलों की लहरों के बीच धीरे-धीरे

आगे बढ़ रही है। देव केवल सफेद धोती पहनकर अपने सारे कपड़े कुटिया में एक किनारे में रख कर चटाई बिछाकर बैठ गया। सुलोचना बहुत सावधानी से धीरे धीरे आगे बडी और देव की हरकतों को अच्छे से देखने के लिए एक छोटी सी चट्टान पर बैठ गई। पूर्णिमा के चंद्रमा की रोशनी देव के शरीर पर पड़ी, उसे एक गौरवर्ण सिद्ध तपस की तरह लग रहा है, जो अपने ध्यान में लीन है; बंद नयनों, पद्मासन पर बैठे हुए और चेहरे पर हल्की मुस्कान के साथ, यह सिद्ध तपस किसी अज्ञात दुनिया में खो गया है। उत्सुकता बढ़ने से वह आगे बढ़ी और देव के ठीक पीछे खाड़ी हो गयी। कुटिया में मंत्र का धातु चिन्ह दीपक की रोशनी में चमकता हुआ दिखाई देती है, सुलोचना विस्मय से झुककर देव के सभी हरकतों पर नजर रखती है। समय बीत जाता, लेकिन देव के शरीर में जीवन की कोई धड़कन है, देखकर पता नहीं चलता। उसकी बंद आँखे नहीं खुलतीं, उसके बैठने की मुद्रा में कोई परिवर्तन नहीं, और यह भी स्पष्ट नहीं होता कि वह साँस ले रहा है या नहीं। आश्चर्यचकित होकर सोचती कि कोई व्यक्ति इतनी देर तक एक ही स्थान पर कैसे बैठ सकता है! कभी-कभी हवा चलने पर शेड के अंदर जल रहा दीपक बुझने लगता है, सुलोचना पीछे मुड़कर देखती है, उसे चारों ओर पहाड़ों की कतारें दिखाई देती हैं, जो अंधेरी रात में राक्षसी की तरह निगलने के लिए आती हुयी प्रतीत होती है। आस-पास कहीं कोई बस्ती नहीं है, इतनी रात को घर से बाहर क्यों निकलें! इस निर्जन इलाके में अकेले एक युवक के पास... डर से दिल की धड़कने तेज होने लगी है; सोच रही है.... कि क्या देव अचानक उठकर उसके साथ ऐसा कुछ कर बैठे जिसके लिए वह समाज में मुँह दिखाने कि काविल नहीं रहेगी! डर से पुरे शरीर चौंक जाते है, यह सोचती रहती कि देव कोई साधारण इंसान नहीं है! हे भगवान, मैं कितनी मूर्ख हूँ! वह यहां जादू-टोना, तंत्र-मंत्र की साधना करने आता है, इसलिए मैं उसे 'जंगलीदेव' ठीक कहती हूँ। मैं अकेली इस पहाड़ से उतरकर इतनी सड़क से घर कैसे लौट सकती हूँ! यहां

आने से पहले मेरी मौत क्यों नहीं हुई! पता नहीं मैं इतनी बड़ी गलती कैसे कर ली, समझ में नहीं आया यहां मैं क्यों आया! सोचते-सोचते सीना डर और संदेह से फूलने लगा। फिर एक घूंट लेते हुए आत्मविश्वास से कदम बढ़ा कर बहुत धीरे से उसके शरीर के बिल्कुल करीब आकर खड़ी हो गई और उसके चेहरे को अच्छी तरह से देखने लगी। होठों के बीच हल्की सी मुस्कान रेखा, आँखें मानो पूरी नींद में सो रही हों परम शांति पाने के पश्चात, गर्दन और कंधों तक लंबे घुँघराले बाल। बहुत तेजी से साँस लेते हुए थोड़ी नीचे आई और अपनी जीभ काटते हुए लज्जित होकर अपने आप से कहा, 'मैं कितनी मुर्ख थी जो अभी अभी उसके बारे में सोचा, ऐसा व्यक्ति कभी किसी को हानि कैसे पहुँचा सकता है!' जिस पत्थर पर उसने अपना पैर रखा था वह अचानक उसके पैर के दबाव से हिलने लगा, और उसका पैर भी फिसलने लगा।

आवाज सुनकर ध्यान में लीन रहते हुए बगैर आँखे खोले......

देव: "तुम कौन हो, तुम यहाँ क्या कर रहे हो?"

सुलोचना (भय-संकोच और शर्म से हक्का वक्का रह गयी और फिर कांपते गले में): "मैं.... हूँ।"

देव: "मैं कौन हूँ?"

सुलोचना (बड़ी लज्जा और भय से झिझकते हुए) "मैं मतलब मैं....तुम्हारी मैं कह रही थी।"

देव (तुरंत आता है और उसका हाथ पकड़कर खड़ा करता है; प्रशांत मुस्कुराता है और अपना सिर हिलाता है): "हाँ, यह सही है, यह साधना यह जानने के लिए है कि मैं कौन हूँ, मैं कौन हूँ, मैं कौन हूँ। अपने आप को पहचानना अर्थात मेरे अंदर जो मैं, और तुम्हारे अंदर जो मैं, उसे जानना ही मेरा साधना है; साथ ही सबके अंदर जो मैं ही हूँ, इसे अनुभव करना ही

आत्मज्ञान है। इस मनुष्य जीवन में आत्मज्ञान के बगैर जीना मृत्यु के बराबर है। सब में अपने आप को एक महसूस करना और सबके सुख-दुःख, आनंद-दर्द को अपना ही महसूस कर पाना विश्वात्मा होने का अर्थ है। मैं सबके अंदर हूँ और सब मेरे अंदर है, यही है शास्वत सत्य। इसलिए मैं तुम्हारा हूँ और तुम भी मेरी हो।"

जब देव आध्यात्मिक जगत की भावनाओं को समझाता रहा, तब सुलोचना के मन में ठीक से प्रवेश नहीं करता है।

सुलोचना (व्यग्रता से): "साफ... साफ बताओ, तुम इतनी रात को यहाँ क्या कर रहे हो?"

देव: "अब मैं तुम्हे संक्षेप में बाता रहा हूँ। मेरे अंदर जो मैं है, और तुम्हारे अंदर जो मैं हैं, उसे जानना, समझना और महसूस करना ही मेरी साधना हैं।"

यह आध्यात्मिक भाषा का अर्थ पूर्ण रूप से न समझकर दूसरे तरीके से सोचकर आनंद से झूम उठे सुलोचना। उसने उनकी स्थूल बुद्धि से इस प्रकार चिंतन करने लगती है कि देव मेरे अंदर जो प्यार है; उसे जानने, समझने और महसूस करने के लिए वह यहां आकर साधना करता हैं। इसलिए वह मुझे पाने कि आशा से इतनी रातों तक यहाँ तपस्या करने आया हैं। जैसे लोग कहते है पार्वती को पाने के लिए शिवजी ने तप कि थी। उसने मुझसे कहा कि यह साधना मेरे अंदर और तुम्हारे अंदर जो है उसे जानने के लिए है। सुलोचना मन ही मन बहुत खुशी और उत्साह महसूस करती हुई मन ही मन सोची कि यह लड़का मुझे जानने के लिए इतना कुछ कर रहा है। मेरे अंदर तो केवल 'देव, तुम ही हो'; जरूर उसके अंदर भी 'सुलोचना' ही होगी। ठीक है, मैं एक बार उससे पूछती हूँ, वह मेरे बारे में कितना जनता है।

सुलोचना: "देव, इस अँधेरी रात में एकांत पर्वत पर ध्यान स्थल पर बैठे हुए, तुम मुझे कितना जान लिया बताओगे, तुम्हारी दृष्टि में मैं कैसी हूँ?"

देव: "तुम्हें जानना और मुझे जानना एक ही बात है, तुम और मैं अलग कैसे हो सकती हैं! तुम और मैं एक ही हैं (आत्म-साक्षात्कार की बातें)।"

मन ही मन खुश हो जाती और सोचती है कि देव मुझसे इतना प्यार करता है कि वह हम दोनों को एक ही मन, एक आत्मा महसूस करता हैं। चेहरा नीचे कर आहिस्ता मुस्कुराने लगी...

सुलोचना: "आज मुझे वह सब कुछ मिल गया जिसका मैं इंतजार कर रही थी। मुझे अब तक यह समझ नहीं आया था कि तुम मुझसे इतना प्यार करते हो, यह बात मुझे आज पता चली है।"

देव (आध्यात्मिक दुनिया की भावना की बात करते हुए): "हां, केवल प्रेम ही है जिसे पूरी दुनिया को जीता जा सकता है, तुम्हारा और मेरा जो कुछ भी है वह तो ईश्वर की ही कृपा है, जिन्होंने इस संसार को सजा रखा है।"

कुटिया में अपने कपड़े बदलकर सुलोचना के साथ सीढ़ियों से नीचे उतर रहा था, खुशी के मारे जल्दी-जल्दी नीचे उतरते समय सुलोचना का पैर थोड़ा फिसल जाता है, गिरने से पहले देव उसके हाथ पकड़ लेता है; सुलोचना देव के हाथ पर झुककर अपने शरीर को संतुलित करती है।

देव: "लेकिन तुम्हें इस तरह अकेले मेरे पीछे नहीं चलना चाहिए था सुलोचना, मेरी ये विद्याएँ बहुत गुप्त हैं, ये जानने से तुम्हें क्या फायदा!"

सुलोचना: "मैंने तुम्हें रात में अकेले घर से निकलते देखा और सोचा कि तुम हमें छोड़कर चले जा रहे हो, इसलिए मैं तुम्हें वापस लेने के लिए तुम्हारे पीछे चली आई। बेशक, अगर मैं यहां नहीं आती तो मैं तुम्हारे विचार को नहीं जान पाती।"

देव: "अरे सुलोचना, तुम सुनो तो सही, बाताओ मुझे कि तुमने मेरे बारे में क्या जान लिया। तुम मेरे बारे में कुछ नहीं जानती, और न ही मेरी निजी जिंदगी से परिचित हो। जिस दिन योगी बाबा बुलाएँगे, मैं चला जाऊँगा।"

सुलोचना: "मैं सच जान लिया, मुझे और कुछ जानने की जरूरत नहीं है।"

देव: "मैं तो सच से बहुत दूर हूं सुलोचना, तुम इतनी जल्दी असली बात कैसे जान सकती हो!"

सुलोचना: "तुम्हारी सूरत देखकर मुझे सच्चाई पता चल गई है।"

देव (सुलोचना के चेहरे की ओर देखते हुए): "सब असली है।"

सुलोचना देव के घर के सामने आ गई, उसने मन ही मन निश्चय किया कि वह आज देव के घर में प्रवेश करेगी और देखेगी कि वह कैसे रहता है।

देव (घर में प्रवेश करने से पहले): "अब तुम आओ।"

सुलोचना: "चलो देखते हैं, तुम्हारे घर चलते हैं।"

दरवाज़ा खुलते ही देव कमरे में दाखिल हुआ। कमरे के एक तरफ किताबों का ढेर; बहुत सारी किताबें पढ़ीं हैं, देखकर आश्चर्य हुआ!

सुलोचना: "तुम बहुत अध्ययन करते हो न!"

देव: "जब भी समय मिलता है, थोड़ा बहुत पढ़ लेता हूँ।"

सुलोचना घर के चारों ओर देखती है; वह अपने सोने की व्यवस्था देखकर आश्चर्यचकित रह गया, बस एक चटाई, एक शतरंगी, दो कंबल, एक तकिया और कुछ कपड़े। बगल की छोटी सी रसोई में तांबे और पीतल के कुछ बर्तन रखे हुए हैं, जिसे देखकर मन भारी हो जाता है कि आजकल कोई

ऐसे ही रहता है आदिम लोगों की तरह! चूँकि उसके प्रति उसका प्यार गहरा है, इसलिए उसके दिल में एक पीड़ा महसूस होती है।

सुलोचना: "तुम हमें अपना क्यों नहीं समझते, बताओ आज से तुम हमारी तरह रहोगे?"

देव: "ऐसा नहीं हो सकता सुलोचना, मैं आश्रम में अपने जन्म के बाद से इसी तरह जीवन जी रहा हूं। शरीर और मन की पवित्रता की रक्षा के लिए और योगी बाबा के निर्देशों का पालन करने के लिए मुझे ये काम करने होंगे। जीवन में चाहे कितनी भी बाधाएँ क्यों न आएँ, मैं उनके सिखाए आदर्शों को कभी नहीं भूल सकता। उसने मुझे बहुत सख्ती से बनाया है, इसलिए मुझे कोई दर्द नहीं होता। बाबा कहते हैं कि चरित्र इतना शुद्ध और उज्ज्वल होना चाहिए ताकि चंद्रमा की रोशनी फिकी पड़ जाए। जब शरीर अकड़न छोड़कर आराम करता है तो शरीर आरामदायक बन जाता है। जैसे आरामदायक शरीर में मन कमजोर होता है, वैसे ही शरीर भी कमजोर होता है, कमजोर शरीर कठोर साधना में बाधक होता है। साधना-भजन के बिना मन कैसे शुद्ध होगा! यदि मन शुद्ध नहीं है, तो हृदय घृणा और क्रूरता से भर जाएगा; मैं लोगों की सेवा कैसे करूंगा! और मनुष्य की सेवा ही ईश्वर की सेवा है।"

सुलोचना: "रुको...रुको, अब मुझे सात पुरोहितों का पाठ पढ़ाने की जरुरत नहीं। सुनिए जब तुम बीमार पड़ जाओगे तब क्या करोगे! आज से तुम्हें ऐसी पारंपरिक जीवन शैली छोड़नी होगी, मैं अभी आ रही हूं।" (कमरा छोड़कर अपने कमरे में चला गया)

रात में नींद पूरी न होने से शरीर थकान से बेहाल हो जाता है। बिस्तर पर लेटते ही उसे गहरी नींद आ गई। नींद में स्वप्न आता है जिसमे पहाड़ पर बैठे ध्यानमग्न देव को दिखाई देता है। फिर जब उसके पैर फिसल रहे थे तो उसने कितनी ईमानदारी से उसका हाथ पकड़कर उसे गिरने से बचाया। उसके

भोजन और रहने की दयनीय स्थिति उसके मन को व्यथित कर दिया, और वह अपनी स्थिति के बारे में सोचने लगी; घर में कारपेट बिछा हुआ है, खूबसूरत महंगे सोफे, पलंग पर मुलायम गद्दे जिस पर वह लेटी हुई, सोच कर खुद को स्वार्थी लगता है।

सुबह सात बजे हैं, सुलोचना को न देखकर माता सावित्री उसके कमरे के दरवाजे के सामने खड़ी होकर देखा कि वह सो रही है। सावित्री ने मन ही मन सोचा कि ढेर रात तक पढ़ाई करने कि बजह से उठ नहीं पायी। दरवाज़ा फिर बंद करके सावित्री उतरकर नीचे के कमरे में चली जाती है। सुलोचना कुछ देर बाद नींद से उठकर नीचे आ गई।

सुलोचना: "माँ, आज सारा खाना मैं खुद बनाऊँगी।"

मां को समझ नहीं आ रहा है कि अचानक बेटी का मूड ऐसा क्यों हो गया! लड़की की बात तो माननी ही पड़ती है, लेकिन मन के कोने में एक जिज्ञासा जाग उठती है।

सावित्री: "तुम्हारा मूड कब से इतना अच्छा हो गया है?"

सुलोचना: "अच्छा न होकर उपाय क्या है! क्या तुम नहीं जानती कि वह लड़का कैसे खुद खाना बनाता और खाता है, अगर हम लड़कियां खाना नहीं बनातीं तो कितनी बड़ी शर्म की बात है! इसलिए मैंने सोचा कि मैं भी खाना बनाऊंगी, और आज उसे भी खिलाऊंगी।"

मां को बेटी का प्रस्ताव समझ नहीं आया।

सावित्री: "देखो, वह कभी हाथ का बना खाना नहीं खाता है, उसे खुद ही खाना बनाना पड़ता है। योगी बाबा ने उसे यही हिदायत देकर यहां भेजा है; तुम अनावश्यक काम कर रही हो।"

सुलोचना: "ठीक है, देखते हैं आज वह खाता है या नहीं।"

सावित्री: "लड़कियाँ शादी से पहले इसी तरह खाना बनाना सीखती हैं। तुम्हें पता है, अगर तुम अब से हर दिन थोड़ा-थोड़ा करोगी तो शादी के बाद कोई समस्या नहीं होगी।"

सुलोचना: "अब तुम्हें यह सोचने की ज़रूरत नहीं है कि शादी के बाद क्या होगा।" (खाना पकाने लग जाती है)

इसी बीच देव ने मंदिर में माँ की पूजा देने के पश्चात खाना बनाने लगा, तभी अचानक कोई बाहर से दरवाजे खटखटाने लगा। आश्चर्य हो गया देव यह सोचकर कि अब दोपहर के समय कौन है जो बाहर से दरवाजे खटखटा रहा है! बाहर से आवाज आयी 'दरवाजा जल्दी खोलो'!

दरवाजा खोलते ही सुलोचना किसी तरह खाने की थाली लेकर कमरे में आई और उसके सामने खड़ी होकर तेजी से हाँफते हुए बोली, "देखो, तुरंत मेरे हाथ से ले लो... हाथ में बहुत गर्मी लग रही है।"

देव उसकी हाथ में खाने की प्लेट देखकर हैरानी से उसे देखता है।

सुलोचना: "देख क्या रहे हो देवाधिदेव! ये सब मैंने अपने हाथ से बनाये हैं, ताकि तुम इसे खाओगे।"

जल्दी से खाने के प्लेट को फर्श पर रख दिया...

सुलोचना: "लो, अब तुम खाओ; और बताओ मैंने तुम्हारे लिए कैसा खाना बनाया, (बार-बार हाथ हिलती है और फूंक मारती है) हाथ में बहुत गर्मी लगी है प्लेट को लाने के समय, इसलिए जल रहा है।"

देव: (जो पानी की केतली रखी थी, उसे जल्दी उठाई और कहा), "बस, इसमें अपना हाथ डुबा दो, थोड़ी देर बाद ठंडा हो जाएगा।"

सुलोचना: "रुको.... तुमने बहुत कुछ किया; अब तुम खाना खा लो। तुम खाना खाते ही ठंड हो जाएगी।"

देव भी छोड़ने वाले नहीं, कदम आगे बढ़ाया और उसका हाथ पकड़कर, दूसरे हाथ में पकड़े हुए केतली के अंदर पानी में डुबा दिया। थोड़ी देर बाद उस हाथ को केतली के बाहर लाकर कई बार फूंक मारी; फिर हाथ पकड़कर थोड़ी देर डुबाया और फिर उठाकर फूंक मारने लगा। सुलोचना उसे एकटक देखती रहती है, उसके सूरत को देखती है, और आहिस्ता अपना हाथ उसके ओर बढ़ा देती है।

देव (कई बार ऐसा करने के बाद कहता है) "क्या अब ठंडा हो गया है?"

सुलोचना (थोड़ी सी भौंहें सिकोड़ते हुए): "नहीं।"

अब देव उसके हाथ अपने मुँह के पास ले आया और बहुत जोर-जोर से फूँकने लगा।

सुलोचना (उसकी हरकत पर आहिस्ता से मुस्कुराती रही): "हाँ, अब ठंडा हो गया।"

देव: "चिंता मत करो, मुझे तुम पर इतना भरोसा है कि तुम मुझे कभी गलत नहीं समझोगी। अब तुम यह खाना और व्यंजन लेकर वापिस चली जाओ।"

सुलोचना: "नहीं, मैंने इसे तुम्हारे लिए बनाया है, तुम्हे इसे खाना ही पड़ेगा।"

देव: "देखो सुलोचना, मैं योगी बाबा के प्रति वचनबद्ध या प्रतिज्ञाबद्ध हूं, निश्चित रूप से तुम नहीं चाहोगी कि मैं अपनी प्रतिज्ञाएं तोड़ दूँ। योगी बाबा तुम्हारे माता-पिता के भी बहुत प्रिय हैं; क्या तुम नहीं चाहती हो कि मैं उनकी शिक्षाओं और आदर्शों की सर्वदा रक्षा करता रहूँ!"

सुलोचना ने अपनी ओंठों को एक बार भींचे और एक बार भोजन की ओर मायूस होकर देव की ओर देखा, एक आह भरी एवं बर्तन उठाकर चली गई।

पानी के बर्तन को धोने के बाद उसमें पानी भरकर देव एक थाली लेकर एक छोटी सी चटाई बिछाकर खाने के लिए बैठ गया। थाली के पास रखे हुए एक छोटे बर्तन से उबालें हुए चावल, हरी फलियाँ, आलू और कुछ सब्जियाँ निकलकर एक कटोरे में रखा और उसमे थोड़ा सा नमक, हरी मिर्च मिलाकर खाने के लिए एक पेस्ट बना लिया। धीरे-धीरे खाना जब मुंह के पास लाने लगा, तब देखता हैं कि सुलोचना दरवाजे के पास चुपचाप खड़ी है।

देव: "क्या हुआ....तुम फिर यहाँ हो?"

प्रश्न: "क्यों, मैं यहां नहीं आ सकती?"

देव: "नहीं....नहीं, ऐसी बात नहीं, तुमने अभी तक खाना क्यों नहीं खायी?"

सुलोचना: "मेरी मर्जी, मैं नहीं खायी।"

देव: "नहीं....नहीं, तुम्हे ऐसा नहीं करना चाहिए; जाओ, जाकर खाना खालो। फिर तुमने अभी तक खाना क्यों नहीं खायी मेरे समझ में नहीं आ रहा है।"

सुलोचना: "फिर क्यों, ऐसे ही।"

देव: "वो क्यों, भूख नहीं है क्या!"

सुलोचना: "भूख लगी है, पर खाना नहीं मिला।"

देव: "ये कैसी बातें है, तुमने इतना खाना बना लिया, अब कहती हो कि तुम्हें खाना नहीं मिला।"

सुलोचना: “मैंने वह खाना सिर्फ तुम्हारे लिए बनाया था, जब तुम नहीं खाये तब मैंने भी नहीं खायी।”

देव: “नहीं...नहीं, तुम्हे ऐसा नहीं करना चाहिए; यदि इतनी अच्छी तरह पकाने के बाद भी तुम कुछ नहीं खायी, तो जाइए... और तुरंत खा लीजिए।”

सुलोचना (थोड़ा धमकी भरे स्वर में): “मैं तुमसे कह रही हूं कि मैं नहीं जाऊंगी, मुझे खाने का मन नहीं है।”

देव (धीमे स्वर में): “तुम्हें किस तरह खाना खाने के लिए मन हैं?”

सुलोचना ने उत्साहपूर्वक मुस्कुराते हुए चेहरे से उंगली से इशारा किया उसके खाने की थाली को दिखाकर, जिसमें उबले हुए चावल और सब्जियां एक साथ रखे हुए है।

देव: “असंभव! तुम यह सब नहीं खा सकती, यह तुम्हारे लिए नहीं है।”

सुलोचना: “यदि तुम खा सकते हो, तो मैं क्यों नहीं खा सकती! तुम इंसान हो, और मैं भी इंसान हूं; तुम ऐसा खाना खा लेते हो तो मैं क्यों नहीं!”

देव तुरंत अपने खाने के स्थान छोड़कर उठ गया और उसे बैठने के लिए कहा, बिना किसी देरी के वह बैठ गयी। देव कमरे में इधर-उधर कुछ ढूँढ़ने लगता है, उसे देखकर...

सुलोचना: “तुम क्या ढूंढ रहे हो?”

देव: “नहीं....मेरा मतलब है कि मैंने कुछ दिन पहले एक छोटी सी घी की शीशी रखी थी, मुझे वह नहीं मिल रही है। तुम आज मेरे घर की पहली मेहमान हो, लेकिन तुम्हें खिलाने की कोई व्यवस्था नहीं है। बाबा कहते हैं कि कभी भी अतिथि का अनादर मत करो।”

सुलोचना (अब उठने का नाटक करते हुए) "ठीक है, तो मैं जा रही हूं, मुझे अब कुछ खाने की जरूरत नहीं है।"

देव (परेशान होकर): "नहीं....नहीं.... ये क्या कर रही हो, खाना कभी मत छोड़ना।"

सुलोचना: "मैं न उठूं तो क्या करूं, मैं तुम्हारे लिए कुछ नहीं हूँ, बस केवल एक मेहमान हूं! मैंने सोचा था कि तुम मुझे वैसे ही खाना खिलाओगे जैसे तुम खुद खाते हो, लेकिन तुमने तो मुझे मेहमान बना दिया!"

देव (थोड़ा शर्मिंदा होकर): "नहीं... ऐसा नहीं, असल में अगर मैं तुम्हें कुछ अच्छा नहीं खिला सकता... तो तुम मेरी..."

सुलोचना: "हाँ, अब ठीक बोला, मैं तुम्हारा.....!"

देव (अचानक हाथ में एक शीशी जैसा कुछ महसूस किया और अपना सिर हिलाते हुए): "हाँ... यही तो है जिसे ढूंढ रहा था, मुझे मिला है... (शीशी हाथ में लेकर, ढक्कन खोलकर उसे चावल में डालता है)। लो, अब तुम खाओ।"

सुलोचना: "तुम्हें खाना नहीं खाना!"

देव: "नहीं, मेरा मतलब है कि आज मैं एकाहार करूँगा।"

सुलोचना (व्यंग्य से आँखें घुमाते हुए): "मैं एकाहार करूंगा, मान लीजिए कि अगर हम दोनों हिस्से को आधा-आधा खाकर अर्धहारी हो जाते तो नुकसान क्या है?"

देव: "तुम्हे बहुत भूख लगी है, पहले खा लो।"

सुलोचना: "मेरा मन कहता है कि तुम्हें भी बहुत भूख लगी है, अगर तुम नहीं खाओगे तो मुझे भी खाने में स्वाद नहीं आएगा।"

देव: "तुम्हें जो चाहिए वह ले लो, बाकी मेरे लिए छोड़ दो।"

सुलोचना: "पहले तुम शुरू करो; क्या तुम्हें पता नहीं लड़कियाँ पहले खाना नहीं खातीं।"

देव धीरे से सुलोचना के सामने बैठ गया और थोड़े से चावल और सब्जियाँ डाल दी और बाकी उसकी ओर बढ़ा दिया।

सुलोचना के दिमाग में एक छोटा-सा शरारती विचार आया, उसने अपना हाथ चावल की ओर बढ़ाया.... "आह ..."

देव (आश्चर्यचकित होकर): "क्या हुआ!"

कुछ जानबूझ कर धीरे धीरे हाथ को हिलाती है और दिखाती अभी भी जलन हो रही है....

सुलोचना: "और क्या, तब मैं तुम्हारे लिए गरम खाना नहीं लायी थी...इतना गरम; अभी भी जल रहा है।"

देव ने झट से चावल की प्लेट को उठाई और उसके चेहरे के सामने पकड़ रखा।

सुलोचना चावल की थाली में चेहरा लाती है और किसी तरह बिल्ली की तरह खाने की कोशिश करती है, और चेहरा टेढ़ा हो जाता है...

सुलोचना: "क्या तुम ऐसे कुत्ते-बिल्ली की तरह खा सकते हो! मैं वह नहीं खा सकती, सोचो क्या किया जा सकता।"

देव: "तुम शांति से दो मुठ चावल भी नहीं खा सकती!"

सुलोचना (थोड़ा नाराज होकर): "मैं शांति से क्यों नहीं खा सकती, तुम मेरी आंखों के सामने देखकर भी मेरी मदद नहीं कर रहे हो!"

देव (हैरानी से उसके चेहरे को देखते हुए): "मुझे बताओ मैं तुम्हें खाने में कैसे मदद कर सकता हूँ?"

सुलोचना: "फिर कैसे, तुम्हें कुछ नहीं हुआ; क्या थोड़ा-सा भोजन देना भी बहुत अधर्म होगा! लोग तो लोगों के काम आते हैं; क्या तुम्हे किसी आदमी की तब मदद नहीं करनी चाहिए जब वह ख़तरे में हो?"

उसकी बातें सुनकर देव सोचता है कि आज मेरी वजह से उसका हाथ जल गया है; थोड़ा झिझक रहा, और सोच रहा था कि क्या करें! सुलोचना ऐसा मुख बनाती है मानो वह कुछ भी नहीं खा पा रही है; देव ने सोचा उसे अपने बाएं हाथ में थाली पकड़नी चाहिए और अपने दाहिने हाथ से एक निगल बनाना चाहिए, फिर उसके मुंह के सामने ले जाना चाहिए।

सुलोचना मन में कहती है, 'चलो बच्चे, अब मुझे खिलाता रह; तुमने मेरा खाना नहीं लौटाया! मैं तुम्हें मजा दिखा रही हूं, जब देव उसकी मुँह के सामने हाथ से थोड़ी सी चावल रखा तब उसने मुँह में निगलें और दो बार चबाएँ।

सुलोचना: "वाह, खाने में यह बहुत अच्छा लग रहा है!"

दूसरी बार उसने निगल लिया, फिर जैसे ही देव ने खिलाने के लिए उसकी मुँह के सामने लाया तब सुलोचना शरारत करते हुए अपनी दन्त से उसकी अंगुली थोड़ी सी काट दी।

देव: "उह...."

जैसे ही नेहरा जम्हाई लेता है, देव अपनी अंगुली उसके मुंह से बाहर निकालता है और देखता है कि थोड़ा सा खून निकल रहा है...

सुलोचना: "दिखाओ... मैं देखती हूँ"

वह उसका हाथ अपने पास खींचना चाहता है, लेकिन देव एक बच्चे की तरह उसका हाथ यह सोचकर लपेट लेता है कि कहीं उसने फिर से काट लिया तो!

सुलोचना: “डरो मत....डरो मत, टिटनेस लेने की जरुरत नहीं है।”

देव (आँखें घुमाते हुए): “मेरा मतलब है तुम्हारे शरीर में जहर!”

सुलोचना: (एक बार अपनी आँखें बंद कीं और फिर मायूस होकर उसके ओर देखा) “नहीं है.....!”

उसने ज़ोर लगाकर कटी हुई उंगली मुँह में ले ली और धीरे-धीरे चूसने लगा। उसके स्पर्श से देव का आत्मा-मन-शरीर झनझना उठता है; जैसे नाव के पाल हवा से लहरता है, उसी तरह देव का मन रोमांस की लहरों में लहराता हुआ अपनी मंजिल खोजने के लिए बेचैन है। उसका मन सुलोचना के प्रेम की लहरों पर तैरता हुआ एक सपनों की दुनिया में खो जाता है। सुलोचना ने उसकी उंगली मुंह से निकाली और अपनी सलवार पर रगड़ी ताकि लार सूख जाए और फिर बहुत धीमी आवाज में... “मेरा शरीर में कोई जहर नहीं हैं देव.... बल्कि मैंने तुम्हारे शरीर से जहर पीकर दिया मेरा प्यार।”

वह आंखों में आंसू लेकर जल्दी कमरे से बाहर चली गयी।

देव (जल्दी से कहता है): “सुलोचना....सुलोचना, मैंने तुम्हें ऐसे नहीं, सिर्फ शब्दों में कहा था...।”

लेकिन तब तक सुलोचना अपने कमरे की ओर जा चुकी थी।

देव ने अपने हाथ की जिस उंगली को सुलोचना ने चूसकर खून रोका था उसे पकड़कर एक बार अच्छे से चूमा और खुद से कहा “मैं जानता हूं तुम मुझसे कितना प्यार करती हो।”

योगी बाबा के शब्दों को याद करते हुए 'तुम फूलों को खेलते हुए देखते हो, मिलन की चाह में ऊपर से नीचे की ओर बहते फव्वारे को देखा, पक्षियों को गाते हुए और आकाश में उड़ते हुए देखा होगा, तुम जानते हो कि ऐसा क्यों हो रहा है! जैसे सृष्टि का प्रवाह बना रहता है, तुम्हें भी यह प्रवाह बनाए रखना होगा।'

कुछ देर बाद विजय सेठ का बेटा सुजॉय आया, इसी तरह आता-जाता रहता है। देव की भी संक्षिप्त मुलाकात हो चुकी है, लेकिन इस बार उनका दौरा लंबे समय के लिए है। बाहर के व्यवसायिक कार्य लगभग पूर्ण हो चुके हैं। अभी कुछ दिन घर पर रहेगा ताकि नई योजनाएं बना सकें और कारोबार को पहले से बढ़ा सके। उनके घनिष्ठ मित्र विषधर, जो उनके साथ ही स्कूल-कॉलेज में पढ़ कर बड़े हुए थे, बहुत दिनों बाद आज अपने बचपन के मित्र से मिलने विजय सेठ के घर आये। लंबे समय के बाद, सुजॉय एक पुराने दोस्त को पाकर गले मिलते हैं और एक-दूसरे को गले लगाते हैं। सुजॉय के कमरे में बैठे वे एक-दूसरे से अतीत की बातें करते रहे। अचानक उनकी नजर दूसरी मंजिल पर विशाल बालकनी पर पड़ी। बालकनी पर एक टब में कई गुलाब खिल रहे थे, सुलोचना ने गुलाब के पौधों को थोड़ा-थोड़ा करके पानी दिया और एक-एक करके उसे पकड़कर सहलाती रही, खुशी से अपना पसंदीदा गाना गुनगुनाने लगी।

तुम कितने सुंदर हो प्रिये

तुम्हे देखे बिना कैसे जियें

तुम प्यार का सागर दिलबर

नदी तुम्हे ढूंढ़ते फिरते

संसार तुम्हारा प्रकाश है

सृष्टि कितनी सुन्दर है

सागर, नदियाँ और घाटियाँ
जहाँ भी मेरा नजर जाता
मुझे तुम्हे ही दिखाई देता
तुम मेरे करीब हो
देख नहीं पाते कमजोर हूं
प्यार पाने का इन्तजार में
अकेले बैठकर सोचता हूं
तुम्हारे बिना दुखी बदल
निराश होकर उड़ता हूँ
पुकार लो पल भर के लिए
समां जाउंगी लहरों में

सुलोचना को देखकर और उसका गाना सुनकर विषधर मंत्रमुग्ध हो जाता, अंदर ही अंदर सोचता रहता जैसा रूप, ऐसा गुणों के सामावेश है इस लड़की में। उसके गाने की आवाज मधुर है, वैसे ही गोरा, सुंदर और चुलबुला चेहरा; एक शब्द में कहें तो एक देवी प्रतिमा जैसी है। आज के दौर में अगर लाखों लड़कियां ढूंढेंगे, तो भी ऐसी लड़की नहीं मिलेगी। जब वह छोटा था तब उसे देखकर किसी को समझ में नहीं आया होगा कि वह बड़ी होकर इतनी खूबसूरत होगी! मन ही मन हिसाब करने लगा कि एक तो यह बहुत ही सुन्दर है, दूसरे उसके पिता की प्रचुर सम्पत्ति, जिसका प्रयास करने पर भविष्य में पचास प्रतिशत भी प्राप्त करना असंभव नहीं है। तीसरी बात, उसके माता-पिता और सुजॉय बहुत विनम्र और अच्छे लोग हैं, इसलिए समाज में उनकी अच्छी प्रतिष्ठा है। ऐसे परिवार में दामाद बनना लॉटरी का टिकट मिलने जैसा है। एक बार जब मैं अपने आप को इतने बड़े परिवार और खानदान से जोड़

लूंगा, तो फिर कभी मेरे तीन पुरुषों तक को देखना नहीं पड़ेगा। मुझे किसी भी हालत में सुलोचना को चाहिए, चाहे कुछ दिनों के लिए क्यों न हो! इस अवसर को गँवाना नहीं चाहिए। केवल विजय सेठ ही रास्ते में खड़ा हो सकता है, लेकिन सुजॉय को ढाल के रूप में इस्तेमाल करना होगा। वह मेरी सोने की छड़ी और चांदी की छड़ी होगी। सावित्री चाची या सुलोचना की माँ को कब्जे में करने के लिए मुझे दो मिनिट भी नहीं लगेगा। लड़कियों के मन को मैं अच्छी तरह से पढ़कर अपने बश में लाने के लिए भरपूर प्रयास करूँगा; पर एक सवाल है सुलोचना को कैसे लाइन में लाया जाए! विजय सेठ की बड़ी प्यारी लड़की है सुलोचना, काश उसे मना लिया जाए तो पहली चाल में ही मैं बाजी मार सकता हूँ। बार-बार दोनों आंखें बालकनी में सुलोचन की निगरानी में व्यस्त रहती हैं, और न केवल सुजॉय के साथ बैठकर कुछ बातें करता हैं, बल्कि ऐसा लगता है जैसे 'कहीं पे निगाहें, कहीं पर निशाना।'

विषधर: "सुजॉय, फिर मैंने जो सुना, तुम्हारी शादी 31 जनवरी को ही है न?"

सुजॉय: "लगभग उसी तिथि को ही होना है।"

इसी बीच सुलोचना अचानक अपना सिर घुमाती है, और देखती है कि विषधर उसे घूर रहा है, उसे उसका यह रूप बिल्कुल पसंद नहीं आता है। बहुत लज्जित होकर उसने अपने आप को थोड़ा छिपाने की कोशिश कि और तेजी से सीढ़ियों से नीचे उतरने लगी; तुरंत विषधर की आवाज उसके कानों में आयी।

विषधर: "सुलोचना, तुम इतनी बड़ी हो गई हो, क्या तुम मुझे पहचानती हो?"

यह बात सुनकर उसे बहुत गुस्सा आया, उनके बातें मन में भूचाल लायी, 'तुम बड़े हो गये हो' ऐसे कैसे-कैसे शब्द निकलते हैं, जब मैंने तुम्हें मांधाता काल में दादाजी के साथ देखा था, तब तुम मुझे और अब भी वैसा ही समझोगे! एक क्षण की झिझक के बाद उसने गंभीरता से उत्तर दिया...

सुलोचना: "हाँ, मुझे पता है, आप विष भाई साहब हो।"

विषधर: "हाँ, तुम सही कह रही हो, तुम्हारी याददाश्त बहुत अच्छी है!"

सुलोचना उसकी बातों पर विशेष ध्यान दिये बिना जाने लगी तो विषधर उसे रोकने के लिए.....

विषधर: "सुलोचना, थोड़ी देर पहले मैं तुम्हारे भाइयाँ से मतलब सुजॉय से बातचीत करने से पाता चला की सेठ अंकल काम में सदा व्यस्त रहते हैं, और सुजॉय की शादी कुछ दिन ही बाकी है। शादी की खरीदारी अभी से करनी है, इसलिए मेरी ख्वाइश हैं कि जब सुजॉय ने मुझे कुछ काम सौंपा है, उसे सही तरीके से पूरा करने के लिए जब मैं चलूँगा तब तुम भी मेरे साथ चलोगी। हम दोनों एक साथ घूम घूम के खरीदारी कर सकते है। आंटी भी ज्यादा भागदौड़ करने में सक्षम नहीं होंगी, इसलिए तुम्हे भी अपनी भाइयाँ कि शादी में बढ़चढ़कर हिस्सा लेना चाहिए।"

सुलोचना: "मेरे पास कॉलेज है, मैं समय पर कॉलेज से नहीं लौट सकती।"

जब उसे समझ आया कि सुलोचना सहमत नहीं है तो वह थोड़ा नरम हो गया।

विषधर: "नहीं... ज्यादा समय की जरूरत नहीं है; जब तुम्हारा कॉलेज ख़त्म हो जाए तो घर आ जाना और फिर चलेंगे।"

सुलोचना: “आपको तो जिसकी शादी है, उसे साथ लेकर जाना चाहिए, ताकि उसके पसंदीदा सामान ख़रीदा जाए। जिसकी शादी है उसके लिए बेहतर है कि वह अपनी पसंद के मुताबिक खरीदारी करे।”

सुजॉय: “क्या तुम अपने बड़े भाइयाँ के लिए इतना भी नहीं कर सकती?”

सुलोचना: “क्यों नहीं कर सकती, इस समय मुझ पर पढ़ाई का दबाव है, इसीलिए तो कह रही थी..”

विषधर: “अरे सुजॉय, मेरा मतलब है कि वह अब बड़ी हो गई है, तुम्हें अपनी शादी के बाद उसके बारे में भी तो सोचना होगा। अब से उसे थोड़ी-थोड़ी मेहनत करनी होगी ताकि सब पता चल जाए।

सुलोचना मन ही मन गुस्सा करती और कहती है कि यह इतना बड़ा है कि हमारे घर में बैठकर हम पर अपना प्रभुत्व दिखाना चाहता है! यह छोटी मुँह बड़ी बात नहीं है! आप सुलोचना को नहीं जानते, बच्चे जिस दिन मैं आपकी गर्दन पकड़ लुंगी, तब पाता चलेगा; लेकिन क्या करूँ आप मेरे बड़े भाइयाँ के दोस्त हो न, इसलिए आपको भी थोड़ी बहुत इज्जत तो करनी पड़ती। ये सब बातें मन में सोचती रही.....

सुजॉय: “हाँ, तुम सही कह रहे हो विष, मैंने ऐसा नहीं सोचा।”

विषधर: “अपने बारे में सोचने के साथ साथ तुम्हें अपनी बहन का भी तो ख्याल रखना होगा!”

सुजॉय: “मैं जल्द ही पिताजी से इस बारे में बात करूंगा।”

विषधर: “देखो सुजॉय, मैं तुम्हारे साथ बैठकर इस बारे में थोड़ी बातचीत करना चाहता हूं और मैं तुम्हें एक प्रस्ताव दूंगा। और अगर तुम्हें यह पसद आएगा तो हम दोनों के बिच एक अच्छे संबंध बन जायेगा।”

इससे पहले वह और कुछ बोले....

सुलोचना (बेहद क्रोधित होकर): "भाइयाजी, तुम अपने बारे में सोचो, और मुझे वैसे ही जाने दो जैसे मैं हूँ; मुझे यह पसंद नहीं है, किसी तीसरे व्यक्ति के सामने मुझसे इस बारे में चर्चा करो!"

यह समझ कर कि बहन बहुत गुस्से में है, वह धीमे स्वर में कहती है....

सुजॉय: "ठीक है, तुम जो चाहोगी वही होगा। (सुलोचना के उद्देश से उसकी तरफ देखते हुए) लेकिन कभी भी मेरे सामने तुम, बिष को इसी प्रकार तीसरे व्यक्ति मत कहना। वह जो कह रहा है वह बिलकुल सच है, और वह मेरा अपना और सबसे अच्छा दोस्त है, इसलिए मैंने उसे अपना बहुत सारा काम दिया है। उन्होंने हमेशा अपने तरीके से हमें सभी कामों में हाँ करता रहा, एक बार भी किसी बात के लिए ना नहीं कहा। तुम भविष्य में उसके बारे में ऐसा नहीं सोचोगे, अब उससे एक बार सॉरी कह दो।"

सुजॉय: (विषधर के उद्देश से उसके तरफ देखते हुए) "अच्छा सुझाव, तुम हमारे घर के बारे में लगभग सब कुछ जानते हो।"

सुलोचना के मुँह से निकली तीसरा व्यक्ति विषधर को बहुत बुरा लगा। मुँह के अंदर दाँतों को दबाते हुए मन ही मन कहने लग 'सुलोचना, मैं कसम खाता हूँ कि आज तुम मुझे तीसरा व्यक्ति कह रही हो, अगर दो दिन में मैं तुम्हारे परिवार का पहला आदमी नहीं बन गया तो मेरा नाम विषधर नहीं।'

अपने बड़े भाइयाँ के आदेश की अवहेलना किये बिना उसने विषधर की ओर देखी और क्रोधित स्वर में 'सॉरी' कहा...

सुलोचना: (सुजॉय के उद्देश्य से) "अब तुम्हें चिंता करने की कोई जरूरत नहीं है, वह तुम्हारे सारे काम करने के लिए मौजूद हैं।"

विषधर: "नहीं...नहीं, ऐसी कोई बात नहीं है, क्या मैं कभी तुम्हारे लिए बुरा चाहूँगा! अगर मैंने कुछ भी गलत किया है तो मैं माफी मांगता हूं।"

सुलोचना (विषधर को रोकने के लिए सुजॉय के उद्देश्स से): "अगर तुम्हें ऐसी कोई ज़रूरत है, तो मुझे लगता है कि तुम देव से भी पूछ सकते हो।"

सुजॉय: "अरे हाँ, मुझे तो याद ही नहीं था, यह बात सही है। सचमुच, आज ऐसा कोई लड़का ढूंढ़ने से भी नहीं मिलेगा।"

विषधर के सिर पर मानो आसमान टूट पड़ा, सोचा कि इस घर में देव नाम का कोई लड़का है, मैंने तो पहले कभी सुना ही नहीं! यह कबाब में हड्डी कहाँ से आ गया!

विषधर: "मैंने तो कभी नहीं सुना कि इस घर में तुम्हारे अलावा कोई लड़का है!"

सुजॉय: "मेरा दूसरा भाई जैसा सोच लो।"

विषधर ने 'दूसरा भाई' शब्द के उपर ज्यादा ध्यान दिया पर 'जैसा सोच लो' शब्दों को इतना गंभीरता से नहीं लेते हुए थोडासा आश्वस्त हुआ। सोचने लगा अगर यह भाई है तो मेरे लिए इसके बारे में छानबीन करके सब कुछ पाता लगाना है, लेकिन अभी तो दिमाग में संदेह के बदल चारों ओर घूमने लगे है। अधिक सोचते हुए बायें हाथ की अंगुलिओं से सिर को खुजलाने लगा, भौहें सिकुड़ गयी हैं, मन में सोचता रहा अगर भाई बनकर वह लड़का भविष्य में सेठ परिवार का भागीदार बनने के लिए बिल्ली का पंजा नहीं मारेगा, इस पर भरोसा कैसे किया जाए! यही लड़का भविष्य में मेरी राह का सब से बड़ा काँटा बन सकता है। सेठ परिवार इस कालसर्प को अधिक समय तक दूध न पिलाये इसकी तत्काल व्यवस्था की जानी चाहिए। मुझे अब साज़िश का ऐसा एक जाल बिछाना होगा जिस पर फंसने से छटपटाते रहेगी

और आवाज नहीं निकल सकता और मेरी मुट्ठी में होगा। मेरी संदेह को अभी मिटा लेता हूँ।

विषधर: “मैंने कहा सुजॉय, तुम्हारा भाई कहां से आ गया! तुमने पहले कभी मुझसे ऐसी बात नहीं कही!”

सुजॉय: “अरे, तुम नहीं जानते हो, मेरे पिताजी उसे आठ-दस साल पहले योगी बाबा के पास से लाए थे। योगी बाबा ने इसे पिताजी के पास भेज दिया, तब से यह एक तरह से हमारा हो गया। लेकिन योगी बाबा के निर्देशानुसार वह कभी हमारे साथ नहीं रहता, वह उस मंदिर के बगल वाले घर में रहता है अकेले। वह कभी भी अपने आदर्शों से एक कदम भी बाहर नहीं जाता; इतने वर्षों में एक बार भी वह हमारे साथ खाने-पीने या गपशप करने के लिए नहीं बैठा। पढ़ाई तो इसकी लत है, सुना है उसके ज्ञान की गभीरता बहुत है, इसलिए मैं कह रहा था कि ढूंढ़ने से भी ऐसा लड़का नहीं मिलेगा।

मन शंकाओं से भरा रहता है, संदेह ऐसी चीज है कुल्हाड़ी मारने से भी नहीं जाती। पता नहीं यह अबांछित महामानव यहाँ क्यों आया है, और आठ-दस वर्षों से स्वस्थ्य है; लेकिन वह आज और कल को छोड़कर कई बड़ा कदम ले सकता है। इसका मतलब है कि अभी मेरी सबसे बड़ी बाधा वह है। सुलोचना की इतनी खूबसूरती निश्चित रूप से उसे निगल जायगी, या कौन कह सकता है अंदर ही अंदर कुछ नहीं चल रहा है! नहीं...नहीं, उसे एक क्षण भी अधिक बढ़ने नहीं देना चाहिए, सबसे पहली बात तो यह है कि अभी से उसे दूर करने का प्रबंध किया जाए। एह अकाल पुरुष को हटाने के लिए मुझे अभी से तत्पर होना पड़ेगा। मुँह को थोड़ा टेढ़ा करते हुए सुजॉय को संबोधित करके...

विषधर: "और बस इतना ही! ऐसा लगता है जैसे उसका कोई नहीं था! शायद अनाथ होगा! परन्तु तुम्हारे घर में भोजन और वस्त्र की कोई कमी नहीं है, कितने सारे अनाथ एक साथ रह सकते हैं।"

सुलोचना देव के बारे में ऐसे घटिया ताने और टिप्पणियाँ बर्दाश्त नहीं कर पायी....

सुलोचना: ""चाहे कुछ भी हो, उनके पास सब कुछ था, उन्होंने अपने सभी लोगों को छोड़ दिया और एक अच्छे मार्ग पर चलने के लिए आश्रम में जिंदगी बसाया। इसलिए हमने उसे यहां सम्मान के साथ रखा, और हम उसके कोई नहीं हैं क्या!"

विषधर ने दो बार गर्दन घुमाई और मन ही मन कहता रहा कि चाँद जैसी सूरत तुम्हारी सुलोचना, मैं तो तुम्हारी मुँह से यही सारे बातें सुनने के लिए शकुनि का पाशा फेंका था। अब मेरी चाल सही थी और मेरा तीर सही निशाने पर लगा। मेरा लक्ष्य यह देखना है कि तुम कैसी प्रतिक्रिया देती हो! मैंने जो सोचा था, मैं देख रहा हूं कि प्रमाण सटीक है, प्रिय सुलोचना, तुम्हारा देव के प्रति प्रेम मेरे लिए बिल्कुल भी अच्छा नहीं है। यानी पानी बहुत दूर तक बह चुका है, और कोई विलम्ब नहीं होना चाहिए; इन्हें रास्ते से हटाने के लिए आज नहीं, बल्कि अभी एक दिवार बनाना होगा, नहीं तो जल्द ही पानी सिर से ऊपर हो जाएगा।

विषधर: "योगीबाबा ने छोड़ दिया उस लड़के को तुम्हारे पास, तुम यही कहते हो न! लेकिन वह बाबा जरूर कोई ढोंगीबाबा या ठगीबाबा होगा, और क्या! वर्तमान समय इस तरह बाबा से सभी को सावधान रहना चाहिए। कब अपना असली रूप धारण कर लेगा, यह समझना मुश्किल है!"

देव और योगी बाबा के बारे में विषधर इतने ताने और नकारात्मक टिप्पणियाँ क्यों कर रहा है, यह बात सुलोचना के दिमाग में नहीं आती......

सुलोचना: "भाई साहब....किसी को भी उनके बारे में कोई भी टिप्पणी करने से पहले उन्हें अच्छी तरह से जान लेना चाहिए। योगी बाबा एक महान संत हैं, हमारे घर के माता-पिता और हम लोग सभी उनका बहुत सम्मान करते हैं, उन्होंने तुम्हे कोई नुकसान तो नहीं पहुंचाया। और देव, आप उसके बारे में कितना जानते हो! इसमें कोई संदेह नहीं है कि आज कॉलेज या यूनिवर्सिटी में उनके जैसा प्रतिभाशाली लड़का और कोई नहीं है। इस उम्र में केवल पढ़ाई, खेल, संगीत, विभिन्न भाषाओं का ज्ञान, योगाभ्यास एवं अनेक विषय पर ज्ञान और किसी के पास नहीं होगा।

विषधर मन ही मन चिल्लाता और कहता है, तुम्हें कैसे पता चलेगा सुलोचना कि मैंने तुम्हें परखने के लिए खेलना शुरू कर दिया है! तुम एक छोटी सी लड़की हो, अगर मैं ये बातें नहीं जानता तो मैं कैसे आगे बढ़ सकता हूं! मेरे रणकौशल में शकुनि का मोहरा सफल हो गया है, और कौरवों के पास हस्तिनापुर पाने का एक ही रास्ता था जो पांडवों के वनवास। वैसे ही सेठ परिवार को मेरे कब्जे में लेना है तो इसके लिए एक ही रास्ता है, देव का वनवास! जैसा कि कहा जाता है, बीमारी और कर्ज का अंत नहीं रखना चाहिए, और कभी भी दुश्मनों को कमजोर नहीं समझना है। इस सेठ परिवार में अब मेरा एकमात्र दुश्मन है देव।

सुलोचना को पिघलाने के लिए, उसका गुस्सा शांत करने के लिए...

विषधर: "नहीं, मेरा मतलब है कि मैंने सामान्य बातें कही हैं, इसका मतलब यह नहीं है कि योगी बाबा एक ठग है या देव एक अच्छा लड़का नहीं है। तुम उसे इतने समय से देख रही हो, अगर उसमें कुछ भी अच्छा नहीं है, तो तुम उसे क्यों अपनाओगे?"

विषधर अपने आप कहने लगा तुम्हे क्या पता सुलोचना, देव कि भलाई ही मेरे लिए बुरी है, उसे यहां किसी भी तरह से बदमाश साबित करना ही

होगा। तब भी तो मेरा पासा सही जगह पर सही ढंग से घूमेगा। सुलोचना यह सोचकर थोड़ा आश्वस्त हो गई कि उसने देव के बारे में अच्छी तरह से समझाकर विषधर का दिमाग घुमा दिया है; ऐसा सोचते हुए वह अपने घर पर चली गई।

सुजॉय ने सुलोचना और विषधर के बीच देव के बारे में सारी बातचीत सुनी और कहा, “तुम्हें देव का इस तरह मज़ाक नहीं उड़ाना चाहिए था, जैसे दुनिया में हर कोई अच्छा नहीं है, वैसे ही हर कोई बुरा नहीं हो सकता।”

विषधर सोचता है कि उद्देश्य पूरा करने के लिए सुजॉय ही उसका ताकत है; उसके बातों पर सहमति जताते हुए मन में सोचा कि यह तो मेरे हाथ में है, अब अगर मैं उनकी मां सावित्री चाची के मन को पिघला सकूं तो आज मेरे सपनों के स्मारक निर्माण की आधारशिला रखी जा सकती है। धीरे-धीरे उठकर सावित्री के पास पहुंचा, जहां एक रसोइया और एक नौकरानी से बातें कर रहे थे। झट से कहा, “आंटी, आप कैसी हो?” साथ साथ प्रणाम किया।

सावित्री: “आओ बेटा, काफी दिन बाद आये हो, कैसे हो? और तुम्हारा माता-पिता कैसे है? तुम बैठो।”

जब विषधर को कुर्सी पर बैठने के लिए कहा गया। तो विषधर ने कुर्सी को थोड़ा खींच लिया और बैठ गया।

सावित्री: “बेटे, मैंने बहुत दिनों से तुम्हे नहीं देखा है, मुझे लगता है लगभग छह-आठ साल हो गए होंगे।”

विषधर: “हाँ... इतना होगा, मैंने अपने माता-पिता से सुजॉय की शादी के बारे में सुना था। वह मेरा बचपन का दोस्त है, इसलिए उसने कई काम दिए जिससे मुझे बहुत ख़ुशी हुई। मैंने कहा तुम्हें कोई चिंता नहीं है; मैं तुम्हें अपना मानता हूँ और तुम्हारे सारे काम करूंगा।”

सावित्री: “हाँ बेटे, तुम्हे पहले आना चाहिए था और खुद अच्छी तरह से देख लेते; अब तुम आ गए, हमें इससे बहुत ख़ुशी होगी। लड़के की शादी में काम कम होता है क्या!”

विषधर: “हाँ, अब से आप लोगों की खुशी ही मेरी खुशी है, आप उन सब कामों की चिंता मत करना।”

सावित्री: “यह सच है, कि यदि तुम अपने बारे में सोचते हैं, तो पूरी दुनिया तुम्हारी परायी है, और यदि तुम सभी के बारे में सोचते हो तब पूरी दुनिया तुम्हारी हैं।”

विषधर: “आप सही कह रही हैं आंटी, मैं ऐसा ही सोच कर सुजॉय के साथ बैठ कर चर्चा कर रहा था। मैंने बातों बातों में कहा, जब तुम शादी करोगे तो तुम्हारे दिमाग में दो विचार एक साथ आएगा; एक तुम्हारी शादी के बाद नई दुनिया से, और दूसरी तुम्हारी बहन सुलोचना की भविष्य के बारे में। आंटी देखिये, आपने सुलोचना को कितने लाड़-प्यार से पाला है, आप तो जरूर चाहेंगी कि ससुराल में भी उसका लालन-पालन उतने ही लाड़-प्यार से हो।”

सावित्री: “तुम सही कह रहे हो बेटा; उसने हमारे खानदान के अलावा कभी कुछ भी नहीं देखा। क्या वह अपने घर चला जाएगा तो वह ढल पाएगा या वे लोग उसके साथ ढल पाएंगे। उसके पिता हर समय उसके बारे में चिंतित रहते हैं, मैं तो यही कहती हूँ कि चिंता की कोई बात नहीं है। लड़की बड़ी हो रही हैं, रिश्ते स्वाभाविक रूप से आएंगे। ऐसा नहीं है कि एक-दो नहीं आये, लेकिन हम इतनी जल्दी पढाई करने वाली लड़की को शादी की बातचीत में शामिल नहीं करना चाहते। फिर भी लड़के देखना, सुनना या चुनना बुरा नहीं है, इसके अलावा उसका सही जीवनसाथी मिलने से भी

उसके भी तो पसंद-नापसंद होगा। तुम्हारे अंकल कहते है, रिश्ता आएगा तो ऐसा ही होगा! मैं पहले सुनूंगा, देखूंगा और फिर शादी के लिए आगे बढ़ूंगा।"

विषधर: "अंकल सही कह रहे है, कहीं से भी रिश्ता आने पर शादी नहीं की जा सकती। हमे सोचना हैं कि लड़का अच्छा है, और लड़के की स्थिति भी अच्छी है, लेकिन शादी के बाद देखा जाता है कि लड़के के घर के लोग उतने अच्छे नहीं है। शादी के बाद पत्नी को कोई दर्जा नहीं दिया जाता है, और कई बार देखा जाता है कि लड़के के घर के लोग तो अच्छे होते हैं परन्तु लड़का अच्छा नहीं होता, ऐसे में बेटियों की जिंदगी नरक जैसे बन जाती। इसलिए मैंने अपने माता-पिता से कहा कि मुझे किसी लड़की को पसंद या नापसंद करने की आवश्यकता नहीं है, मुझे भी तो किसी को पसंद करना होगा।"

सावित्री: "तुम एक आदर्श लड़के हो, और ऐसी बातें कर सकते हो; परन्तु आज कल तुम्हारे जैसा इतनी महान सोच रखने वाला लड़का बहुत ही कम मिलेगा। वरना आजकल के सारे लड़के-लड़कियाँ कब किस को घर ले आयेंगे, यह समझना मुश्किल है। मुझे नहीं पता कि हर तरफ से सुलोचना के लिए उपयुक्त लड़का ढूंढने में कितना समय लगेगा!"

विषधर: "इसलिए आप मत सोचो आंटी, पहले सुजॉय की शादी हो जाने दो, फिर तब उसके बारे में सोचना। मेरे माता-पिता भी कह रहे थे कि एक बार आकर आप लोगों से मिलेंगे, बहुत दिनों से उन लोगों ने सुलोचना को भी नहीं देखा है, उसे भी देखना चाहते हैं।"

सावित्री: "देखो बेटा विष, तुम बुरा मत मानना, मैं तुम्हे धीरे से बता रही हूं, मैं भी नहीं चाहती कि मेरी बेटी ऐसे माहौल में जाए, जहां वह खुद को पूरी तरह से एडजस्ट नहीं कर पाएगी; मैं, तुम्हारे अंकल और सुजॉय इस बारे में तुम्हारा घर वालों से बात करेंगे। मैं भी इस विषय पर चर्चा करना चाहती हूँ।"

विषधर मन में सोचने लगा यह तो पानी है, बिना बादलों की अपेक्षा करते हुए! अब मुझे सुलोचना का 'यौवन-रसगुल्ला' चाहिए; फिर धीरे-धीरे जब उसकी सारी संपत्ति पर कब्ज़ा कर लूंगा, जैसे नारियल तोड़ने के बाद सॉस निकालकर नारियल की माला को फेंक दिया जाता है, वैसे ही उसे भी फेंक दिया जायेगा ऐसी जगह पर जहाँ से किसी ने वापस कभी लौट नहीं सकता। उसकी जगह मैं लेकर आउंगी मेरी आशिकी नाच मयूरी को। फिलहाल तो इस रसगुल्ले को जब्त करना ही पड़ेगा, ऐसा सोचकर एक बार और झुककर सावित्री को प्रणाम कर लेती। विषधर के जहर को न पहचानते हुए सावित्री उसके सिर पर हाथ रखकर आशीर्वाद देती है।

सावित्री: "युग युग जिये मेरा बेटा।"

सावित्री ने कभी नहीं सोचा था कि अत्यधिक भक्ति चोरों का एक लक्षण होता है।

विषधर मन में इतना प्रसन्न हो गया कि वह खुशी से सोच नहीं पा रहा है अब क्या करे। सब योजना के मुताबिक चल रहा है, अब बस शांत रहकर एक के बाद एक शतरंज की चालें चलनी पड़ेगी। थोड़ी ही दिनों बाद विजय सेठ की कुर्सी को झुकाना संभव हो जाएगा। अत्यधिक खुश होने के कारण उसे थोड़ा तनाव महसूस होने लगा, इसलिए जब कभी वह तनाव महसूस करता हैं तब एक-आधी सिगरेट पी लेता है तनाव कम करने के लिए। उसने अपनी जेब से सिगरेट का एक पैकेट निकाला और दूसरी मंजिल के बेडरूम के एक कोने में चला गया ताकि कोई देख न सके। बड़े महल, पर रहने वाले आदमी कम है। अकेले मेज के एक कोने पर खड़ा हुआ और सिगरेट के पैकेट से एक सिगरेट उठाई, पैकेट को दो बार थपथपाया और अपने होठों के बाईं ओर रख दिया; मानो वह सोचते-सोचते दो-चार बार माचिस जलाता और बुझाता है, लेकिन अति उत्साह के कारण सिगरेट में आग नहीं लगती। अंत

में, मानो किसी विचार को समाप्त करते हुए एक आह भरता है और 'हम' कहकर सिगरेट को एक लंबा खींचता है, थोड़ी देर के लिए अपने मुँह में धुआँ रखता है, उसे थोड़ा-थोड़ा करके छोड़ता है और अपना मुँह बंद कर लेता है। दो-चार बार ऐसा करने के पश्चात उसने फिर से जोर से धुंआ छोड़ा और खुद से कहा, 'सावित्री आंटी और सुजॉय मेरे जाल में फंस चुके है, अब बारी विजय सेठ और सुलोचना को फंसाना। विजय सेठ का मामला मेरे पिता अकेले संभाल लेंगे; वह विषधर के बाप एक गुणधर हैं। मेरी माँ खूब जानती है कि उसने बचपन से लेकर अभी तक कितने महान काम किये है। हराधन के दस बेटे हैं, और अब एक ही बाकी है, बस एक सुलोचना पर काबू पाना ही मेरा एक मात्र मकसद। इसके बाद राजा की किस्ती मात आर्थात विजय सेठ को मात देना।

सबसे पहले उस छोकरे पर एक नजर डालना होगा..... बेटा कितना पानी में डूबकर घूंट पी रहा है देखना होगा! प्यार में जात-पात के कम्बल बिछाने की जरुरत नहीं होती। वह अनाथ होने से भी प्यार कर सकते है, मुझे लग रहा है वह एक घोंघा माल होगा, नहीं तो वह यहां क्यों बैठना चाहेगा! सिगरेट का आखिरी कश खींचा और छोटा सिरा कूड़ेदान में गिरा दिया, फिर मंदिर की तरफ आकर देव के कमरे का दरवाजा खटखटाया।

देव घर पर बैठकर फ्रेंच भाषा की एक किताब पढ़ रहा था, साथ ही उसने अंग्रेजी की दूसरी किताब के पन्ने पलटे। योगी बाबा के अनुसार किसी भी चीज़ पर आसक्ति नहीं होनी चाहिए, सब कुछ अस्थायी है। बाबा के शब्दों को हमेशा याद रखते है, इस संसार में कुछ भी अपना नहीं है, केवल ज्ञान को छोड़कर। ऐसे विचारों से मन में अहंकार, क्रोध, लोभ, वासना आदि तुरंत उत्पन्न नहीं होते। दरवाजा खोलते ही देखा विषधर सामने खड़ा है, फ्रेंच कट दाढ़ी, लंबा चेहरा, गोरा रंग, आंखों पर धूप का चश्मा, औसत स्वास्थ्य, सफारी पहने हुए और सिगरेट की गंध मुंह से निकल रहा था। दरवाजे के अंदर

खड़े देव, जिनका सुंदर लंबा शरीर, दिव्य कान्ति सुन्दर चेहरा, लंबे घुंघराले बाल, पतली मूंछें, कमर पर खूबसूरत सफ़ेद धोती बांधे हुए और आधी पंजाबी पहने हुए, चेहरे पर शांत मुस्कान और बुद्धिमान आँखों से उसकी ओर देखता हुआ...

देव: "आप कौन हैं और किसे चाहते हो?"

विषधर हाथ में रखी स्टील की माचिस को अंगूठे से दबाया, एक बार जलाया और बुझाया, फिर गंभीर स्वर में कहा...

विषधर (हाथ को मोड़कर सांप की तरह दिखाकर): "मैं विषधर हूँ, और चाहता हूँ एक ही को। पर बच्चे तुम कौन हो? इतने कष्ट करके यहाँ क्या कर रहे हो?"

देव (मुस्कुराते हुए): "मैं देव हूँ, यहां पढ़ाई करता हूँ।"

विषधर: "देव...तुम कहाँ से और कितने समय से हो?"

देव: "मुझे योगी बाबा ने पाला है, मैं लगभग सात-आठ वर्षों से यहाँ हूँ, लेकिन क्या मैं आपकी पहचान जान सकता हूँ?"

विषधर: "अरे बाप रे, लगता है तुम्हारा मुँह जितना बड़ा उससे बड़ी बातें है। (उसके शरीर के पास आकर भौंहों को दो-चार बार सिकोड़ता और फैलाता है) तुम तो बुद्धू राम नहीं हो, सचमुच डूब डूबकर पानी पीते हो, और एक नंबर के लोमड़ी-विद्वान हो। तुम मेरा नाम जानना चाहते हो, थोड़ी देर पहले बताया ना, मैं जहर देने वाला विषधर हूँ। सभी विष या साँप से डरते हैं और दूर-दूर रहते है। बेटे, आज से तुम भी सावधान रहना; तुम्हारे लिए बस इतना ही काफी है, आइए एक-दूसरे को थोड़ा जान लें। क्या, मैंने कुछ ग़लत कह दिया! मैं विषधर हूँ, सुजॉय का बचपन का दोस्त, मैं इस सेठ परिवार को लंबे समय से जानता हूँ।"

देव: “आ जाओ, अंदर बैठो।”

उसे एक लकड़ी की कुर्सी पर बैठने दी।

कमरे के चारों ओर सभी अजीब व्यवस्थाओं को देखा, जैसे फर्श पर खाना, सोने के लिए एक छोटा बिस्तर, शतरंजी, चटाई और कंबल। हालाँकि, कपड़े साफ़ सुथरे रखे हुए हैं, सब कुछ सेठ परिवार के हैं।

विषधर: (आँखें घुमाते हुए): “तुम यहाँ कैसे खाना बनाकर खाते हो?”

देव: “हां, मैं यहां इसी तरह खाना बनाता और खाता हूं।”

विषधर (आश्चर्य होकर सोचा, विजय सेठ ने इसे एक नौकर की तरह रखा है): “तुग यहाँ कब तक रहोगे?”

देव: “मुझे नहीं पता, मुझे तब तक यहीं रहना होगा जब तक मेरे योगी बाबा मुझे नहीं बुलाते।”

विषधर की नज़र अब किताबों पर पड़ी, अलग-अलग भाषाओं की किताबों का ढेर। इतना सीधा-सादा लड़का खेलने कूदने के बजाय इतनी सारे किताबें कैसे पढ़ लेता समझ में नहीं आता है। जिज्ञासा से बाहर...

विषधर: “तुमने ये सारी किताबें पढ़ीं या इकट्ठे किये!”

देव: “हाँ पढ़ा, कहीं से भी पूछ सकते हो।”

विषधर: “इतना पढ़ने से क्या फायदा!”

देव: “मुझे नहीं पता कि लाभ क्या है, लेकिन इनसे मैंने सीखा है कि ज्ञान से बड़ा कोई रोशनी नहीं है; सत्य से बड़ा कोई आदर्श नहीं है; साहस से बड़ी कोई शक्ति नहीं; त्याग से बड़ी शांति नहीं है; प्यार पाने से बड़ा कोई आनंद नहीं है; नफरत से बड़ा कोई पाप नहीं है; अहंकार से बड़ी कोई मूर्खता नहीं; हिंसा से अधिक हानिकारक कुछ भी नहीं है; मृत्यु से बड़ा कोई परिणाम

नहीं है; आत्मा के अतिरिक्त कुछ भी अविनाशी नहीं है; लालच से बड़ा कोई दुःख नहीं है; क्षमा से बढ़कर दया नहीं है; क्रोध से बड़ा शत्रु नहीं; मन पर विजय पाने का ध्यान से आसान कोई तरीका नहीं है; आत्मसम्मान पर चोट से बड़ा कोई अपमान नहीं; कामिनी कांचन से बड़ा बंधन नहीं है; चरित्र से बड़ा कोई संपत्ति नहीं है; चाहत का कोई अंत नहीं; सेवा से बड़ा कोई पुण्य नहीं; आत्म-विजय से बड़ी कोई विजय नहीं है; प्रेम से बड़ा कोई धर्म नहीं; गुलामी से बड़ी कोई हार नहीं; कलंकित होने से बड़ा कोई दुःख नहीं; स्वार्थ से बढ़कर कुछ भी बुरा नहीं है; सभी दुखों से मुक्ति का मार्ग मन की शांति है...."

सुनते सुनते भौंचक्का रह गया और फिर कहा....

विषधर: "रुको....रुको, "तुम्हें स्कूल या कॉलेज जाना चाहिए, वहां के छोटे छोटे बच्चे को ऐसा दो-चार बातें बताकर दो-चार पैसे कमाना चाहिए। मेरे पास ऐसी फालतू बातें करके तुम्हे क्या मिलेगा। तुम्हारे ऐसी बातें सुनने से मुझे क्या फायदा होगा! किसी के घर आने पर अतिथि के रूप में उसका सत्कार करना या अतिथि के रूप में उसकी सेवा करना भारतीय संस्कृति है, इतना तो तुम्हे पता होना चाहिए। क्या मैं गलत बोल रहा हूँ?"

देव ने अतिथि को खाली मुँह कैसे बैठाया, इसलिए जल्दी से घी, काजू, किशमिश आदि के साथ बहुत अच्छा हलवा बनाया, जिस तरह छोटी माँ कभी-कभी आश्रम में बनाती थी और सभी को वितरण करती थी। खुशबू आने पर विषधर सोचने लगता है कि लड़का अच्छा खाना बनाना जानता है। देव ने सावधानी से एक प्लेट में हलवा लाकर उसके सामने रख दिया। उसे भूख लगी थी और वह लालची भी है, लेकिन वह दिखावा करता है...

विषधर: "नहीं....नहीं मैं अब कुछ नहीं खाऊंगा।"

देव: “क्यों, मैं तुम्हारे लिए इतने धैर्य से बनाया हूँ, अगर तुम नहीं खाओगे तो मेरी तैयारी बेकार हो जाएगी!”

विषधर: “जब इतनी मेहनत कर ली हो तो दे दो।”

उसने उसे उसके हाथ से ले लिया और झट से चम्मच से अपने मुँह में डाल लिया।

देव: “कैसा है?”

विषधर(खाने में बहुत स्वाद लगा फिर भी): “मैं ज्यादा पसंद नहीं करता हूँ, लेकिन जो तुमने इतनी मेहनत से बनाया है, इसलिए खा रहा हूँ, असल में मैं मांसाहारी हूँ। मछली, मांस, अंडे, कबाब, बिरयानी, मटन फ्राइड राइस, चिकन फ्राइड राइस और क्या-क्या खाने का आदी हूँ।”

देव: “लेकिन मैं तुम्हे मांसाहारी खाना नहीं खिला सकता।”

विषधर: “तुम्हारे नाम-गोत्र के बारे में, मैं पूछना भूल ही गया।”

देव: “मेरा नाम देव है, मैं तुम्हें पहले ही बता चुका हूँ।”

विषधर: “आह...हा, मुझे पता है...मुझे पता है कि तुम पहले कहा था। मैं कह रहा था कि, मेरा मतलब है कि तुम देव तो हो, इसमें कोई शक नहीं; पर कौन सा देव ये मानों देव के बाद कौन सा पदवी लिखते हो? देव दास या शर्मा, रावत या मुखर्जी या चटर्जी, नही तो डोम.. ..चांडाल और सारे कितने होंगे पर तुम्हारा क्या है? क्या मैंने कुछ गलत बोला!”

आज तक ऐसे प्रश्न का सामना नहीं करना पड़ा, फिर भी स्पष्ट उत्तर दिया...

देव: “मैं नाम के पहले कुछ भी नहीं लिखता है। यदि तुम्हे आवश्यकता हो तो दो बार देव का प्रयोग कर लेना।”

विषधर (व्यंग्यपूर्वक मुस्कुराते हुए और खुद से कहते हुए, इस बार नमक जोंक के मुँह पर गिर गया है): “वे कैसे हो सकता हैं! तुम्हारा कोई बंश परिचय नहीं है? मेरे कहने का मतलब माता-पिता के बगैर कोई संतान पैदा होती है क्या! तुम्हारे भी तो माता पिता होना चाहिए, और उनके नाम के पश्चात कुछ न कुछ पदवी तो होंगी ही। क्या मैंने कुछ गलत बोला!”

देव (पता नहीं क्या जवाब दे): “तुमने कुछ गलत नहीं बोला, पर योगी बाबा ने मुझे और कुछ नहीं बताया। मेरे बारे में और अधिक जानने के लिए तुम्हे योगी बाबा के पास जाना होगा।”

विषधर (हँसकर): “फिर वही बाबा! देख लो देव, मैं एक सीधा-सादा इंसान हूँ, टेरी मेरी बातें मुझे बोलना नहीं आता। जो भी बोलता हूँ, सरल भाषा में बोल देता हूँ, घुमा फ़िराक़े नहीं बोल पता हूँ। ये जो बाबा लोग होते है न, दुनिया के सब से दुष्ट लोगों में से होते है; सीधे शब्दों में कहूँ तो मैं कभी भी इन सब बाबा-टाबा के चक्कर में नहीं पड़ता हूँ, वे लोगों को हर तरह से बरगलाते हैं। क्या मैंने कुछ गलत बोल रहा हूँ!”

अपने जीवन में पहली बार देव योगी बाबा के बारे में ऐसी टिप्पणी सुनी; गुरु की निंदा करना या सुनना महापापों में से गिना जाता है, क्रोध में आग की गोला जैसा हो गया और ...

देव “yes हाँ, तुम गलत बोल रहे हो। तुम बोल क्या रहे हो पता है! वे लोगों को धोखा देने के व्यवसाय में हैं! तुम उन्हें कितना जानते हो! जन-कल्याण के लिए ही उन्होंने सब कुछ त्यागकर गाँव-जंगलों में जरूरतमंदों की सेवा करते आ रहे है। वह अपने आराम के लिए एक पैसा भी खर्च नहीं करते। अगर इसके बाद तुमने उनके बारे में एक शब्द भी कहा तो मैं तुम्हें यहां बैठने के लिए लायक नहीं छोड़ूँगा।”

विषधर: "अरे, मैं तुम्हें रामभक्त हनुमान की तरह अपने गुरु की पूजा करते हुए देख रहा हूँ! वे अकालपुरुष, तुम उस गुरु के वचन मेरे कानों में मत डालो; मैं तुम्हारे गुरु को अपने नाख़ून के लायक भी नहीं समझता, इन गुरुओं का काम ही है शिष्यों की गर्दनें काटना, और उनसे पैसा कमाना, जैसे तुम्हें सीधे-सादे शिष्य के घर भेजना, ताकि सेठों की गर्दनें काट सकते हो, सारे चोर-लुटेरे-ठग-बदमाश गुरु....

विषधर और कुछ भी कहने की क्षमता खो बैठे, तब तक देव का बज्र बाहू सड़सी की तरह उसके गले को दबा लिया, एक शब्द भी कहने के लिए ताकत नहीं है। लग रहा है साँस बंद हो जायेगा, मुँह से आवाज नहीं निकल पा रहा है। सुलोचना संदेहवश यह देखने आती है कि विषधर क्या कर रहा है, देव के घर के सामने खड़ी हो जाती है, और देखती है कि देव ने उसकी गर्दन पकड़ रखी है। वह बहुत खुश हुयी और अपनी आँखों से इशारा करके उसे और पीटने की उत्साह देती है। कहीं उसके बड़े भाई या विषधर उसे देख न ले, इसलिए वह मन ही मन खुश होकर जल्दी से चली जाती है। विषधर ने कितनी भी कोशिश की, वह देव का हाथ थोड़ा सा भी हिला नहीं सका। वह तुरंत सोच लेता है कि अगर उस से बचना है तो उसकी बात मानकर उसका गुस्सा कम करना होगा। उसके योगी बाबा ही उसकी कमजोरी हैं; अगर उस बाबा के बारे में कुछ भी गलत बोलने से वह बर्दाश्त नहीं करेगा। अब धीरे से बोला "तुम जिस बाबा के बारे में बता रहे हो वह ऐसा नहीं हो सकते। मैं उनके बात नहीं कर रहा हूं, आजकल सारे बेईमान लोग बाबा का नाम बदनाम करके कई गलत काम कर रहे हैं, मैं उन्हीं के बारे में बात कर रहा था और क्या। दरअसल, तुम्हारे बाबा की निकटता हर किसी के लिए संभव नहीं है। बाबा के बारे में बात करना बंद करो, बेहतर होगा कि तुम मेरे लिए चाय बना दो, देखता हूँ तुम्हारे हाथ से एक कप चाय होने से कैसा लगता है, तुम

बहुत मिठाई खिला दी, कोई इतना मीठा खाता है! जब लोग आते हैं, तो उन्हें चाय देनी पड़ती है।"

देव: "मुझे माफ़ कर दो, मैं तुम्हें चाय नहीं दे सका, मैं बचपन से योगी बाबा के पास रहने के कारण चाय पीना नहीं सीखा। उनके आदेश के अनुसार किसी चीज खाने पिने की जिसमें नशा हो सकती है उसे त्याग करना चाहिए।"

विषधर: "और क्या किया जा सकता है, थोड़ी-सी चाय मिलने से अच्छी लगती; जीभ की मिठास ख़त्म हो जाती। अच्छा, अब मैं एक बात तुम्हे बता देना चाहता हूँ, जो सुलोचना के वारे में है। तुम कुछ समय के लिए यहाँ रुकोगे क्योंकि योगी बाबा तुम्हे जब तक नहीं बुलायेंगे तब तक तुम जाओगे नहीं। मैं तुमसे एक बात पूछता हूं, ये जो सुलोचना है जो सुजॉय की बहन, उसे तुम कैसे जानते हो?"

देव: "मैं बहुत दिनों से उसे जानता हूँ, क्यूंकि वह उस तरफ उनके घर में रहती है, पर आज तक मैं कभी भी उस तरफ कदम नहीं रखा। कभी कभार उनसे मुलाकात होती है।"

विषधर: "बहुत अच्छा, मैं तुमसे एक बात कह देता हूँ कि मैंने तुम्हारे मुँह से जो सुना है, उसे मैं जानता हूँ कि तुम्हारी कोई वंशावली नहीं है, और तुम्हारे माता-पिता का कोई पता नहीं है; तुम एक अनाथ लड़के हो। योगी बाबा ने तुम्हे अपने तरीके से इंसान बनाया है, इसलिए तुम बार-बार उस योगी बाबा के बारे में सबको बताते हो। क्या मैंने कुछ गलत बोला! तब सेठ अंकल, जो एक बहुत अच्छे आदमी और योगी बाबा के भक्त हैं, ने तुम्हें उनसे ले लिया और यहाँ रख दिया। इसका मतलब तो यह नही कि तुम सेठ परिवार के बराबर हो गए! क्या, मैंने कुछ गलत बोला! उनके घर का हमारे घर से बहुत पुराना रिश्ता है, मैं भी एक कुलीन परिवार का लड़का हूँ। अब

सुलोचना बड़ी हो गई है, उससे मेरा शादी की बात चल रही है, तुम उसे आँखे उठाकर कभी नहीं देखना; और हाँ, तुम्हारा कोई जाति का अता-पता नहीं हैं। तुम मुझे खिलाकर जो गलती की है, उसके बारे में तुम किसी को नहीं बताओगे; क्या, मैंने कुछ ग़लत बोला!"

देव (शब्द सुनकर बेहद टूट गया): "नहीं....नहीं, तुमने सब कुछ सही कहा, मैं किसी को नहीं बताऊंगा।"

जब विषधर चला गया, तो उसने धीरे से दरवाजे को आधी खुली हुयी छोड़ दिया और अपने माथे पर जमे हुए पसीने को रूमाल से पोंछा। योगी बाबा की फोटो जो दिवार पर लटकी हुई थी उसे निकालकर देखता रहा। दोनों आंखों से पानी की बूंदें उस पर टपकके गिरा, अंदर ही अंदर रो रहा हैं। थोड़ी देर बाद, अपने बाएं हाथ से फोटो पकड़ी और अपने दाहिने हाथ से फोटो पर गिरे हुये आंसू को पोंछते हुए कहा, 'मेरे जन्म के बाद से आपने मुझे मेरे माता-पिता के बारे में क्यों नहीं बताया! मैं नहीं जानता मेरे माता-पिता कौन है, कहाँ है; आपने मुझसे सब कुछ क्यों छिपाया और मेरे जीवन को इतने बड़े प्रश्नचिह्न के सामने क्यों खड़ा कर दिया! जन्म के बाद मेरा गला घोंट दिया जाता तो बहुत अच्छा होता! बताओ मैं आज समाज को क्या जवाब दूँगा, क्या आप सुन रहे हो न! मेरा जीवन केवल आपकी इच्छाएँ पूरी करने के लिए है! आपने मुझे ऐसा बनाया कि मैं दस अन्य लोगों की तरह नहीं हूँ, मेरे बारे में सब कुछ बाकी लोगों से अलग क्यों है! क्यों.... आपने मुझे ऐसा क्यों बनाया! अच्छा बनाया, तो यहाँ भेजने कि क्या जरूरत थी! जब आपने भेजा तो मुझे भी बाकियों की तरह यहां जीने के लिए अधिकार क्यों नहीं दिया! आपने मुझे वापस लौटने के लिए क्यों कहा! मुझे अपने तरीके से जीने का हक़ नहीं है! आपकी आज्ञा का पालन करना ही मेरा जीवन है! आंटी, अंकल और यहां तक कि सुलोचना ने भी मुझसे कितनी बार कहा है कि थोड़ा उनके तरह जीने के लिए, लेकिन मैंने कभी एक पल के लिए भी आपकी अवज्ञा

नहीं की। सबसे बढ़कर, सुलोचना आशा लेकर मेरे पास आती है, अपना प्यार जाताना चाहती हैं, पर मैं लाचार हूँ, कुछ भी बोलने का मेरा अधिकार नहीं है। इसका कारण आप ही हो। आपने यह कहा था कि मेरे बुलाते ही मेरे पास आ जाना। मुझे नहीं पता कि आप मुझे कब बुलाओगे! मैं तो बस इतना जानता हूं कि मुझे जाना है, यही सोच कर कि मैं सुलोचना से अपने मन की दो बातें भी नहीं कर पाता ताकि मेरे जाने से उसे तकलीफ न हो; अगर मुझे जाना ही है, तो तुम मुझे बुलाते क्यों नहीं? कहो, मेरी बात का उत्तर दो......"

सुलोचना मन ही मन अपने कमरे को साफ कर रही थी, अचानक योगी बाबा की फोटो जो देव ने उसे दी थी, ऊपर से जमीन पर गिरने लगी, वह जल्दी से दोनों हाथों से पकड़ लिया और फिर उस फोटो पर अपना सिर दो बार झुकाया। बाद में, जब उसने फोटो को दिवार पर लटकाने की कोशिश की, तो उसने खिड़की से बाहर देखा विषधर को राजा के तरह सीना उठाकर जाते हुए देव के घर से निकलकर, मानो वह किसी विशाल राज्य को जीतकर लौट रहा है। निश्चित रूप से वह कोई दुर्घटना की होगी; वह जल्दी से नीचे आयी और देव के कमरे के दरवाजे के सामने खड़ी हो गयी और थोड़ी सी खुले हुए दरवाजे के अंतराल से देखा कि देव अपनी आँखों में आँसू के साथ योगी बाबा की फोटो पकड़कर कह रहा है, "न मेरी माँ है, न पिता, न भाई-बहन, मित्र, मैं किसके साथ रहूँगा! मैं इस दुनिया में अकेला हूं, मेरा कोई नहीं है, मेरा कोई नहीं है....."

सुलोचना (अंदर प्रवेश करते हुए): "मैं हूँ।"

अचानक सुलोचना आकर उनके आँसू देख न ले, इसलिए जल्दी पोंछ ली।

देव: "नहीं.... तुम मेरी कभी नहीं बन सकती।"

सुलोचना: “मुझ पर विश्वास करके तो देखो; कहो मुझे विषधर यहाँ किसलिए आये थे?”

देव: “यह मुझे जानने के लिए थोड़ा सा।”

सुलोचना: “तुमने उसे पहचान लिया?”

देव: “ वह बहुत अच्छा लड़का है।”

सुलोचना (थोड़ा चेहरा घुमाकर): “ओह, वह बहुत अच्छा लड़का है, तुम उसे कितना जानते हो?”

देव: “यह मुझे पहली बार पता चला है।”

सुलोचना: “मेरी बात सुनो, जितना हो सके उससे दूर रहो, तुम्हें नहीं पता कि वह कितना खतरनाक है! मेरे बड़े भईया के साथ एक साथ कॉलेज की पढ़ाई की, इसलिए भईया के दोस्त है। इस से ज्यादा उस से हमारा कोई सम्बन्ध नहीं है।”

जब खाने की खुशबू नाक तक आए तो एक बार नजरें घुमा लें...

सुलोचना: “तुम्हारे घर से इतने भोजन की सुगंध कहाँ से आ रही है?”

देव: “कैसी खुशबू है! मैंने इतना खराब हलवा बनाया था कि खाया नहीं गया, इसके लिए मुझे अपराधी महसूस हो रहा है।”

इतने में सुलोचना ने देखा कि पीतल की कड़ाही के ऊपर एक थाली ढकी हुई है, उसने झट से थाली पलट दी और देखा कड़ाही में थोड़ा सा हलवा बना हुआ है, जिसकी सुगंध उसकी नाक तक पहुंच गई।

सुलोचना: “क्या। तुमने इसे बनाया?”

देव (बेहद उदास होकर): “इसे बनाने वाला और कौन है?”

सुलोचना: “वाह, मैं देख रही हूं कि तुम आज-कल तोते जैसी बोलने के लिए बहुत कुछ सिख लिये हो, इसलिए तोते जैसा बात करने लगे हो! क्या तुम्हे किसी और की जरुरत है! तुम तो अकेले ही सौ आदमियों के बराबर हो; लेकिन तुमने मुझे अभी तक हलवा खिलाया क्यों नहीं?”

झट से अपने हाथ से चम्मच उठाया और कढ़ाई से थोड़ा सा हलवा निकाल लिया....

देव (तुरंत टोकते हुए): “नहीं....नहीं सुलोचना, तुम वह मत खाओ; यह बहुत अधिक चीनी देने से बहुत मीठा है, तुम इसे नहीं खा सकते।”

सुलोचना: “मुझे मिठाइयाँ पसंद हैं।” (चम्मच से थोड़ा सा लेकर खायी...)

सुलोचना: “हुंह....इतना सुंदर....अद्भुत! इसे कैसे बनाते हैं?”

जब वह खा रही थी तो देव उसे आश्चर्य से देख रहा था।

सुलोचना: “क्या तुमने हलवा नहीं खाया?”

देव: “अगर तुम खा लोगे तो मेरा खाना हो जायेगा।”

सुलोचना: “अरे, ऐसा थड़ी चलेगा तुम भी खाओ और हम भी खाये, चलो देखते हैं....”

देव जम्हाई ली तो उसके मुँह में एक चम्मच हलवा डाल दी।

सुलोचना: “एक बच्चे की तरह जम्हाई ले रहे हो!”

देव धीरे-धीरे खाने लगा।

सुलोचना: “क्या, मैंने सही कहा था न, बहुत सुंदर!”

जैसे कुछ लोगों का स्वभाव दूसरों को नीचा दिखाना होता है, और उसी से ही वह खुश रहते है, विषधर उसी प्रकार का आदमी है।

देव: "जब तुम ऐसा कह दिया, तब जरूर सुन्दर होगा।"

सुलोचना (एक आत्मसंतुष्ट मुस्कान के साथ): "अब से तुम मेरी बात सुनोगे तो सब कुछ समझ जाओगे!"

कुछ दिनों बाद, विजय सेठ को अचानक हांगकांग से फोन आया, उन्होंने कहा कि उन्हें जल्द ही वहां पहुंचने की जरूरत है क्योंकि सुजॉय के साथ संयुक्त उद्योग के लिए कुछ कानूनी दस्तावेजों पर हस्ताक्षर करने और वहां के प्रशासन विभाग को दस्तावेज जमा करने की आवश्यकता है। विजय सेठ बिना देर किए हांगकांग के लिए रवाना हो गए।

इसी बीच, अचानक सुजॉय को आयात-निर्यात के काम के लिए गोदाम में उत्पादों के उचित भंडारण और निकासी के लिए विशाखापत्तनम जाना बहुत जरूरी हो गया, सुजॉय ने सभी कागजात और कपड़े पैक करना शुरू कर दिया......

सुलोचना: "तुम्हें फिर क्या हो गया! तुम फिर कहाँ जाने की तैयारी कर रहे हो?"

सुजॉय: "क्या करूँ बहन, लेकिन दो एक दिन के लिए जाना ही होगा, अभी तो जाना नहीं चाहता, मैं यथाशीघ्र आऊंगा।"

सुलोचना: "पिताजी चले गए..... तुम भी जा रहे हैं, घर बहुत सुनसान लगेगा।"

सुजॉय: "कोई खाली जगह न रहे इसकी व्यवस्था तो की जा रही है, लेकिन हां, कुछ समय बाद तुम्हें भी हमें छोड़कर जाना होगा। तुम्हें पता है मेरे बचपन का दोस्त विष तुममें बहुत दिलचस्पी रखता है। अब हम सब तुम्हारी

सहमति का इंतजार कर रहे हैं। उनके घर की स्थिति काफी अच्छी है, उनका हमसे थोड़ा परिचय है। मुझे लगता है कि यह तुम्हारे लिए बुरा नहीं होगा, वे तुम्हें किसी भी तरह का नुकसान नहीं पहुंचाएंगे। यदि हम तुम्हे किसी जान पहचान वाले आदमी के हाथ सौंप दिया, तो मुझे निश्चिंतता होगी।"

सुलोचना: "मैं तुम्हें एक बात बताऊं, अगर तुम बुरा न मानो तो..."

सुजॉय: "एक क्यों...हजार कहो, बताओ तुम्हारा मतलब क्या है?"

सुलोचना: "यह ठीक है, विष भाई साहब तुम्हारा मित्र है और तुम्हें उस पर कोई शक नहीं है; लेकिन मुझे वह पसंद नहीं है, मैं उसे दिल से स्वीकार नहीं कर सकती।"

सुजॉय: "यह शादी से पहले सभी लड़कियों को तुम्हारे जैसा ही होता है; मैं धीरे-धीरे देखूंगा कि तुम्हें उस पर कितना प्यार हो जायेगा।"

सुलोचना (बिना किसी हिचकिचाहट के): "भाइयाँ, तुम देव जैसे लड़के के बारे में क्या सोचते हो?"

सुजॉय (अत्यंत उत्सुक और आश्चर्यचकित): "तुम उसे अचानक यहाँ क्यों ले आयी!"

सुलोचना: "नहीं....मेरा मतलब है, वह वास्तव में यहाँ कितने समय से हैं, उस पर तुम्हारा क्या विचार है?"

सुजॉय (थोड़ा सोचते हुए): "एक लड़के के रूप में परफेक्ट; उसकी जोड़ी मिलना मुश्किल है। लेकिन उस लड़के में कुछ भी करने की शक्ति नहीं है, क्योंकि उसे योगी बाबा ने यहां रखा है, जब भी चाहे उसे ले जा सकते है। एक बात विष कह रहा था कि उस दिन देव से उसकी लम्बी बातचीत हुई थी; तब पता चला था कि वह एक अनाथ लड़का है, उसका कोई वंश नहीं है। यहां तक कि उसने उससे पूछा कि उसका उपनाम क्या है, वह नहीं बता

सका। वंशावली नहीं होगी तो पिताजी कुछ भी नहीं सुनेंगे। यदि उसकी बातें तुम्हारे मन में आएँ, तो मैं बड़े भाइयाँ होने के नाते तुमसे कह रहा हूँ, उसे तुरन्त भूल जाओ; मैं इसके बारे में किसी को नहीं बताऊंगा, और न ही तुम बताओगी।"

बात करने के बाद सुजॉय कार में बैठने के लिए नीचे आता हैं, मां सावित्री दूसरी मंजिल पर खड़ी हो जाती हैं और 'माँ दुर्गा रक्षा करों' कहती हैं। बहन के सिर पर हाथ रखकर....

सुजॉय: "मैं हमेशा तुम्हारे अच्छे होने की कामना करूंगा।"

कार स्टार्ट लेती और मुख्य द्वार से बाहर निकल जाती है।

शाम को जब घर के सारे काम-काज ख़त्म हो जाते है, तब घर कि एक नौकरानी दासुमा जिनकी उम्र लगभग पैंसठ वर्ष होगी; सावित्री के पास आ कर...

दासूमा: "मैडम, मैं एक-दो दिन के लिए अपनी बेटी के घर जाउँगी, वह बहुत बीमार है; इसलिए मुझसे जाने के लिए कहा।"

सावित्री: "देखो अब तुम्हारा भी काम पड़ गया। घर पहले से ही खाली है, मैं चाहती हूँ कि तुम जल्दी जाकर लौट के आ जाओ।"

दासूमा: "मैं जाउँगी दो या चार दिनों के लिए, लड़की के साथ रहूंगी।"

सावित्री: "चली जाओ, मैं एक-दो दिन और संभाल लूंगी। अगर जरुरत हो तो चौकीदार नंदलाल है, तुम उसे थोड़ा बता देना ताकि वह कुछ दिनो तक कहीं न जाए, जब तक कि तुम्हारे साहब या सुजॉय न आ जाएं।"

दासुमा: "हाँ मैडम, वैसा ही होगा ।"

अगली सुबह आसमान में बादल छा गए; दिन भर बारिश होती रही, सुलोचना के मन में चिंता के काले बादल छा गए। उसकी नजर विषधर के कपटपूर्ण मेलमिलाप पर पड़ी, उसने भाइयाँ से देव के बारे में बहुत कुछ कहा होगा! शाम को जब पर का काम पूरा हुआ, तो माँ और बेटी दोनों टीवी देखने बैठ गईं, माँ टीवी पर फिल्म देखने लगी। थोड़ी देर बाद...

सावित्री: "मेरे तबीयत ठीक नहीं है, मैं बेडरूम में जा रही हूं, अगर नींद आ जाए तो मुझे मत बुलाना।"

जब माँ चली जाती है, तो सुलोचना टीवी पर नज़रें गड़ाए अकेली बैठ जाती है, टीवी अपनी गति से चलता रहता है, और सुलोचना का मन विचारों के जाल में भटकता रहता है कि ऐसी स्थिति से कैसे उबरकर देव को एक सच्चा इंसान के रूप में पहचान दिया जाए ताकि माता-पिता उन्हें गलत न समझे। धीरे-धीरे बारिश बढ़ने लगी, हल्की हवाएं भी चलती रहती हैं। कैसी माँ-भाइयाँ और यहाँ तक कि पिता भी कैसे! वह मेरी बात सुनने से पहले ही उससे शादी के सपने देखने लगे! इन सबके मालिक तो भाइयाँ हैं, उनसे विष की दोस्ती न होती तो उसे कौन पूछता! देव के तेवर, उन्होंने कहा, 'विषधर बहुत अच्छा लड़का है', कहता है कि मैं दो दिन बाद यहां से चला जाऊंगा, जाओगे तो क्या हुआ, तो मुझे भी ले जाना! जब तुम हमारे साथ हो, तो हमें अपना समझें और हमारी तरह रहो, तब भी तो माता-पिता तुम्हे अपना समझेंगे और प्यार देते रहेंगे! वैसे ही माथे पर हाथ रखकर अकेली सोचती रही, अचानक रात के ग्यारह बज गये; चौंक गई और देखा टीवी चल रही है, जल्दी उसे बंद कर दिया और डाइनिंग टेबल पर सारे बर्तन सजाये खाने के लिए और अपनी माँ को बुलाने गयी उनके कमरे से। दो बार माँ को आवाज देने के बाद उसे लगा कि माँ ने उससे कहा था कि अगर वह सो जाए तो उसे न बुलाए, इसलिए उसने मुंह में कुछ खाना लिया और दरवाजा बंद कर मां के पास आकर सो गई। थोड़ी सी ठंड महसूस होने पर कंबल को मां के शरीर पर

डालते ही तेज तापमान का एहसास हुआ; जल्दी थर्मामीटर से बुखार नापा और 103 डिग्री तापमान देखकर चौंक गयी, क्या करें! घर में कोई पुरुष नहीं है, जल्दी से घर के डॉक्टर जैन को फोन पर बुलाया। थोड़ी देर बाद डॉक्टर जैन आए और उनकी अच्छी तरह जांच की, दवा दी और कहा कि माथे पर बार-बार पानी की पट्टी लगाना, अगर तापमान कम न हो तो अस्पताल ले जाना पड़ेगा। जब डॉ.जैन चले गए तो सुलोचना रात में अपनी माँ के पास जागती रहती है, बार-बार पानी की पट्टी लगाती रहती है। जैसे-जैसे रात बढ़ती गई, अचानक बुखार आने से सावित्री थोड़ी असहज महसूस करने लगी और बड़बड़ाते रही...।

सावित्री: "नहीं...नहीं तुम मत जाओ, तुम मत जाओ, तुम हमारे साथ रहो।"

संकेत: "माँ, तुम किसे जाने से रोक रही हैं?"

सावित्री (बुखार से गला बैठ जाता है, गला कांपता है): "वही है जिसके बारे में मैं बात कर रही हूं।"

वह थोड़ा बेहोश हो गयी.....

सुलोचना यथासंभव हर दो मिनट में पानी की पट्टी को भीगा लेती है; हालाँकि, बुखार नहीं गया, मजबूरन उसे सुजॉय को फोन करना पड़ा। सुजॉय डॉ. जैन के बारे में बताता है, लेकिन जब वह सुनता है कि डॉ. जैन की दवा काम नहीं कर रहा है, तो वह कहता है कि वह विषधर को बुलाएगी ताकि वह आकर उचित उपाय कर सके। विषधर का नाम सुनकर उसका दिल धड़कने लगा, उसने तुरंत अपने भाइयों से कहा कि वह उसे न बुलाएं क्योंकि बहुत रात हो चुकी है। इतनी रात को किसी को परेशान करना ठीक नहीं है, मैं देखूंगी क्या किया जा सकता है; नन्दलाल हैं, ऐसा है तो बुला लुंगी। तुम्हे ज्यादा परेशान होने की ज़रूरत नहीं है, नंदलाल को बुलाया और उसे अपनी

माँ के पास बैठने और उसे पानी की पट्टी देने के लिए कहा। देव के घर के सामने आकर बिना दरवाज़ा खटखटाए उसने खिड़की की दरार से देखा कि वह चौकी पर एक छोटे से बिस्तर बिछाकर सो रहा है। सुलोचना सोचती रही, मुझे लगता है कि मैं इस सोते हुए आदमी को जगाउंगी और उसे परेशानी दूंगी! फिर भी देखती हूँ इसका कर्त्तव्य-बोध कितना है! दरवाज़े के पास खड़े होकर धीरे से दरवाज़े की कुंडी हिलायी।

देव(जाग गये): "कौन है!"

सुलोचना: "मैं सुलोचना हूँ।"

देव: "सुलोचना, तुम इतनी देर रात में आई, क्या हुआ....सब ठीक है!"

सुलोचना: "हां, ठीक तो है, लेकिन मेरी माँ को बहुत तेज बुखार है, डॉक्टर ने देखा, दवा लेने से भी कोई फायदा नहीं हो रहा है; बुखार कम ही नहीं हो रहा है। मुझे नहीं पता कि अकेले क्या करना है....इसलिए मैं भागकर तुम्हरे पास आई हूँ।"

देव: "डॉक्टर ने देखा है, तुमने कहा कि दवा दी है लेकिन दवा काम नहीं कर रही है, तो चलिए अभी हॉस्पिटल ले जाने का इंतजाम करते हैं।"

सुलोचना (थोडी रोते हुए): "मैं अभी इतनी रात में अस्पताल नहीं ले जाना चाहती हूँ, अस्पताल यहां से बहुत दूर है।"

माँ का बुखार 103-104 डिग्री के आसपास होगा; इतना लम्बा रास्ता कैसे लें जायेंगे! अगर सड़क पर कुछ हो गया तो! क्या कोई वैकल्पिक रास्ता नहीं है..!"

देव: "मुझे उन्हें अस्पताल ले जाने के अलावा कोई अन्य विकल्प नहीं दिख रहा है!"

सुलोचना: "तुम्हें जो ठीक लगे वह व्यवस्था करो, मैं अपनी माँ की हालत से बहुत डरती हूँ, मुझे नहीं पता कि वह बचेगी या नहीं..." (बोलते-बोलते वह फूट-फूट कर रोने लगे)

देव: "रुको, देखते हैं क्या किया जा सकता है!"

वह कमरे के एक तरफ गया और अपने हाथ में कुछ लिया, आँखें बंद कर कुछ देर मंत्र पड़ने लगा और फिर उसे एक सेब दिया।

देव: "जाओ, सेब तुरंत ले जाओ और माँ को कैसे भी थोड़ा सा खिला दो।"

सुलोचना: "आप एक बार भी माँ से मिलने नहीं जा सकते।"

देव: "मैं बाद में जाऊंगा, अब देर मत करो, जाओ।"

सुलोचना: "मुझे कभी नहीं पता था कि तुम इतने स्वार्थी हो सकते हो; अगर मुझे पता होता तो मैं यहां नहीं आती (उस सेब को उसके हाथ लौटा दी)।

सुलोचना: "तुम यह खाओ, यह लो। मेरी माँ अवाक है, उबासी लेने में असमर्थ है, निश्चित नहीं है कि वह अभी भी साँस ले रही है या नहीं, तुम्हे इससे कोई मतलब नहीं है। मेरे हाथ में सेब देकर मजाक उड़ा रहे हो, मुझे बताओं कि तुम ये डॉक्टर वैद्य, झाड़ फूंक कहां से सीखे!"

देव: "मैं और कहां से सीख सकता हूं, केवल अपनी शुरुआती उम्र से श्रीगुरु चरणों में रहकर जो आशीर्वाद उनसे मिला, उस से थोड़ा बहुत ज्ञान प्राप्त किया है। यह मेरी विद्या नहीं है, यह गुरुदेव द्वारा सिखाई गई विद्या है जो कभी असफल नहीं हो सकता।"

वह हाथ में सेब लेकर संदेह के साथ उदास मन से कमरे से बाहर निकल जाता है।

देव: (योगी बाबा के फोटो के सामने आता है और घुटनों के बल बैठकर कहता है) "मुझे माफ कर दो, मैंने आज तक आपके द्वारा सिखाए गए किसी भी विद्या के बारे में किसी को नहीं बताया है। आपने मुझसे कहा था कि दुनिया में सबसे बड़ी शक्ति इच्छा शक्ति है; कई तपस्याओं द्वारा, कई साधनाओं द्वारा, कुछ लोग इस शक्ति को दूसरों पर लागू कर सकते हैं और उनकी मदद कर सकते हैं। इस ज्ञान को दूर से भी दूसरों पर लागू किया जा सकता है। विभिन्न योगी इसे अलग-अलग तरीकों से लागू करते हैं; कोई हाथ में लिए त्रिशूल को जमीन पर ठोककर, कोई मुट्ठी भर रेत जोर से फेंककर, कोई ध्यान लगाकर दूसरों की शरीर में प्रवेश कर, कोई योग विभूति या इच्छा शक्ति प्रयोग द्वारा या प्रार्थना कर सकता है। आज मैंने अपनी सारी तपस्या की ऊर्जा को केंद्रित किया और इसे सेब के माध्यम से भेजा। हे प्रभु, देख लेना कोई गलत न हो जाये। आपने कहा था कि जीवन में कभी भी ऐसा कार्य न करें जब तक कि अत्यंत आवश्यक न हो, आज मुझे कोई दूसरा रास्ता नजर नहीं आया और मैंने आपके द्वारा सिखाई गई विद्या का प्रयोग किया। अगर मुझसे कोई गलती हो गयी तो मुझे माफ कर देना।"

फिर पंजाबी लपेट कर दरवाज़ा बंद किया और सुलोचना के कमरे की ओर चल दिया जहाँ सावित्री सो रही थी।

इसी बीच सुलोचना कमरे में दाखिल हुई और देखा कि उसकी मां का सिर तकिए से नीचे गिर गया है। किसी तरह उसने नंदलाल से माँ का सिर सीधा किया और हाथ में सेब पकड़कर उसके पास बैठ गई और अपनी बेहोश मां की ओर देखने लगी। देव के बारे में उनके दिमाग में आया, कुछ लोग अकेले रहते-रहते ऐसी बीमारियों से ग्रसित हो जाते हैं और ऐसे

अवास्तविक काम करने लगते हैं। देव के साथ ऐसा ही कुछ हुआ होगा, इसलिए मरते हुए आदमी को सेब खाने के लिए कहा है। माँ के चेहरे की ओर देखते ही लगा वह लगभग बेहोश सी हो गयी, हाथों की उँगलियाँ धीरे-धीरे ठंडी होती जा रही हैं, नाड़ी की गति बहुत कमज़ोर हो गयी है। ऐसी स्थिति देखकर आँखों से आँसू निकले, मुझे लगा कि इस यात्रा में मेरी माँ को नहीं बचाया जा सकेगा! अकेले घर पर क्या करें, कुछ सोच नहीं पा रही हैं। फिर कोई चारा नहीं है सोचकर, उसने विषधर को फोन पर बुलाने का फैसला किया, जैसा कि उसके भाइयाँ ने कहा था, उसके हाथ में सेब पर नजर डालते ही विषधर के शब्द याद आ गए... तुम्हें इन सभी बाबाओं पर कभी भरोसा नहीं करना चाहिए, तुम्हें नहीं पता कि वे कैसे कब तुम्हें चाकू मार देंगे पता ही नहीं चलेगा। सेब को देखते ही मन में शक पैदा हो गया कि कहीं मेरी माँ को कुछ हो तो नहीं जायेगा, यह सोचते ही मन बेचैन हो गया, मन ही मन सोचती रही कि मेरी माँ कि तबीयत इतनी खराब सुनकर भी एक बार देखने नहीं आया! एक सेब मेरे हाथ में देकर ही जिम्मेदारी पूरी हो जाती है! उसने गुस्से में सेब को दूर फेंक दिया और फर्श पर गिरते हुए दरवाजे के सामने देव के पैरों पर रुक गया। देव ने प्यार से सेब को जमीन से उठाया, उसे बेसिन कि पानी से धोया, मेज पर फलों की टोकरी के सामने रखे चाकू से उसे काटकर एक टुकड़ा सावित्री के ओंठों पर लगते ही, धीरे से अपना मुंह खोला और खाने लगी।

सावित्री: "देव, तुम आ गए हो! अगर मेरा शरीर खराब नहीं होता तो तुम नहीं आते!"

देव: "क्यों नहीं, जरूर आऊंगा, जब आप बुलायेगी मैं आ जाऊंगा।"

जब सावित्री ने बैठने की कोशिश की तो देव ने उसे रोक दिया।

देव: "नहीं, आज नहीं, जब आप पूरी तरह ठीक हो जाओगी उठना।"

सावित्री: "देव, तुम हमें हमेशा आपना ही समझो, हम तुम्हे पूरे दिल से प्यार करते हैं।"

देव: "मुझे सब पता है, लेकिन आंटी दिल किसी किसी ने आसानी से दे नहीं पाती, दिल से दिल मिल जाए तो एक आत्मा हो जाती है। कल आकर देखूंगा, अब लेट जाओ और आराम करो, उम्मीद है सुबह तक आप ठीक हो जाओगी।"

सावित्री ने देव की बातें समझने की कोशिश की लेकिन समझ नहीं पाई। सुलोचना अपनी माँ के चरणों में बैठी थी अपना सिर नीचे करके, उसके कम्बल के एक कोने को पकड़कर देव को नजर उठाकर नहीं देख पा रही थी। वह कितना महान था, सोचकर उसका चेहरा शर्म से लाल हो गया।

धीरे-धीरे सावित्री ठीक हो गई, देव कभी-कभार उनसे मिलने आता है। दो दिन बाद दासूमा वापस लौटी और अपने काम में लग गयी है। और कुछ दिनों बाद सुजॉय की शादी है, इसलिए घर सजाया जा रहा है। सावित्री भी अपने हाथों से सामान व्यवस्थित करने लगी; अचानक उन्होंने सोचने लगी कि बीमार होने से पहले उसने गले की नेकलेस कहाँ रखी थी, उसे कुछ भी याद नहीं आ रहा है। उसने इधर-उधर तलाश की लेकिन वह नहीं मिली।

फिर सुलोचना की ओर इशारा करते हुए....

सावित्री: "तूने मेरा हार कहाँ रखा?"

सुलोचना: "वाह, मैं तुम्हारा नेकलेस क्यों लूँगी! यह हार तो तुम्हारी गले में होती थी, तुम्हे याद नहीं रहता कि तुमने इसे कहां रखा था।"

सावित्री: "नही, मेरा मतलब है कि कुछ दिन पहले मैंने इसे जहाँ रखा था, अब वह मुझे वहां नहीं मिल रहा है; तो मैंने सोचा कि तुमने इसे कहीं रखा होगा"

सुलोचना: “देखो, शायद तुम इसे अपने कहीं रखकर भूल गई हो!”

घर को बार-बार खोजा गया, और जब अंततः नहीं मिला.......

सावित्री: “देखो सुलोचना, यह तुम्हारी दादी ने, तुम्हारे पिता को कई साल पहले दिया था। ऐसे नेकलेस आमतौर पर बाजार में उपलब्ध नहीं होते हैं; और हर कोई इतना महंगा नेकलेस नहीं पहनता। बेहतर होगा कि तुम एक बार और अपनी जगह तलाश लों।”

वह अपने कमरे में आई और ड्रेसिंग टेबल से लेकर सभी जगह ढूंढने लगी, लेकिन नेकलेस उसको कही नहीं मिला।

सुलोचना: “नहीं....माँ, तुम्हारा हार कहीं नहीं मिल रहा है।”

सावित्री(अब थोड़ा गुस्सा से): “नहीं! यह घर से बाहर तो कहीं जायगा नहीं! एक-दो दिन से थोड़ी तबीयत खराब हुआ, तब तुम घर की चीजों का ध्यान ठीक से नहीं रख पाता! अब तुम बड़ी हो गई हो; तुम्हे संभालना चाहिए। जब तुम्हारी शादी हो जाएगी तो तुम अपना घर-परिवार कैसे संभालोगी!”

माँ को अचानक क्रोधित होते हुए देखकर.....

सुजॉय: “क्या हुआ माँ, तुम सुबह सुबह उठकर नाराज़ क्यों हो गई!”

सुजॉय के बाद विषधर भी...

विषधर: “क्या हुआ आंटी?”

सावित्री (सुजॉय को पीछे बुलाकर): “देख बेटा, पिछले दो दिन मेरी तबीयत क्या खराब हुयी, मुझे घर में कुछ भी ठीक से नहीं मिल रहा है। लड़की इतनी बड़ी हो गई है, फिर भी कीमती चीजों को ठीक से संभाल नहीं पाती। मेरा कीमती हार, जो तुम्हारी दादी ने तुम्हारे पिता को दिया था, और

तुम्हारे पिताजी ने मुझे इसकी देखभाल करने के लिए कहा था। मैं कितना ढूंढा लेकिन कहीं नहीं मिल रहा है।"

सुजॉय: "माँ, तुम आराम करो, मैं देखता हूँ।"

जब सुजॉय ने आकर विषधर से गुप्त रूप से इस बारे में चर्चा की....

विषधर: "घर में कोई बाहर से आया नहीं, फिर कहाँ जा सकता है!"

सुजॉय ने दसुमा और नंदलाल को बुलाया और पूछता है कि क्या इतने दिनों में घर में कोई बाहर से आया है?

दासूमा: "मैं मैडम को बताकर दो दिनों के लिए अपनी बेटी के घर गयी थी, लेकिन बाबू मैं यह नहीं बता सकती कि कौन कब घर आया।"

नंदलाल: "देखो, छोटे साहब, मैं घर की रखवाली करता हूं, लेकिन मैंने आजकल किसी को घर आते नहीं देखा।"

सुजॉय: "लेकिन जब तुमने किसी को बाहर से आते हुए नहीं देखा तब नेकलेस घर से बाहर जाने का सवाल ही नहीं उठता।"

विषधर: "इस घर में और कौन कौन रहता है?"

नंदलाल: "आरती एक कामकाजी लड़की है, वह सुबह और दोपहर को काम पर आती और चली जाती है; देव साहब के अलावा और कोई नहीं है।"

सावित्री और सुलोचना को कहा....

विषधर: "आंटी, आप और सुलोचना अभी जाओ; मैं और सुजॉय देखते हैं कि क्या किया जा सकता है!(उन्होंने सावित्री से दोबारा जाने को कहा)

विषधर: “जाओ और आराम करो, दो दिन ही तो हुए हैं, आप को बीमारी से ठीक हुए।”

सुलोचना अपनी माँ के साथ ऊपर कमरे में चली जाती है।

सुजॉय: “देव यहाँ कभी नहीं आता; वह हर काम अपने तरीके से करता है।”

नंदलाल: “नहीं, वह तो नहीं आता, लेकिन मैडम बीमार होने के कारण कभी-कभार आते जाते थे।”

विषधर (सुजॉय के कान में कहता है): “यदि तुम आरती और देव को थोड़ा निचोड़ लोगे, तो असलियत सामने आ सकती है। मैंने तुम्हे बहुत पहले ही कहा था कि उनकी कोई वंशावली नहीं है, क्या वे अनाथ बच्चे कभी अच्छे इंसान हो सकते हैं! देखा तुमने कितना अजीब सा लड़का है! क्या ऐसा कोई इंसान रह सकता! ये तुम्हे जादू दिखाकर तुम्हारे घर की सारे कीमती चीजें ले जायेगा, तुम्हे भनक भी नहीं लगेगी। उनके जादू देखते देखते एक दिन तुम सब लोग उनके वश में आ जाओगे। और वह यही चाहता हैं कि तुम लोगों के साथ साथ सुलोचना को भी अपने हवस का शिकार बना लेगा। अब एक नेकलेस से शुरुआत हुयी; आगे चलकर कहाँ तक जाएगी तुम यक़ीन भी नहीं कर सकतें। तुम हर समय घर पर नहीं रहते हो, जब तुम ऐसी अनहोनी घटना घटित होते हुए देखोगे तब तुम्हारे पास पश्चाताप करेने के अलावा और कोई चारा नहीं रहेगा।”

इकलौती प्यारी बहन के बारे में ऐसा बयान सुनकर सुजॉय क्रोधित हो गया, उसे तुरंत याद आया कि विषधर ने पहले देव के बारे में क्या चेतावनी दी थी। देव के प्रति तत्काल घृणा और नीच मानसिकता उनके दिल में बैठ गया।

सुजॉय: "मैं ऐसा नहीं होने दूंगा।"

विषधर: "देखो, इसे अच्छे से रगड़ना है, सब बाहर आ जाएगा।"

सुजॉय ने नंदलाल को संकेत दिया कि वह जल्दी से देव को बुलाए और उसके कमरे में कोई भी संदिग्ध चीज दिखाई दे तो उसे तुरंत लाये, इससे पहले कि देव कुछ करे...

दौड़कर गया और देव के कमरे के बाहर से देव को बुलाया।

नंदलाल: "देव साहब, छोटे साहब आपको बुला रही है।"

नंदलाल की चीख सुनकर उसने चौंककर दरवाजा खोला।

देव: "क्या हुआ!"

कमरे में क्या संदिग्ध है यह देखने के लिए नंदलाल तेजी से कमरे में दाखिल हुआ। घर के बगल वाले छोटे से घर के एक कोने में चूल्हा है, बगल में चावल-दाल, तेल-नमक, कुछ सब्जियाँ और छोटे बड़े कुछ डब्बे। शयन क्षेत्र में बिस्तर को ढकने के लिए एक छोटा कम्बल। सोच नहीं पा रहे कि क्या ले जाऊं! अचानक एक छोटी सी पोटली पर नजर पड़ी जिसे एक लाल कपड़े से बांधकर घर के एक कोने में दराजे पर रखा हुआ है। वह सोचता है कि जरूर उसमें कुछ छिपा होगा, झट से दीवार के सहारे झुक गया और पोटली को हाथ से उठा लिया।

देव(आश्चर्य होकर चिल्लाया): "इसे मत छुओ, इसे दीवार के ऊपर रखे हुए थे ताकि कोई इसे न छुए।"

उसकी बात सुनकर बढ़ी जिज्ञासा, हाथ में पकड़ ली पोटली को..

नंदलाल: "छोटे साहब ने कहा है कि ले लेना जो भी तुम्हे घर पर दिखाई देगी, आप भी जल्दी मेरे साथ चलो।"

तभी वह तेजी से नीचे कूदा और भागने लगा, आज फिर क्या हुआ यह सोचकर देव नंदलाल के पीछे भागने लगा।

नंदलाल (हांफते हुए): "छोटे साहब, इसके अलावा उनके घर में ऐसा कुछ भी नहीं है, मैंने इसे ले लिया और उन्होंने मुझसे कहा कि इसे मत छुओ क्योंकि इसमें महत्वपूर्ण चीजें हैं, जैसा कि आपने कहा था मैं इसे जबरदस्ती ले आया। नंदलाल भी जानता है कि यह शक से बचने का एक यही तरीका है, ताकी उस पर शक न किया जाए।

देव: "मैं हाथ जोड़ रहा हूँ, इसे मत छुओ, इसमें मेरे जीवन की अनमोल चीज़ें हैं।"

सुजॉय: "आपका कीमती सामान अच्छी तरह से सुरक्षित है, और हमारे कीमती सामान का क्या जो उपलब्ध नहीं है!"

बहुत आश्चर्यचकित होकर देखा कि विषधर, नंदलाल, दासुमा और सुजॉय सभी उसे संदेह से देख रहे है...

देव: "क्या हुआ बड़े भाई, आप सब मुझे ऐसे क्यों देख रहे हो।"

सुज़ॉय(क्रोधित होकर): "तुम्हें पता नहीं क्या हुआ!"

देब(आश्चर्य से सबकी ओर देखा): "मुझे नहीं पता क्या हो गया!"

सुजॉय: "तुम इस घर में रहते हो, और तुम्हें इसके बारे में कुछ भी नहीं पता!"

देव: "माफ़ करना, मैं यहाँ कभी नहीं आता, बस दो-चार बार ही आया हूँ क्योंकि आंटी की तबीयत ख़राब थी।"

सुजॉय: "क्या तुम्हें पता है कि तुम्हारे यहाँ आने के बाद एक घटना घटी है!"

देव बहुत मायूस हो गया, कुछ भी कहने में असमर्थ है।

बिषधर दाँत पीसकर मन में कहता रहा कि आज मैं तुम्हें बर्बाद करके ही छोड़ूँगा। मुझे वह दिन याद है जब तुमने मेरी गर्दन पकड़े थे, यदि आज मैं तुम्हारा सिर तुम्हारे धड़ से अलग न कर सकूँ तो मेरा नाम बिषधर बदल देना। मैं कब से इंतजार कर रहा था उस दिन का जब मैं बदला ले सकूँ, आज वो मौका मेरे हाथ लग गया। मन ही मन हंसता रहा हा...हा...हा... नेकलेस तो छोटी सी बात है, मुझे सुलोचना को तुम्हारे चंगुल से छुड़ाना है; ताकि इस घर में कोई भूलकर सुलोचना का नाम तुमसे जोड़ने की कोशिश न करे। धीरे धीरे सुजॉय के नजदीक आया....

विषधर: "देख सुजॉय, सब कुछ कैसे पानी की तरह साफ़ हो रहा है! जब से वह आंटी के घर के अंदर प्रवेश किया, तब से आंटी के गले का महँगा नेकलेस नहीं मिल रहा है। तुम्हारे सामने एक बहुत ही भयानक दिन आने वाला है, अब से सावधान रहना, देखना कैसे भीगी बिल्ली की तरह खड़ा है, उसे देखते ही कलेजा जलने लगता है।"

सुजॉय (मन में संदेह के बादल छा गए हैं, मैंने पहले कुछ भी नहीं खोया, अभी दो दिन ही हुआ था मेरी मां की तबीयत खराब, इतना महंगा नेकलेस गायब हो गया! बहुत शांति से देव को संबोधित किया) "अगर तुम्हें मिल गया है, तो हमें दे दो।"

देव (बड़े अपमान से सिर झुक गया, जीवन में सादगी ही जिसकी पूंजी है, इसलिए सरलता से उत्तर देता है) : "मैंने ऐसा कहीं नहीं देखा।"

विषधर: "कुछ दिनों तक तुम्हारे अलावा इस घर में कोई नहीं आया, ज्यादातर समय यह नेकलेस आंटी के गले में रहता था, अगर बीमारी के कारण उन्होंने इसे कहीं रखा हो जो तुमने देखा हो या ले लिया हो, तो मुझे बताना।"

शर्म से अपना सिर को झुका लिया और जमीन की ओर देखते हुए अपने आप से कहता रहा "मैंने सुना है तुम सब कुछ सहन कर लेते हो। बताओ चोर की बदनामी सहने में कितना धैर्य चाहिए, मुझे और कितना सहन करना पड़ेगा!"

सुजॉय: "क्या हुआ, तुमने कुछ नहीं कहा?"

देव(अपना सिर उठाएं और मासूमियत से मुस्कुराएं): "मैं यहाँ बिना कुछ लिए आया हूँ, जब जाऊँगा तो कुछ भी नहीं लूँगा, यह सब मेरी कौन सा काम आएगा! मैं इसे वैसे भी लेकर क्या करूँगा! हो सकता है कि आप कहीं न कहीं कुछ गलत सोच रहे हों!"

सुजॉय: "नंदलाल, जरा लाल पोटली खोलो, देखता हूँ!"

देव (दोनों हाथों से पकड़कर): "नहीं भाइयाँ, आप इसे मत खोलना, इसमें मेरी जिंदगी की कुछ चीजों के अलावा कुछ भी नहीं है।"

सुजॉय के आदेश पर, नंदलाल ने उसे जबरदस्ती खोला, तुरंत सुजॉय ने उसके अंदर रखे सभी ग्रंथों को बाहर निकाला और फेंक दिया, एक रुद्राक्ष की माला जो योगी बाबा की साधना की थी, एक छोटा बर्तन जिसका ढक्कन खोला गया और सूखे फूल और पत्ते जमीन पर गिर गए। रुद्राक्ष की माला टूट गयी, ओर रूद्राक्ष बिखरे हुए थे, टूटे मन से रोते हुए वे जमीन पर बैठ गया और एक-एक करके माला के धागे और रुद्राक्ष को इक्कट्ठा कर रहा था और उसे उठाकर अपने सीने से लगा लिया...

देव: "मैं और किसके लिए जीऊंगा!"

विषधर (दसुमा को गुस्से से देखते हुए): "तुम भी उस दिन घर से चले गए थे; क्या तुमने जाने से पहले आंटी के गले में हार देखा था?"

अपने हाथ अपनी नाक और कान को एक बार स्पर्श किया और.....

दासूमा: “देखो छोटे साहेब, मैं सच नहीं बता सकती; अगर आप लोग मुझे माफ कर दोगे तो मैं सच बता दूंगी।”

सुनते ही सब लोग उसके चेहरे की ओर देखने लगे।

सुजॉय: “तुम्हें कोई डर नहीं है, मैं वादा करता हूँ कि तुम्हें कुछ नहीं होगा, लेकिन थोड़ा भी मत छिपाओ।”

दसूमा (दो बार घूंट लेने के पश्चात): “देखो छोटे साहब, मैं लगभग बाईस साल से इस घर में काम कर रही हूँ, ऐसा कभी नहीं हुआ। मुझे खबर मिली कि मेरी बेटी बहुत बीमार है, बहुत पैसों की जरूरत है। कुछ दिनों से मैं सोच रही थी कि मैडम से कुछ पैसे मांगूं, लेकिन कह नहीं पा रही थी। एक दिन अचानक मैंने देखा कि देव साहब (देव की ओर इशारा करके) चुपचाप आपकी दूसरी मंजिल पर चढ़ रहे हैं, और मुझे देखकर नीचे आ गये। मैंने कहा, ‘देव साहब, मुझे बताओ कि क्या हुआ।’ तब देव साहब ने कहा, ‘क्या तुम ऐसा कर सकती हो?’ मैंने कहा, ‘मुझे बताओ, मैं इसे ठीक कर सकता हूं।’, देव साहब ने कहा, ‘यह मेरा पहला काम है, अगर तुम कर सको तो मैं तुम्हें दो हजार रुपये दूंगा। उसके बाद तुम धीरे-धीरे जैसा मैंने कहूंगा वैसा ही करोगे, तो तुम्हे हर महीने बहुत सारे पैसे मिलेंगे, तुम एक दिन बहुत सारे पैसे के मालिक बन जाओगे। मैंने कहा, ‘बताओ अब क्या करना है?’ तब दादाबाबू ने कहा, ‘आंटी के गले में जो नेकलेस है, उसे छीन लो या फिर आंटी कभी खुला रखें तो उसे चुरा लेना, तब मैं तुम्हें बताऊंगा कि क्या करना है।’ मैंने कहा, ‘इतना बड़ा बेईमानी का काम मैं नहीं कर सकती, तब देव साहब ने कहा, ‘अगर तुम नहीं करोगी तो मैं यह काम किसी और से करवा लूंगा, फिर उसे कितने पैसे मिलेंगे, और अगर तुम यह सब बातें किसी को बताओगी तो क्या मैं तुम्हें जिंदा रखूंगा!’ फिर मैंने अपनी बेटी के बारे में सोचा। मेरे पास बीमारी के लिए पैसे नहीं हैं, अगर मैं ऐसा नहीं भी करूँगी, तो

भी यह मुझे नहीं छोड़ेगा, इसलिए मैं बहुत भाग्यशाली थी कि जिस दिन मैडम ने इसे खोलकर रखा था, उस दिन इसे ले लिया। बाद में मैंने देखा कि मैडम को याद नहीं था, तो मैंने दो दिन की छुट्टी माँगी और उसे लेकर चली गयी। जैसे ही मैं इसे देव साहब को देने गयी, उन्होंने कहा, 'खबरदार, यहाँ एक पल भी मत रुकना, मैं ले जाऊँगा तो खतरा है। मेरे लोग सदानंदपुर में हैं, तुम इसे उन्हें सौंप दो, फिर वे इसे सही जगह पहुंचा देंगे। ये दो हजार रुपये हैं, हर महीने जैसा मैं कहूँगा काम करते रहना। सदानंदपुर में मेरे लोगों को सब कुछ बता दिया गया है, जब वे तुम्हें देखेंगे तो तुम्हें पहचान लेंगे। इसलिए मैंने दो दिन तक काम पर न आकर यह काम किया, मुझे माफ कर दो छोटे साहब।"

सुजॉय: "तुमने कुछ गलत नहीं किया, हमने सांप को दूध पिलाकर बड़ा किया।"

सुलोचना बालकनी में खड़ी होकर दसूमा के मुँह से सारी बातें सुनती है...

सुलोचना: "नहीं....कभी सच नहीं हो सकता, वह ऐसा कभी नहीं कर सकता।"

सुलोचना का देव के प्रति एकतरफा प्यार सुजॉय को और उत्तेजित कर देता है। दूसरी मंजिल पर कोई आवाज न पहुंचे इसलिए सुलोचना को माँ के कमरे में बंद करके बाहर से कुण्डी लगा देता है। वह नीचे आया और देव को पास बुलाया और उसके गाल पर जोर से थप्पड़ मारा।

सुजॉय: "कितना अच्छा आदमी है, तुम्हें कुछ भी नहीं पता! फ़ौरन ले आओ, फिर पापा आ जायेंगे और तुम्हारा इंतज़ाम हो जायेगा।"

देव शर्म से सिर झुकाये खड़ा रहा और कुछ नहीं बोला।

विषधर: "चलो...इतने दिनों बाद उसकी असली सच्चाई पता चली है।"

सीढ़ियों से नीचे आया और कमर से बेल्ट खींचकर देव को पीटना जारी रखा, मन ही मन कहता रहा कि आज मैं तुम्हें दिखाऊंगा कि उस दिन का बदला कैसे लेना है। सुजॉय ने भी उसे थप्पड़ मारना शुरू कर दिया, देव के मुँह से कोई शब्द नहीं निकला।

अवाक हुए सुजॉय और विषधर को देखते रह गया उदास होकर। वह कुछ कह नहीं रहा देखकर सुजॉय और विषधर का क्रोध बढ़ता गया, और भी जोर जोर से बेल्ट से मारने लगे; आख़िरकार देव का शरीर ज़मीन पर गिर पड़ा।

विषधर (गुस्से से पागल हो गया, अपना एक पैर उसकी छाती पर रखकर): "नमक हराम, आकर यहाँ से सब कुछ लूटकर ले जाना चाहते हो!"

अपने बूट से उसके शरीर पर थपकी देकर वह सीढ़ियाँ चढ़ गया और बरामदे में खड़ा हो गया।

असहनीय दर्द के बावजूद, धीरे से जमीन से उठकर खड़ा हुआ, जमीन पर पड़ी विषधर की बेल्ट उठाई और धीरे से उसके पास आया...

देव: "मैं चोर नहीं हूं, मैंने चोरी नहीं की, अगर तुम मुझे मारना चाहते हो, तो मुझे और मारो -यह ले लो ।"(बेल्ट उसे देने लगा)

विषधर: "यह बेल्ट चोर के शरीर को स्पर्श किया, यह मुझे और नहीं चाहिए।" (कहकर उसके हाथ से बेल्ट लेकर थोड़ी दूर में फेंक दिया)

धीरे-धीरे देव ने अपनी सभी तप की सामानों और पूजा की वस्तुएं जो जमीन पर गिरी थी, उठाई और असहनीय दर्द के कारण थोड़ा झुककर खड़ा हो गया। पिटाई की चोट से शर्ट का पिछला हिस्सा फट गया था, फटे हुए हिस्से से पीठपर चोट लगी स्थान उभरे हुए थे, काले धब्बे जो बहुत दूर से स्पष्ट रूप से दिखाई दे रहे थे। किसी तरह वह लाल पोटली को अपनी बांह के

नीचे रखकर मंदिर की ओर चल दिया ताकि वह घर में बैठ सके। विषधर को राहत नहीं मिलती, कोलकाता शहर में सुबह-सुबह घर के किनारे या घर से सटे किसी पेड़ पर बैठकर, जैसे कौवे कूड़ेदान की ओर देखते हैं, जैसे मौका मिलते ही भोजन के कुछ टुकड़े मुँह से उठाकर ले जाते कोई पेड़ या दिवार पर बैठकर खाने के लिए; उसी तरह विषधर नजर डाले हुए थे की कोई संदिग्ध सामान देव के पोटली से मिल जाये तो उसे और एक बार बुरी तरह से ज़लील किया जा सकता है। अचानक विषधर देखा देव के लाल पोटली से एक छोटा सा लकड़ी की डिब्बा जमीन पर गिरा। उन्होंने चिल्लाके बोला 'उठाओ उसे, उसके अंदर जरूर कोई कीमती चीजें होंगी।' नन्दलाल द्वारा डिब्बा को उठाकर खोलते ही तेजी से हवा चलने लगा और डिब्बा के अंदर से एक टुकड़ा कपड़ा उड़कर देव के पीठ में उस जगह पर लपेट गया जहा पर विषधर ने बेल्ट से पिटाई की थे, काळा धब्बा, सूज गई और खरोंच आ गया था, उस जगह को कपड़े से ढक दिया गया। जयंती और सुधीर के दाह संस्कार के दौरान योगी बाबा ने जयंती के शरीर पर लिपटे थोड़ी सी कपड़ों को काटकर साबुत के तौर पर उस डिब्बा में संभलकर राखी थी और बाद में देव से कहा था, 'यह तुम्हारी मां की छोटी सी याद के अलावा कुछ नहीं है मेरे पास। हवा का झोंका से देव को एक औरत की मिठास आवाज कानों में गूंजने लगी, 'बेटा तुझे बहुत दर्द हो रहा है न!' देव को लगता है उस कपड़े का टुकड़ा का स्पर्श जैसे किसी की ठंडी मुलायम हाथो से उस दर्दभरी जगह को धीरे धीरे मालिस कर रहा है। देव ने उदास होकर आँखे बंद किये अनजाने में कह दिया, 'माँ तुम हो।' देव ने दोनों हाथों से कपड़े का टुकड़ा पकड़ा और अपने कमरे में घुस गया, फिर दरवाज़ा अंदर से बंद कर दिया। सुलोचना और सावित्री न ही देव को देखा और न ही उसके बारे में जान सकी।

अगले दिन जब विजय सेठ का फ़ोन आया तो सुजॉय पिता से मिलने हांगकांग वापस चला गया; दो दिन बाद वे एक साथ देश लौटेंगे। लगभग

छत्तीस घंटे बीत गए, लेकिन देव कमरे से बाहर नहीं आया। दोपहर का समय है, सुलोचना घर की छत पर चढ़कर पहाड़ी को एक नजर से देखती है, और उस रात उस पहाड़ी पर देव के साथ समय बिताने की मीठी यादों के बारे में सोचती है, जो आज तक किसी को नहीं पता। उसके बारे में सोचते-सोचते मन उदास और चिंतित हो जाता है, छत के एक तरफ जाकर देव के कमरे की ओर झाँकती है, लेकिन कमरा बंद होने के कारण कुछ दिखाई नहीं देता। अचानक उसके घर की खिड़की के नीचे, उसका प्यारा कुत्ता सड़क के किनारे खड़ा है, फिर घर के दरवाजे की ओर घूम रहा है। कभी-कभी वह दरवाजे को पैरों से खरोंचता और भौंक-भौंक कर बुलाता, सुलोचना आँखे खोलकर देव के कमरे की ओर देखती रहती। आज ऐसा लग रहा है कि देव ने उसे कुछ खाने के लिए नहीं दिया होगा, इसलिए वह ऐसा कर रहा है। वह जल्दी से घर से एक कागज के प्लेट पर कुछ चावल और करी ले आयी, दरवाजा खोला और कुत्ते के सामने खड़ा हो गया, हाथ में कागज के प्लेट पर खाना लेकर आवाज दी, 'आओ.... आओ, मेरे प्यारे दोस्त', कुत्ते ने उसके चेहरे की ओर देखा और भौंकने लगा। थोड़ी देर बाद वह फिर वापस आ जाता है। जब कागज़ की प्लेट ज़मीन पर रख दी, तो कुत्ता धीरे-धीरे अपना मुँह भोजन की ओर ले जाता है परन्तु कुछ खाने बगैर अपनी जीभ से मुँह को थोड़ा सा चाट लेता है जैसे कि उसे यह खाना पसंद नहीं आया है। थोड़ी हिम्मत करके उसने दुलारने के लिए धीमी आवाज़ में कहा, "खाओ....खाओ मेरे दोस्त', कुत्ते ने खाने के पास मुँह ले जाकर दो बार सूँघा और 'भौंकने' लगा।

सुलोचना को देखकर सावित्री भी नीचे आ गई, तभी अचानक कुत्ता दरवाजे से अंदर घुस गया और देव के कमरे के दरवाजे के सामने जाकर अपने पैरों से दरवाजे को खरोंचने लगा। सुलोचना और सावित्री दरवाजे के पास खड़ी होकर कुंडी हिलाती हैं और "देव....देव" कहती हैं, लेकिन कोई प्रतिक्रिया नहीं मिलती है। फिर वह खिड़की से कमरे के अंदर देखने की

कोशिश करती है और जो थोड़ा सा दिखाई देता है उससे पता चलता है कि वह सो रहा है। दो-चार बार भी जब देव ने कोई उत्तर नहीं दिया, तब सावित्री ने नन्दलाल को बुलाया। नंदलाल आकर किसी तरह पीछे के दरवाजे से कमरे के अंदर आया और अंदर से दरवाजा खोला। सुलोचना और सावित्री देव के कमरे में प्रवेश करती हैं और उसे देखकर चौंक जाती; उसे असंभव बुखार से पीड़ित देखती हैं। धीरे-धीरे देव के शरीर को एक तरफ कर देखा तो दोनों डर गए। अपने फटे हुए कपड़े लपेटकर लेटा हुआ था, उसकी पीठ पूरी तरह से काली और सूजी हुई थी, चारों ओर बेल्ट के लंबे निशान थे। सावित्री डॉक्टर को बुलाने के लिए कमरे से बाहर निकलती है। सुजॉय के कहने पर घर में किसी ने इस बारे में सुलोचना और सावित्री को बताया नहीं। सुलोचना ने बड़ी मुश्किल से देव के शरीर से कमीज को उतारा और अपने कोमल हाथों से उसके सूजे हुए हिस्से को धीरे-धीरे सहलाया।

देव (बुखार से लगभग बेहोश): "यकीन करों मैंने चोरी नहीं की है, मैं चोर नहीं हूं, और मैं क्यों चोरी करूंगा! मुझे इसकी क्या जरूरत हैं! सुलोचना, क्या तुम्हें विश्वास है कि मैंने चोरी की है! तुम्हें पता है, जन्म से मेरा कोई नहीं है, मेरे माता-पिता जन्म के तुरंत बाद ही चल बसे, योगी बाबा ने मेरा पालन-पोषण किया।। उसने मुझे अपने साथ न रखकर यहां भेज दिया और यह भी कहा, 'जब तक मैं न बुलाऊं तुम नहीं आओगे।' मेरा जीना और मरना बराबर है। अगर मैं इस दुनिया में न रहूं, तो योगी बाबा से कहना, मैंने कभी उनकी अवज्ञा नहीं की; मेरा इरादा कभी किसी को चोट पहुंचाने का नहीं था, मुझे अपनी आंखों में अंधेरा दिखाई दे रहा है।"(कहते-कहते बेहोश हो जाता)

सुलोचना ने उसके शरीर को बुखार से तपता हुआ देखकर जल्दी से उस पर कम्बल डाल दिया और सोचने लगी कि सुजॉय और विषधर ने कितनी बेरहमी से उसे मारा है; उसकी आँखों से पानी निकल आया। कुछ देर बाद

सावित्री डॉक्टर जैन के साथ कमरे के अंदर आई, साथ में नंदलाल भी था जिसके हाथ में डॉक्टर का बैग था।

डॉक्टर जैन: "लड़के पर इतना क्रूर शारीरिक शोषण किसने किया! पुलिस भी इस तरह चोरों और लुटेरों को नहीं मारती, जहां तक मैं समझता हूं, लगभग छत्तीस घंटों से उसके पेट में कोई भोजन नहीं गया है! मैंने दवा दी, और जब वह होश में आये तो उसे हल्दी मिला हुआ दूध पिलाना।"

सुलोचना समझती है कि दो दिन तक कैसे खाना खायेगा! कौन पकाएगा और कौन खिलाएगा, इतना बुखार होने पर वह अकेले क्या करेगा! जब डॉक्टर चले गए, तो सावित्री को देव पर बहुत दया आती है और सुलोचना से कहती है....

सावित्री: "मैंने नेकलेस के बारे में सबको बताकर गलती की! मैं अपने बेटे को ऐसे घिनौने कार्य के लिए कभी माफ नहीं करूंगी, मुझे अब नेकलेस की कोई जरूरत नहीं है, भगवान देव को जल्द ठीक कर दें!"

सुलोचना (आँसू पोंछते हुए) "इस मासूम, सीधे-सादे लड़के को सबने चोर कहकर पीटा, जबकि असली चोर शायद चोरी करके भाग गया होगा!"

सावित्री सुलोचना को बैठाकर देव के घर का काम निपटाने के लिए कहकर चली जाती है।

उसके बगल में बैठकर, धीरे-धीरे उसके बालों में हाथ फेरते हुए उसकी बेहोशी दूर होने का इंतज़ार करने लगी। थोड़ी देर बाद जब देव बिस्तर से उठकर बैठना चाहा तो सुलोचना उसे रोक दिया। दूध का गिलास उसके मुंह के सामने रखकर धीरे-धीरे हल्दी मिला हुआ दूध पिलाने लगी। उसके दर्दभरी उभरे हुए स्थानों को धीरे धीरे मरहम लगाती रही।

सुलोचना: "तुम एक असली मुर्ख हो। कहती हूँ जब तुम्हे वे लोग मार रहे थे, तब तुमने भी उन्हें दो-चार थप्पड़ क्यों नहीं मारे! मैं जानती हूँ कि तुम उनसे कहीं ज्यादा ताकतवर हो। अगर कुछ नहीं किया तो कम से कम चिल्लातें! मैं और मेरी मां दौड़कर आ सकती थी और उन्हें मजा दिखा सकती थी। यदि तुम कुछ नहीं कहोगे, तो सभी को तुम पर अधिक संदेह होगा। क्या योगी बाबा ने तुमसे कहा था कि अन्याय का विरोध मत करो, उसे मुँह बंद करके सहन करो! ऐसा करने से तुम एक अच्छे इंसान होते हुए भी हमेशा ख़तरे में रहोगे।"

देव: "मुझे दूसरों की कोई गलती नजर नहीं आती, पर मेरा नसीब ही ऐसा है!"

सुलोचना: "ऐसा कहकर अन्याय का समर्थन मत करो; बेशक, माँ ने कहा कि वह भैया को नहीं छोड़ेंगी।"

देव: "अगर मैं अपनी ताकत दिखाऊं, और उन्हें थप्पड़-घूंसे मारूं, तो इसका परिणाम क्या होगा! तुम्हारे भैया मेरे भी भैया हैं, और उन्हें मारने से हिंसा और बदले की लड़ाई का मैदान तैयार हो जाएगा। बाबा कहते थे, हिंसा से कभी दिल नहीं जीता जा सकता; मैं खुद दोषी नहीं हूँ, जब सच्चाई सामने आएगी तो उन्हें पश्चाताप आएगा। यह तो मेरी सहनशक्ति की परीक्षा है मात्र।"

जब सुजॉय और विजय सेठ वापस आते हैं तो दोनों को सावित्री खरी-खोटी सुनाई। सुजॉय और विषधर का उस दिन का काम से घर में सभी लोग दुखी हैं, दासूमा के बर्खास्त होने से घर में काम करने वालों की संख्या कम हो गई है। सावित्री घर में सभी को बताती है कि आज के बाद घर में कोई भी या सुजॉय का दोस्त विषधर उस पर उंगली नहीं उठाएगा। धीरे-धीरे सुजॉय की शादी का दिन करीब आता है, विजय सेठ सभी गतिविधियों की देखभाल

करने और देव के बारे में सावित्री से पूछते हैं। सावित्री के निर्देशानुसार किसी ने भी विजय सेठ को नेकलेस वाली घटना के बारे में नहीं बताया।

विजय सेठ: "अगर सुजॉय की शादी चौबीस तारीख को ठीक से हो जाये; मैं देव को कुछ काम दूँगा।"

सावित्री: "वह पहले जैसा ही है, लेकिन आपके कारखाने के कामकाज पर कड़ी नजर रखता है।"

विजय: "कोई बदलाव नहीं होगा...ऐसा नहीं हो सकता! वह सचमुच बदल गया है, लेकिन तुम इसे देख नहीं सकते। अपने तरीके से उसके साथ मिलें, तभी तुम उसे समझ पाओगे।"

विजय सीढ़ियों से नीचे उतरता है और देव के कमरे में जाता है। जैसे ही उसने देव को देखा तो झुककर उसे गले लगा लिया।

विजय: "बेटा, तुम्हे, अभी कुछ दिनों के लिए अपने नियम थोड़े-थोड़े तोड़ने होंगे, मेरा मतलब है पूरी तरह से नहीं, लेकिन जितना हो सके उतना। तुम समझ सकते हो कि घर पर इतना बड़ा काम है कि तुम्हारी मदद की भी जरूरत है; अब चलो हम दोनों कुछ काम करते हैं, मैं तुम्हें अपने साथ ले जाऊंगा और फैक्ट्री के चारों ओर घुमाऊंगा।"

सुजॉय की शादी का काम पूरा करने के बाद विजय सेठ फैक्ट्री देखकर अभिभूत हो गए। कर्मचारियों से पता चला कि देव सभी के साथ समान रूप से काम करता है। उसके प्रति विश्वास और प्रेम तो बढ़ता है, फिर भी मन को शांति नहीं मिलती। वह बड़ी आशाओं के साथ लड़के को लाया था, लेकिन ऐसे योगी बाबा से बचनबद्ध है की उसे रोक नहीं सकता। जिस क्षण योगी बाबा उसे बुलाएँगे, उसे उनके पास छोड़ना पड़ेगा। योगी बाबा जानते हैं

उसका भविष्य क्या है, ऐसे हीरे के टुकड़े जैसा लड़के को अगर मेरे घर में दामाद के रूप में मिल जाते......

अगली सुबह सुलोचना उठी और देव के घर के दरवाजे पर खड़ी हो गई, और "देव....देव" कहकर पुकारी।

देव (दरवाजा खोलते हुए): "क्या हुआ, तुमने मुझे इतनी सुबह बुला लिया, सब ठीक है!"

सुलोचना: "ठीक है, बस एक विचित्रता।"

देव: "एक विचित्रता क्या हैं!"

सुलोचना: "एक तुम हो, मूर्ख बुद्धू।"

देव फिर सोचता रहा, क्या पता कहाँ ग़लतफ़हमी हो गयी...

देव: "क्या मैंने कुछ गलत किया है!"

सुलोचना: "नहीं...हाँ...हाँ, अन्याय हुआ है, इसीलिए मैं तुम्हारे पास दौड़ी चली आई हूँ, तुम्हें सज़ा मिलनी ही चाहिए, तैयार हो जाओ।"

देव (जल्दी से उसकी ओर मुड़ते हुए, कमीज उतारते हुए, आगे की ओर झुकते हुए अपना पीठ को दिखाता मारने के लिए): "मुझे बताएं कि मैं क्या गलत किया है!"

जांच करने पर, पिछले दिन की पिटाई के निशान काफी हद तक हल्के हो गए थे।

सुलोचना: "कहो, क्या तुम यहाँ अपनी पीठ पिटवाने आये हो! अगर तुमने ऐसा किया है तो मैं तुम्हें चौराहे पर ले जाउंगी, और सबसे कहूँगी, यह सचमुच पागल है, मैंने इसे जनता के हाथों पिटने के लिए छोड़ दिया। एक के नंबर बुद्धू हो तुम, अगर तुमने दोबारा ऐसा किया है, तो देखो मुझसे बुरा कोई

नहीं होगा। मैं तुम्हें बताउंगी कि तुमने क्या गलत किया है, लेकिन यहां नहीं कहा जा सकता, पहले मेरे साथ आओ।"

देव: "लेकिन तुम कहां बता सकती हैं!"

सुलोचना: "बहुत दूर, तुम मेरे साथ आओ।"

देव: "क्या जाना ज़रूरी है!"

सुलोचना (थोड़ा डाँटते हुए स्वर में): "इसीलिए मैं तुम्हें बुद्धू कहती हूँ। अरे बाबा, अगर मैं तुम्हे गलत हरकतें यहां बताउंगी तो तुम्हारे लिए बहुत बुरा होगा, सभी को पता चल जाएगा, इसलिए मेरे साथ चलिए। तुमने जो ग़लत किया है उसकी सज़ा तो तुम्हे मिलनी ही चाहिए, मैं तुमसे कहूँगी कि बिना कुछ बोले चुपचाप मेरे साथ चलो, समझते हो?"

देव: (सहमत होकर सिर हिलाता है) "हाँ मैं चलूँगा।"

सुलोचना: (थोड़ा मुस्कुराते हुए सोचती है कि काम हो गया, नहीं तो ऐसे लड़के को आसानी से मना लिया जाता क्या! वह थोड़ा गंभीरता से कहती हैं) "मुझे तैयार होना है; मैं वापस आकर देखूँगी तुम पूरी तरह से तैयार हो, हम एक साथ निकलेंगे।"

मन में डर लेकर जल्दी से तैयार हो गया और सुलोचना के आने का इंतजार करने लगा। थोड़ी देर बाद सुलोचना कार में बैठने के लिए कहती है, और दोनों एक अज्ञात यात्रा के लिए निकल जाते हैं। सड़क के दोनों ओर लगे पेड़ों को देखकर न जाने क्या गलत हो गया, ऐसा सोचने लगा, जिसके कारण मुझे घर छोड़ना पड़ रहा है। डर के मारे सुलोचना से कुछ न पूछ पाने पर कुछ देर बाद एक बड़ी झील के किनारे कार रोकी और उसे उतरने के लिए कही। डरकर कार के एक तरफ उतरने के बाद खड़ा हो गया और संदेह भरे चेहरे से सुलोचना की ओर देखने लगा।

सुलोचना(गाड़ी से उतरी और उसके चेहरे की ओर देखकर बोली): “तुम्हें पता है चौबीस तारीख को भैया की शादी है?”

देव: “हाँ मुझे पता है, शादी उसी जगह होगी जहाँ सारा काम चल रहा है।”

सुलोचना: “तुम तो यह भी सुना ही होगा कि शादी के बाद क्या होने वाला है!”

देव: “शादी के बाद...मुझे कुछ नहीं पता।”

सुलोचना: “तुम्हे यह क्यों पता होगा, और इसमें तुम्हारी जरुरत क्या है, मैं कहती हूँ कि शादी के बाद मेरी श्राद्ध की पिंडी होगी, तुम्हे पता होना चाहिए कि मेरी शादी की बात चल रही है !”

देव: “तो होना ही चाहिए।”

सुलोचना: “तुम्हारे लिए सब कुछ सामान्य है, अगर मैं इस सामने वाले पेड़ पर (आम की पेड़ की ओर इशारा करते हुए) फंदा डालकर लटक जाती हूं, तब तुम खड़े होकर ताली बजाओगे और कहोगे कि यह तो होना ही चाहिए; क्या तुम यही कहोगे न.......!”

बात ख़त्म नहीं होती, देव का हाथ उसके होठों को जकड़ लेता है...

देव: “नहीं....नहीं सुलोचना, जीवन में दोबारा कभी ऐसी बातें मत कहना, मुझे पता है कि एक दिन अगर मैं योगी बाबा के पास जाऊंगा और तुम्हारे बारे में सब बताऊंगा, तो वह कभी नाराज नहीं होंगे, तुम्हें बस थोड़ा धैर्य रखने की जरूरत है।”

सुलोचना: “ क्या तुम्हें पता है कहाँ मेरी शादी कि बात चल रही है!”

विषधर ने उसे इस विवाह के बारे में पहले ही बता दिया था; लेकिन उन्होंने कहा कि किसी को मत बताना।

देव: "बताइये कहाँ हो रही है!"

सुलोचना: "कहाँ होगी, नरक में; तुम जाओगे बारात लेकर!"

देव: "मुझे ठीक-ठीक बताओ सुलोचना, कहाँ है?"

सुलोचना: "क्यों, तुम मेरी श्राद्ध की पिंडी खाने के लिए पहुँच जाओगे! वास्तव में और क्या कहा जाए, उस शैतान विषधर के साथ। वैसे, मेरे भैया का दोस्त हैं, इसलिए मुझे वहां शादी करनी होगी।"

देव: "यह बहुत अच्छा होगा।"

सुलोचना (क्रोध से फूटते हुए और थोड़ी सी भौंहें सिकोड़ते हुए): "बेहतर होगा कि तुम अपने चौदहों पीढ़ी के वंशावली को, जो मरकर भूत बन गए हैं, उन सभी को आमंत्रण पत्र देकर नीचे बुलाओ और मेरी पिंडी को अच्छे से निगल जाओ। यह अच्छा होगा क्योंकि मैं तुम्हारी आँखों से दूर रहूंगी, क्या तुम यही चाहते हो न! कहता हूँ तुम्हारा शरीर मांस और रक्त से बना है या तुम्हारे शरीर में मन, आत्मा, प्रेम, विवेक - ये सब नहीं हैं! केवल पूजा और अध्ययन, बस इतना ही जानते हो!"

देव: "सब कुछ है, लेकिन शब्दों में बंधा हुआ है; फिर भी तुम इतना जान लो कि मैं उस समय का इन्तजार कर रहा हूँ, जो तुम चाहती हो।"

सुलोचना: "लेकिन उस बंधन को तोड़ दो जो तुम्हे व्यक्तिगत स्वतंत्रता में बाधा डालता है।"

देव: "समय के साथ बंधन अपने आप ढीला हो जाएगा सुलोचना।"

सुलोचना: "अब बताओ क्या तुम मुझसे प्यार नहीं करते!"

देव चुप रहता है, उत्तर देने में असमर्थ हो जाता है।

सुलोचना: "चुप क्यों हो! आज तुम्हें सच बताना है कि तुम मुझसे प्यार करते हो या नहीं! मैं तुम्हारे मुँह से सुनना चाहती हूँ, हाँ या ना, जिसके लिए मैं तुम्हें यहाँ लायी हूँ।"

देव: "क्या तुम मेरे मुँह से सुनना चाहती हो, तब सुन लो हाँ।"

सुलोचना: "लेकिन तुम अब तक चुप क्यों हो, मेरे माता-पिता को क्यों नहीं बताते? वे तुम्हें कितना अपनाना चाहते हैं।"

देब: "मेरी बात कोई नहीं सुनना चाहता।"

सुलोच्चना: "लेकिन कौन... कौन तुम्हारा पक्ष चाहेगा, अगर तुम किसी को बताओगे ही नहीं तो तुम्हारा दिल में प्यार के बारे में कैसे पता चलेगा। तुम किसकी राय का इंतज़ार कर रहे हो?"

देव: "बस, केवल योगी बाबा ही निर्णय ले सकते हैं।"

सुलोचना: "लेकिन तुमने उसे अभी तक अपने दिल की बात क्यों नहीं बताई? जल्दी से उनके पास जाओ और उन्हें बताओ कि तुम क्या चाहते हो।"

देव: "यह वह जगह है जहां मैं प्रतिज्ञा से बंधा हूं, वह वादा जो मैंने बाबा से तब किया था जब मैंने उनका आश्रम छोड़ा था, कि जब तक वह मुझे नहीं बुलाएंगे मैं कभी वापस नहीं आउंगा। सूर्य का तेज़ कम हो सकता है, चंद्रमा की रोशनी फीकी पड़ सकती है, लेकिन मैं जीवित रहते हुए कभी भी पिता की आज्ञा का उल्लंघन नहीं कर सकता।"

सुलोचना: "वाह, क्या अद्भुत बात है, सूर्य का तेज़ कम हो सकता है, चंद्रमा की रोशनी फीकी पड़ सकती है, सुलोचना का जीवन तुच्छ हो सकता

है, फिर भी तुम्हारी प्रतिज्ञा कभी नहीं डगमगा सकती, ऐसा ही है! तुम चाहते हो कि मेरी जिंदगी बर्बाद हो जाये।"

देव: "नहीं...नहीं मैं ऐसा कभी नहीं चाहता।"

सुलोचना: "लेकिन यह तो बताओ कि तुम अब तक चुप क्यों हो! और कुछ दिनों बाद उससे मेरी शादी की बातचीत फाइनल हो जाएगी, अगर तुम अभी भी खड़े नहीं हुए तो कोई रोक नहीं पाएगा।"

देव: "अगर मेरे लिए तुम्हारा प्यार सच्चा है, तो ब्रह्मांड में कोई भी चीज़ हमें अलग नहीं कर सकती। आइए मैं और तुम दोनों दूर से ही योगी बाबा से अपने विचार व्यक्त करें। मुझे विश्वास है कि वह कोई रास्ता जरूर निकाल लेंगे। मैंने उनको देखा है की वह दूर से ही किसी की मुराद पूरी कर सकते है।"

सुलोचना: "मैं उबड़-खाबड़ या टेढ़े-मेढ़े रास्ते को आसान बनाने के लिए तुम्हारा हाथ थाम लूँगी, लेकिन तुम्हारे बिना मैं सीधे रास्ते पर भी अपना रास्ता खो दूंगी।"

देव: "जब तुम्हारा और मेरा प्यार सच्चा है, तब भगवान निश्चित रूप से हमें मिला देंगे। जिस वक़्त का मैं इंतज़ार कर रहा हूँ, शायद वो वक़्त तुम्हारा भी इंतज़ार कर रहा है।"

जैसे ही दोपहर धीरे-धीरे शाम में बदल गई, सुलोचना और देव एक-दूसरे का हाथ पकड़कर सरोवर के तट पर एक-एक कदम चलते रहे। तभी कुछ छोटी नावें दिन के अंत में अपने गंतव्य तक पहुंचने के लिए झील के एक छोर से दूसरे छोर तक दौड़ रही हैं। शाम के समय सूरज की किरणे पानी पर पड़ने से लहरों की सुंदरता और बढ़ जाती है। छोटी-छोटी सूनहरे लहरें छोटी-छोटी पानी की सीढ़ियों की तरह नाव से टकराती और धीरे-धीरे पानी में गायब हो जाती हैं। सुलोचना एकटक घूरती रही देव की सूरत को.....

सुलोचना: “कितने दिनों से मैंने तुम्हारा गाना नहीं सुना देव; आज कम से कम एक गाना तुम गाओगे? तुम्हारे गाने की आवाज बहुत मधुर है, आज इस झील के किनारे तुम्हारा गाना और झील की हवा दिल को छू जाना चाहती है।”

देव: “हां, काफी समय से मैं इतना उदास था कि गाने की ऊर्जा ही खत्म हो गई थी। आज मैं वह गाना गा रहा हूँ जो तुम्हें इतना करीब पाकर मन में आता है....

अँधेरा जीवन में कितना भी हो

तुम सितारें चमकते हो

जिंदगी मेरी अज्ञात सफर

तुमसे मिलने की बेकरार

देखना चाहता हूँ मैं तुम्हे

अकेली चांदनी रात में

वो दुसमन बनकर आये बदल

छा गया मेरा दिल में

मैं इंतजार की घड़ी देखती हूँ

कब गिरेगी तुम्हारी रोशनी

एकवार तुमसे नजर मिलते ही

नदी सागर बनती

हैरान होकर रोता हूँ मैं

जब होता तुमसे जुदा

कलम स्याही का क्या मर्यादा

कागज पास न होता

कोई न जाने मैं तो जानू

तुम मेरी करीब

दिल के धड़कने तुम्हे पुकारती

तुम ही मेरी जिंदगी

गाता हूँ मैं वही गीत

जो तुम्हे याद दिलाती

तुम्हारी ख्यालों में बैठी रहती

जलाकर दीपक प्यार की

सुलोचना: "सुंदर, क्या आश्चर्य है! तुमने खुद गाना बनाया है, उसे इतनी खूबसूरती से सुर भी दिया और गाया भी, तुम इतना कुछ कैसे सीखा?"

देव: "तुम्हें पता है कि मेरे पास कुछ भी नहीं है; मैंने जो कुछ भी सीखा है, वह योगी बाबा के साथ रहने के कारण, इसलिए मैं उनकी अवज्ञा नहीं कर सकता।"

जब शाम हो गई तो देव और सुलोचना घर लौट आए, देव ने जल्दी से कपड़े बदले, अपने कमरे में पूजा के आसन पर बैठ गया और जाप करने लगा। अपने घर में जाने के लिए सीढ़ियाँ चढ़ते समय सुलोचना चौंक पड़ी, ये क्या दृश्य है! नीचे, विषधर की मां कुरुचि, पिता गुणधर और बहन कपटी एक साथ बैठे सुजॉय की शादी की खरीदारी के सामान को एक-एक करके देख रहे हैं। विषधर और सुजॉय एक दूसरे के बगल में सोफे पर बैठे अपनी कहानियों में तल्लीन थे। विषधर की मां कुरुचि ने सुलोचना को सीढ़ियों से ऊपर जाते हुए देखा और तुरंत उसे अपने पास बुलाया, उसका चेहरा देखते रह गई।

कुरुचि (सावित्री की ओर इशारा करते हुए): "वाह बहन, आपकी बेटी का चेहरा बहुत प्यारा है!"

सावित्री: "मैं आपको और क्या बताऊं, मुझे बस यही परवाह है, एक बार इसकी व्यवस्था हो गई, तो हमारे सभी कर्तव्य समाप्त हो जायेंगे।"

कुरुचि: "अब आपको इसके बारे में चिंता करने की ज़रूरत नहीं है; हम सब तुम्हारी बेटी को ले जायेंगे और उसे अपने घर की रानी बनायेंगे। आज से तुम्हारी बेटी मेरी लड़की है।"

विषधर की बहन कपटी बहुत बातूनी है, माँ से बात करते समय विषधर के कान में कहती है,

"अब तुम्हे चिंता करने की ज़रूरत नहीं है, भैया, अगर तुम्हे खाने में तीख़ा लगे या खट्टा लगे, तो तुम्हे बस भाभी के चेहरे पर एक नज़र डालनी होगी। (फिर सुलोचना की ओर देखते हुए) अब से मैं तुम्हें भाबी कहकर बुलाऊंगी।"

अपनी बेटी के शब्दों के बीच, विषधर के पिता........

गुणधर: "तो फिर आज शादी की तारीख पक्का कर लेते, मतलब सुजॉय की शादी के बाद।"

विजय सेठ: "नही, मैं अपनी बेटी को भी कुछ समय देना चाहता हूँ।"

अत्यंत चतुर स्वभाव का व्यक्ति होने के नाते, गुणधर सोचता है कि अगर उसे विजय सेठ का परिवार को कुटुम के तौर पर मिलते है, समाज में उसका सम्मान बढ़ जाएगा, और विषधर जैसा लफंगा लड़का का भविष्य बन जायगा। कौन बता सकता है कि छटपटाता हुआ लड़का कब किसी लड़की को उठाकर घर ले आए! इस अवसर को किसी हालत में हाथ से छूटना नहीं चाहिए।

गुणधर "नहीं..नहीं, आप उसके बारे में सोचो भी मत; आपकी बेटी बहुत शांत और संस्कारी है। वह आपकी बात कभी नहीं टालेगी, तो मान लीजिए अगले महीने...ओह... ठीक एक महीने बाद, यानी 25 तारीख को शादी की तारीख दी जा सकती है। और सुजॉय पहले ही कह चुका हैं, 'अगर आप मेरी बहन को अपने घर ले जायेंगे तो हमें कोई चिंता नहीं होगी।"

कपटी: "हम आज विदा होने के समय उसे दुल्हन बनाकर ले जाना चाहते है, और वह अब से लेकर शादी के दिन तक हर चीज का ख्याल रखेगी। कौन बता सकता है कि इतनी खूबसूरत दुल्हन कब दूसरे किसी का ध्यान खींच ले!"

बातचीत जारी रहती है, लेकिन विषधर उठ जाता है, क्योंकि कभी-कभी किसी बात को लेकर उत्तेजित होने या तनावग्रस्त होने पर उसे सिगरेट के कुछ कश लेने पड़ते हैं। वह धीरे-धीरे दूसरी मंजिल तक गया, अपनी सिगरेट का लंबा कश खींचा, खड़ा रहा और कुछ देर सोचता रहा, आखिरकार सुलोचना के कमरे का दरवाजा खोलकर अंदर दाखिल हुआ। खूबसूरती से सजाया गया कमरा और महंगे फर्नीचर से भरे है। वह बिस्तर पर उठा और तकिये को अपनी कमर के पास रख लिया, आँखे बंद करके उसने एक पैर को दूसरे पैर के ऊपर उठाया और धीरे-धीरे सिगरेट का धुंआ छोड़ता रहा, देखता रहा कि धुआं गोल घेरे में ऊपर उठता है या नहीं। साथ ही मन ही मन बुदबुदाने लगा...

इसे कहते हैं किस्मत! किसे रखना है और किसे छोड़ना है, मन तो चाहता है कि दोनों के प्यार में डुब जाऊं और दोनों मेरे दोनों हाथों में लड्डू होकर रहे; जब चाहे जिसे मर्जी खा लो। एक तरफ मयूरी और दूसरी तरफ सुलोचना है, लेकिन ऐसा समाज में जी रहा हूँ कि मन चाहते हुए भी दोनों हाथों में पकडे हुए दोनों लड्डू को एक साथ खा नहीं सकता। इसलिए मुझे

शकुनि कि चाल चलनी होगी। सबसे पहले मैं सुलोचना से अपने तन, मन और आत्मा की प्यास बुझा लेता हूँ, उसके नाम की सारी संपत्तियों पर कब्जा कर लेता हूँ, जब मेरी प्यास बुझ जाएगी और कार्य पूरा हो जाएगा, तब मैं उसे ऐसी जगह में भेज दूंगा जहाँ कोई भी जा सकता है पर लौट कर वापस कभी नहीं आ सकता। उसका नाम गुमशुदा कि सूची में हमेशा के लिए रह जायेगी, फिर मेरी दूसरी शादी में कोई बाधा नहीं आएगी। मैं मयूरी को अपनी बेशुमार दौलत दिखाकर नाचाऊँगा, मयूरी जायदाद की हवस में दिन-रात मेरे पीछे पड़ी रहेगी; मेरी मुट्ठी में दौलत देखेगी और वो नाचती रहेगी; हा....हा..हा.."

अचानक सुलोचना हांफने लगी, बिना कहीं देखे अपने कमरे में घुस गई; ड्रेसिंग टेबल के सामने खड़ी हो गई। वह शीशे में अपने सोफ़े पर बैठे विषधर का प्रतिबिंब देखकर भयभीत होकर चौंक गयी, सिगरेट का धुआँ उसकी नाक तक आने से बहुत असहज महसूस करने लगी। गुस्से से काँपते हुए बड़ी आँखों से उसकी ओर देखा........

सुलोचना: "आप यहाँ क्या कर रहे हो! आप मेरे घर क्यों आये, अकेले ही घुस आये!"

विषधर: "हा...हा...हा अब से क्या तुम्हारा और क्या मेरा! अब से, जो कुछ तुम्हारा है वह सब कुछ मेरा भी है, और जो मेरा है वह तुम्हारा है; इसका मतलब है कि सब क़ुछ हमारा है। तुम्हारे लिए अलग क़ुछ भी नहीं है, तुम भी मेरी हो और मैं भी तुम्हारा हूँ। हम दोनों अब अलग नहीं हैं, एक शरीर एक आत्मा होने जा रहे है, कल जब मैं इस कमरे में प्रवेश करूंगा, तब आज प्रवेश करने में नुक्सान क्या है मेरी ड्रीम गर्ल! आओ डार्लिंग, मेरे पास बैठो, हम दोनों एक साथ अपने भविष्य की योजनाएँ बनाते हैं।"

एक तो उसके घर में अवैध रूप से अतिक्रमण किया, ऊपर से सिगरेट का धुआं छोड़े जा रहे है, जिसे बिल्कुल भी सहन नहीं कर सकी, बहुत गुस्सा आ रही है...

सुलोचना: "हर चीज़ की एक सीमा होती है विष जी, अब से आप उस सीमा का उल्लंघन करने की कोशिश मत करना। उस समय तक उसे उसी स्थान पर रखा जाना चाहिए जब तक उस पर आपका अधिकार सिद्ध न हो जाये।"

विषधर: "किसी चीज़ को समय पर टिकने के लिए समय-समय पर उसकी देखभाल करना आवश्यक है, ताकि लापरवाही से की गई उपेक्षा के कारण वह नष्ट न हो जाए। उदाहरण के लिए, जब किसी पेड़ में कोंपलें निकलते हैं, तो उस पर कीटनाशकों का छिड़काव करना पड़ता है, ताकि फल पैदा होने से पहले न गिरें या कीड़ों द्वारा नष्ट न हो जाएं। इसलिए मैं यहां आकर अपने प्यार का सार तुम पर फैलाना चाहता हूं, जिसे तुम कीटनाशक कह सकते हो" (कहने के बाद धीरे से उसके गाल को अपने हाथ से थपथपाया और कमरे से बाहर चला गया)

ड्रेसिंग टेबल के सामने एक छोटे से औज़ार पर बैठकर अपने दोनों हाथों पर अपना सिर टिकाकर भारी दिल से खुद से बोली, 'इस आदमी से शादी करने की तुलना में मर जाना या हमेशा के लिए कुंवारी रहना सौ गुना बेहतर है!'

जैसे ही सुजॉय की शादी का दिन नजदीक आया, सेठ परिवार के इकलौते बेटे की शादी, व्यवस्था में कोई कमियां न रह जाए। सुलोचना को छोड़कर सभी रिश्तेदार और दोस्त खुश हैं। घर से आधा किलोमीटर दूर चारों ओर सिर्फ रोशनी की किरणें और आतिशबाजी है। देश-विदेश में कारोबार फैलने के कारण कई विदेशी नागरिक भी शादी समारोह में शामिल हुए। एक-

एक करके आमंत्रित लोग अपनी-अपनी कारों में आते हैं और विशाल पार्किंग स्थल में अपनी कारों को छोड़कर विवाह हॉल में पहुंचते हैं। सुलोचना चुपचाप देव के कमरे में आती है और उसे एक बड़ा पैकेट देकर......

सुलोचना: "मैं पिता के साथ बाज़ार गई थी, तुम्हारे लिए यह चुनकर लाये थे। क्या तुम्हे यह पसंद आया?"

देव: "बहुत अच्छा है, ऐसा कैसे हुआ कि तुम्हें पसंद है, और मुझे पसंद नहीं हो!"

सुलोचना: "अभी जल्दी करो और तैयार हो जाओ, मैं भी तैयार हो रही हूं।"

यह उसके जीवन में पहली बार है कि देव ने सूट पहने हुए हैं, सुलोचना उसे तैयार देखकर चौंक जाती है। देव सुलोचना के चेहरे को देखकर मोहित हो जाता है, सोचता है कितनी अच्छी लग रही हैं, जैसे स्वर्ग से अप्सरा धरती पर उतर आयी है! इस तरह दोनों अवाक होकर एक दूसरे को देखते हुए किसी अनजान दुनिया में खो गए है, मानो एक देव-शिशु और एक देव-कन्या एक-दूसरे को प्रेम प्रदान करने के लिए अचानक स्वर्ग से उतरे हों।

सुलोचना (मुस्कुराते हुए): "कुछ देर पहले तुम राख से लपटे हुए भोलेनाथ थे, अब बन गए हो इंद्र देव।"

देव: "और तुम! थोड़ी देर पहले एक नश्वर मानवी थी, और अब तो तुम स्वर्ग से उतरी एक अप्सरा हो गई हो।"

देव हमेशा अपने तक ही सीमित रहता था, इसलिए उसकी खूबसूरती और स्मार्टनेस बाहर से नजर नहीं आती थी। सुलोचना बार-बार उसकी ओर देखती है, मन में आत्मसंतुष्टि आती है। देव को अपनी संपत्ति समझने लगती

है, कभी वह उसके कोर्ट के पिछले हिस्से को एक बार खींचता है, कंधे के बालों को थोड़ा सा हिलाता है, फिर शर्ट के कॉलर को हिलाता है और थोड़ा बांधता है....

सुलोचना: “हाँ, तुम ठीक लग रहे हो, लेकिन सावधान रहना; मेरे करीब रहना, अकेले कहीं मत घूमना।”

देव (आश्चर्यचकित होकर): “ऐसा क्यों, मुझे बताओ! मैं छोटा बच्चा थोड़ी ही हूँ, जो तुम्हारा हाथ पकड़ कर घूमता रहूँगा!”

सुलोचना: “इतने बड़े मत बनो कि मैं तुम्हें छोड़ दूँ! मेरे पास कितनी गर्लफ्रेंड्स आती रहेगी, कौन बता सकता है कि कब किसी की नजर तुम पर पड़ जाए! उस वक्त तुम भी मुझे छोड़कर किसी और का हाथ थाम लोगे, नहीं.... नहीं देवाधिदेव, मैं ऐसा नहीं होने दूंगी।”

देव: “नहीं, तुम्हें वह डर नहीं है सुलोचना, क्योंकि तुमने मुझे पहले दर्शन में जो सिखाया वह मैं इस जनम में तो क्या, अगले दस जनम में भी भूल नहीं पाऊँगी। ओह, क्या पूछताछ की थी तुमने! एक के बाद एक भयानक सवाल, जिसे मैं आज तक भूल नहीं पाया हूँ।”

सुलोचना: “हाँ, कभी मत भूलना, और अगर भूल गए तो तुम्हें पता है कि तुम्हारा क्या हाल करूँगी!”

देव(आश्चर्यचकित होकर): “फिर तुम क्या कर लोगी!”

सुलोचना: “मैं तुम्हें सबके सामने तुम से तुम्हारा कान पकड़ाकर उठक बैठक कराऊंगी।”

देव: “वाह सुलोचना, तुम कितनी घातक लड़की हो! यहाँ मैं अपना नाक और कान पकड़ता हूँ, मैं हमेशा तुम्हारे आदेश अनुसार ही चलता रहूँगा।”

सुलोचना: "अब तुम सोने का टुकड़ा जैसा लड़के बन गए हो!"

मंडप में आकर चरों ओर देखता रहा जैसे एक विशाल क्षेत्र में रोशनी, शादी के संगीत और आतिशबाजी के त्योहार है। वह छोटा नहीं है, लेकिन सुलोचना के आदेश का पालन करते हुए उसकी आगे-पीछे चलने लगा, बिना पलक झपकाए पंडाल को देखता रहा और सोचने लगा कि यह स्वर्ग राज्य से भी कम क्या है! सुलोचना की सभी सहेलियाँ इतनी सुंदर आदमी को देखकर अपना परिचय देने के लिए कहती हैं, "सुलोचना... सुलोचना, आज हमें तुम नए मेहमान से मिलवा दो!"

सुलोचना (हँसते हुए): "दूर से ही देख लो ना।"

अनामिका (एक दोस्त): "ओह..... तुम तो ऐसे दिखा रही हो, जैसे आम की पेड़ में बहुत ऊंचाई पर एक आम पके हुए है!"

सुलोचना: "अच्छा, तुम ये शब्द क्यों कहती हो, इतनी छोटी सी बातों से लग रहा है तुम्हारा सर दर्द होने लगा!"

अरुंधति: ""देखो, मैं ध्यान से सब कुछ देख भी रही और सुन भी रही हूँ; यह लड़का किसी की चंगुल में न फंस जाये इसलिए सुलोचना को चिंता हो रही है। कौन बता सकता है कि यह लड़का कोई दूसरी लड़की की जिंदगी में न आ जाये! क्या सुलोचना, मैं सही नहीं कह रही हूँ ?"

सुलोचना: "तुम यहाँ किस लिए आयी हो, अगर वह दूसरे के पीछे भागेगी तो तुम लोग उसे पकड़कर मेरे पास लाओगी।"

अचानक विषधर की कार कुछ दूरी पर रुकी और वह, उनके पिता गुणधर, मां कुरुचि और बहन कपटी एक-एक करके कार से बाहर निकले। उतरते ही कपटी की नजरें देव पर पड़ी, इस उम्र में उसकी कई लड़कों से दोस्ती हो चुकी है, लेकिन इतना हैंडसम लड़का उसने पहले कभी नहीं देखा

था। एक बार जब देव की नजर उस पर पड़ी तो कपटी मुस्कुराने लगी, तुरंत ही सुलोचना की चेतावनी को याद कर देव ने तेजी से अपना चेहरा घुमाया और अलग-अलग जगहों से आए मेहमानों को देखने लगा। कपटी छोड़ने वाली लड़की नहीं है; मन में सोचने लगी कि किसी भी तरह इतने खूबसूरत लड़के से थोड़ी बात तो कर ही लूं। जल्दी से देव के सामने आई और उससे हाथ मिलाने के लिए अपना हाथ बढ़ाया...

कपटी: "हाय, मैं मिस कपटी हूं, विषधर की बहन। आप कौन हैं?"

हाथ मिलाने के लिए अनिच्छुक होते हुए भी हाथ बढ़ाया...

देव: "मिस्टर देव..."

अचानक सुलोचना की नजर कपटी पर पड़ी, देव से हाथ मिलाते हुए क्या बात कर रहे हो! वह अपनी गर्लफ्रेंड्स को छोड़कर तेजी से आगे आई और कुछ कहने के लिए देव का हाथ खींच लिया, कपटी सोच नहीं पा रही थी कि सुलोचना ऐसा क्यों कर रही है! सुलोचना भी कम बुद्धिमती नहीं है, इसलिए स्थिति से निपटने के लिए कहा.....

सुलोचना: "देखो, पापा ने तुम्हें काम के बारे में जो बताया था वह उसके बारे में पूछ रहे थे।

सौभाग्य से, विजय सेठ वहां आते हैं, देव को देखकर खुश होता है; और उसे अपने सभी व्यापारिक साझेदारों से मिलाने ले जाते है। देव के पास ज्ञान है और ज्ञान की सर्वत्र पूजा होती है।

जब विजय सेठ ने देव को एक विदेशी से उनकी भाषा में धाराप्रवाह बातें करते देखा तो उसकी आँखें आश्चर्य से ऊपर उठ गईं; कुछ के साथ अंग्रेजी, कुछ के साथ फ्रेंच, कुछ के साथ जर्मन, आदि। सभी देव की स्तुति में पंचमुखी हो जाते हैं, धीरे-धीरे देव मंडप में सभी का केंद्र बिंदु बन जाता है।

विजय सेठ सोचने लगे कि मेरे इंटरनेशनल बिजनेस को सबसे पहले ऐसे ही कुशल एक्जीक्यूटिव की जरूरत है; मुझे योगी बाबा के शब्द याद हैं, "मैंने उसे विभिन्न भाषाओं में शिक्षित करने की कोशिश की है, बाकी तुम्हे वहां जाकर उसे सिखाना चाहिए।" इसी कारण वह दिन-रात घर पर रहकर पढ़ाई कर रहा था! यानि कि इतना कुछ जानने के बाद भी लड़का चुप रहता है, उसके दिल में यह सोच कर गहरी पीड़ा होती है कि इतने हीरे के टुकड़े जैसे लड़के के साथ अपनी इकलौती बेटी की शादी नहीं कर पाऊंगा क्योंकि उसे योगी बाबा को लौटाना होगा। धीरे से देव के पास आया और उसकी पीठ पर हाथ रख दिया।

विजय सेठ (धीमे स्वर में): "बेटा, तुम्हे एक काम और करना होगा, मैंने कई बार सुलोचना के मुँह से सुना है कि तुम खुद ही गाने बनाते हो, और खुद ही बहुत अच्छा गाते हो। मुझे आज तक तुम्हारा संगीत सुनने का मौका नहीं मिला। आज मेरे बेटे के शुभ विवाह में तुम गाना गाओगे, हम सब तुम्हारा गाना सुनेंगे।"

देव: "अंकल जब आप सुनना चाहते हो तो मैं जरूर गाऊंगा।"

माइक्रोफोन उठाया और सबको संबोधित करते हुए...

तुम्हारे पास जाऊंगा मैं

लहर बनकर बार-बार

मन की भाषा न समझकर

देखते नहीं मुझे मुड़कर

तुम्हे कभी भूल नहीं सकता

हर पल सोचता ही रहता

तुम्हारा चित्र दिल में बैठाकर

देता हूँ प्यार अंजलि निरंतर
जब गिरती चाँदनी जोत्सना रात में
नदी कि तरंग पर अँधेरा हटाकर
मैं बहता हूँ ज्वार बनकर
तुमसे मिलने का ख्वाइश लेकर
मेरे पास कुछ भी नहीं
जो मैं तुम्हे दे सकूँ
सिवाय प्यार का उमंग धारा
दिल में ताजा गुलदस्ता
एक बार तुम मुझसे मिलना
सह लेंगे परेशानियां
यद्यपि तुम चले भी जाओगे
रखूँगा तुम्हारा सपना दिल में

जब गाना ख़त्म हुआ तो कुछ देर के लिए मौन छा गया। इतना सुन्दर गीत और इतना सुन्दर अर्थ आज तक किसी ने नहीं सुना। अचानक एक साथ जोरदार तालियां बजने लगीं, सभी लोग देव को बधाई देने के लिए उनकी ओर दौड़ पड़े। अगर दूल्हा-दुल्हन कुछ दूर बैठे हों तो क्या हुआ, सभी लोग देव के पास भीड़ लगाने लगते हैं। बढ़ गया कपटी का पागलपन, खुद को नहीं रोक पा रही, विषधर को संबोधित करते हुए.......

कपटी: “मुझे देव लड़का बहुत पसंद है, भगवान ने उसे रूप और गुणों से भरपूर कर दिया है।”

विषधर (आँखें ऊपर उठाकर): "क्या कहा....क्या कहा! तुम जानती हो कि तुम किसके बारे में बात कर रही हो! एक गरीब लड़का, खबरदार, फिर एक बार उसका नाम ले लिया तो कांड हो जाएगा! मैं तुम्हें तुरंत इस मंडप से निकालकर घर भेज दूँगा। तुम उसके बारे में कितना जानती हो! वह एक अनाथ है, उसके पास उसके माँ बाप की परिचय है ही नहीं। वह जंगल में रहता था, एक संत उसकी दयालुता से देखभाल करता था। उसे विजय सेठ महाशय के पास इसलिए भेजा कि वह दो वक्त कि रोटी खा सके। यदि आज उसकी गर्दन पकड़कर निकाल दिया जाए तो जंगल के सिवाए उसके पास कोई ठिकाना नहीं रहेगा। आज के बाद तुम उसके बारे में दोबारा बात नहीं करोगी।"

कपटी: "तुमने लड़के के बारे में सब कुछ बताया, लेकिन अगर वह अनाथ है, तो इसके लिए वह जिम्मेदार नहीं है। तुमने कभी भी उसके गुणों के बारे में एक शब्द भी नहीं बोला! तुम अच्छी तरह जानते हो कि इस हॉल में कोई भी आदमी उसके बराबर नहीं है। लड़कों का आकर्षण लड़कियों की नज़र में आसानी से आ जाता है, जबकि लड़कियों का आकर्षण लड़कों की नज़र में आ जाता है। मैंने कम लड़कों को नहीं नचाया, जब मैं कहता हूं तो मुझे पता है कि उसमें कुछ तो बात है। और तुम किसके बारे में बात कर रहे हो! तुम अपने पिता का बिजनेस अपने नाम से चला रहे हो, मयूरी के पैसों से अय्याशी कर रहे हो। तुम बड़ी-बड़ी बातें और झूठे रंगीन सपने दिखाकर मयूरी को अपने वश में करने की कोशिश कर रहे हो, लेकिन तुम सुलोचना से शादी करने जा रहे हो। अब तुम बात मत करो, तुमने उसे शादी का वचन दिया है, तुम्हे पता है! तुम मुझे जो महान ज्ञान दे रहे हो, अपने बारे में पहले सोचो!"

विषधर: "अपना मुंह बंद रख वरना मैं तेरे लिए यहीं कब्र खोद दूंगा।।"

अचानक लड़के-लड़कियों की बातें कुरुचि के कानों तक पहुँचीं, वह तेजी से आगे आयी और.....

कुरुचि: "क्या बात है! क्या तुम भाई बहन यहाँ भी झगड़ते रहोगे! हमें हमेशा याद रखनी चाहिए कि हम ऐसा कोई व्यवहार यहाँ नहीं करेंगे, जिससे सुलोचना के साथ हमारा रिश्ता खराब हो जाए। सुलोचना ही हमारा एक मात्र भविष्य है, (विषधर की ओर देखते हुए) तुम मूर्ख की तरह मत बैठे रहो, तुम्हें अपने पैरों पर खड़े होने के लिए सुलोचना के पिता के पैसे की जरूरत है।"

इस बीच, देव सभी से घिरा हुआ है, सुलोचना की प्रेमिका अनामिका और अरुंधति मिलकर देव के साथ तस्वीरें लेने में व्यस्त हैं। एक गहरी सांस लेते हुए तेजी से आकर कपटी हांफते हुए देव के बगल में खड़ी हो गई। जब वह देव का एक हाथ पकड़ने गयी तो सुलोचना उसके ठीक बीच में आकर खड़ी हो गई, और उसने देव का हाथ पकड़ लिया। कपटी का यह दृश्य बहुत ही खराब लगा, मन ही मन सोचती है, "दो दिन बाद तुम मेरे भाई विषधर की हमसफर हो जाओगी, अब तुम इससे इतना प्यार क्यों करती हो! अगर मुझे थोड़ा सा मौका दिया गया होता तो मैं अपना जीवन का डोर उससे बांध लेती, हम दोनों एक विचार के साथ आगे बढ़ सकते थे!"

इस बीच विजय सेठ मुंह में चुरुट लेकर सभी से बात करने में व्यस्त हैं। विषधर देव को सबके साथ, यहाँ तक कि अपनी बहन कपटी के साथ हँसते-बोलते देखकर गुस्से में बड़बड़ाने लगा। अंदर ही अंदर सोचने लगा कि दो दिन बाद मैं इस सेठ परिवार का इकलौता दामाद बनूंगा, लेकिन कोई मेरी ओर देख ही नहीं रहा है! इस अनाथ दूसरों के खाने के टुकड़े में पले हुए गरीब लड़के के साथ हर कोई नाच रहा है! मैं अकेला चल रहा हूं, मेरी कीमत एक पैसा के बराबर भी नहीं है! सुलोचना, जो कुछ दिनों बाद मेरी बांहों में होगी, क्या इस गंदे नाले की औलाद के साथ हाथ में हाथ डाले फोटो खींचने में

व्यस्त है! रुको, बस कुछ दिन और; अगर मैं उस शादी की रात तुम्हारा बाल पकड़कर, आज इस लड़के के साथ रंग-रेली मनाने का बदला नहीं लिया, तो मेरा नाम गुणधर का बेटा विषधर नहीं है। गुस्से से पागल होकर एक निराले स्थान पर गया और सिगरेट पैकेट से एक सिगरेट उठाई, उसे तेजी से खींच लिया और खुद को ही गाली देने लगा। अचानक देखा कि सिगरेट कब की ख़त्म हो गई और उन्होंने टोप को ही कशे जा रहा है! इतनी तेजी से खींचा कि दो खींच में ही सिगरेट खत्म हो गईं, हाथ में पकड़ी सिगरेट का सिरा फेंक दिया... साला सिगरेट भी इतनी जल्दी खत्म हो गई! उसने एक और निकाला और आग पकड़ने लगा, बड़बड़ाते हुए बोला, "नहीं....नहीं, एक क्षण भी देर नहीं होना चाहिए, नहीं तो वह मेरी सुलोचना को मुझसे छीन लेगा। मुझे सुलोचना चाहिए, वह किसी की नहीं हो सकती; इस बार हाथ में सिगरेट जलती रही, उसे ओंठ तक लाकर कशना ही भूल गया.... 'ध्यात शाला' कहते हुए पुरे सिगरेट को दूर फेंक दिया। कुछ दूरी पर, जहां सिगरेट गिरी थी, एक पुरुष और एक महिला बैठे हुए थे, ये झोपड़ी में रहनेवाले बगल के गांव के है, शादी-विवाह में सफाई का कामकाज करते है। उसमे से दुलाल नाम के एक युवा लड़के ने इसे उठाया और अच्छे से देखता रहा।

दुलाल: "वाह, यह बहुत अच्छा है, बहुत कीमती होगी! मैं पूरी सिगरेट देखता हूँ! बड़े आदमी की सिगरेट, निश्चित रूप से बहुत टेस्टी होगी! आजकल बीड़ी की ही कितनी कीमत है, पी नहीं पाता!"

उसने कश लगाने के लिए मुँह के सामने लाकर एक बार और देखने लगा, तब उसकी पत्नी गौरी आगे झुक गई और उसके कान में फुसफुसाई...

गौरी: "मैं कहती हूँ टेस्ट और अलग से क्या होगा! बीड़ी की धुआँ भी धुआँ और सिगरेट का धुआँ भी धुआँ। तुम एक नशेड़ी हो,धूम्रपान क्यों करते

हो! तुम्हें तो सड़े हुए चावल और सड़े हुए गुड़ का पानी से बनती देशी दारू भी अच्छी लगती है।"

दुलाल (जोर से खींचते हुए): "आह....मायरी, मेरा शरीर ताजा हो गया, कलेजा भी ठण्ड हो गया। शरीर का सारा दर्द छूट गया। तू क्या समझेगी गौरी धुआँ का कितना मजा, तू तो एक बंध्या।"

गौरी (उसकी पीठ पर जोरदार तमाचा मारते हुए): "तू फिर अगर मुझे बांझ कहेगी.... तो मैं तेरे मरे हुए चौदह पुरुषों की पिंडी न चटकायी तो मैं बसंत दलोई की लड़की गौरी दलोई नहीं हूँ। तुझे पता चल जाएगा कि मैं वास्तव में एक खानदानी गौरी हूँ। मैं तुझे बता देती हूँ कि मेरी शादी को फागुन महीना आने में पांच महीने पंद्रह दिन हो जायगा, और अभी साल भी नहीं बीता है। क्या मैं कुत्ता-बिल्ली या बकरी-सुअर हूँ, मैं तुझे साल में आठ-दस बच्चे दे दूंगी! तेरे वो बच्चे की हड़बड़ी देखकर मेरा हृदय जल उठता है।"

दुलाल: "सुन गौरी... सुन, तु वह शाही बत्तख है, जिसने मुझे सुनहरे अंडे देगी। इसलिए मुझे लगता है कि जितनी जल्दी तु प्रजनन करेगी उतना बेहतर होगा। दे.....दे मुझे अभी दो-चार कश लगाने और खुशियाँ लेने दे, ऐसा महंगा सिगरेट पिने का मौका मेरी जिंदगी में दोबारा नहीं मिलेगा गौरी।"

गौरी: "ध्यत....तु बहुत शरारती हो, तुने मुझे सोने का अंडा देनेवाली बत्तख बताया है, यह सही है...... तेरा साथ देना ही तो मेरी जिंदगी का मकसद है। मैं तेरा सिगरेट पर एक छोटी सी कश लेकर खुशियाँ पीऊँगी, और देखता रहूँगा वास्तव में कितना मजा मिलता है धुंआ पिने से। लड़के तो हर दिन मस्ती करते हैं पीकर, आज एक दिन मैं भी तेरे साथ पीकर थोड़ी मजा लेना चाहती हूँ।"

दुलाल: "अरे धत, ऐसा मजा लेने का सोचना बंद कर, तू तो एक लौकी के पेड़ है; जैसे लौकी के पेड़ खम्बे या कोई डंडे को पकड़कर आगे बढ़ते है,

ऐसे ही तू एक बार मुझे गले लग जा। पहले एक बार पकड़ ले और बोल कब मुझे सोने का अंडा उपहार में मिलेगा, तब मैं तुझे खुशियाँ देने के लिए यह सिगरेट कशने के लिए दूंगा।"

गौरी (पीछे खड़ी होकर बैठे हुए दुलाल का शरीर को दोनों हाथों से पकड़ती है और अपना चेहरा उसके कान के पास लाती है, और फुसफुसाती है): "मेरा प्यारा दुलाल, तुझे सुकून नहीं मिल रहा है! यकीन कर मैं तेरे लिए सोने के अंडे लाऊंगी, अब तु दो कश तो लेने दे।"

दुलाल (एक बार फिर ज़ोर से खींचते हुए): "ये ले पकड़..."

उसके सिर को धीरे से पकड़ लिया और अपने कंधे पर खींचकर, सिगरेट उसके होठों से लगा दी और उसे एक बार चूम लिया...

दुलाल: "धीरे से खींचना, नहीं तो खांसी हो जायेगी।"

गौरी: "धत, तु बहुत बदतमीज लड़का है।"

दोनों ने सिगरेट के धुएं का कश धीरे धीरे लेने लगे।

विषधर तेजी से आगे बढ़ते हुए बुदबुदाने लगा, "रुको, तुम जो आसमान में उड़ रहे हो, मैं तुम्हे अभी जमीन पर गिराता हूँ। तुम्हारी असली दवा मेरे हाथ में है, आज थोड़ी खुराक बढ़ा देता हूँ, तुम्हारा फड़फड़ाना बंद हो जायगा; तुम्हे भागने का रास्ता नहीं मिलेगा। मेरे जैसे साँप को तुम्हारे जैसे चूहे को निगलने में दो मिनट भी नहीं लगेगा।

देव इधर-उधर देखता है, देशी-विदेशी खाने के स्टॉल देखकर उतना ही आश्चर्यचकित होता है! विदेशियों के लिए विभिन्न प्रकार के खाद्य पदार्थ; देश के लोगों के लिए विभिन्न प्रकार के शाकाहारी एवं मांसाहारी भोजन उपलब्ध हैं। सोचने लगा कि उबले चावल, एक-दो तले हुए आलू और कुछ तरह की सब्जियों के अलावा मैंने कभी कुछ नहीं खाया, आज तो कई तरह

का खाना खा सकते हैं; फलों के जूस, आइसक्रीम, सूप और स्नैक्स के स्टॉल के सामने गुमसुम खड़ा होकर सोच रहा था कि पहले क्या खाऊं, उसने अचानक देखा कि विषधर बहुत उत्सुकता से उसकी ओर आ रहा है। वह उसके सामने आया और उसके कान में फुसफुसाया, "आओ, मेरे साथ आओ। मुझे तुमसे कुछ जरुरी बातें करनी है।"

देव: "क्या तुम्हे बातें अभी करनी है! क्या हम बाद में बातें नहीं कर सकते हैं?"

उसका हाथ खींचकर कहा.....

विषधर: "मेरे साथ आओ, अरे यार क्या खबर है! मैं कह रहा हूँ कि तुम एक अनाथ लड़के हो। क्या तुम्हें यह याद यहाँ दिलाना पड़ेगा! इतना महंगा सूट-पैंट कहां से तुम्हे मिला! बेशक, लोग अनाथों को दान देते हैं; लेकिन इतनी महँगी चीजे भीख मांगकर मिलना सौभाग्य की बात है! क्या, मैंने कुछ ग़लत बोला! लेकिन हाँ, सेठ साहब तुम्हें इस तरह रखने में बहुत उदार हैं। पहले सुलोचना से मेरा विवाह हो जाये, फिर मैं तुम्हें इस घर की सीमाओं में प्रवेश नहीं करने दूँगा। तुम अनाथ हो, तुम्हारे माता-पिता का कोई पता नहीं है, अगर मैं इस विवाह समारोह में तुम्हारा असलियत क्या है सब को चिल्लाकर बता दूंगा तो तुम्हारा हाल यहां क्या होगा एक बार भी सोचा! तुम यह क्यों भूल जाते हो कि तुम एक अनाथ लड़के हो। यह सब जगह तुम्हारे जैसा खानदानी लड़कों के लिए नहीं है। यह कोट और पैंट का क्या होगा (कोट पर हाथ रखते हुए)! इसीलिए मैं कहता हूँ तुम अनाथ हो, और अनाथ की तरह रहो। यहां तुम्हारे जैसा एक भी लड़का नहीं है, क्या मैंने कुछ गलत बोला!"

देव शिर झुकाकर जमीन की ओर देखते हुए सोचा कि विषधर को इस विवाह समारोह को नष्ट करने में दो मिनट भी नहीं लगेगा। अपना सिर झुकाए

जमीन की ओर देखते हुए, एक-एक कदम आगे चलने लगे, खुद को सभी से छिपाते हुए अपने घर में प्रवेश किया और लाइट चालू की, देखा बिजली नहीं है। बहुत मुश्किल से एक मोमबत्ती निकाली, उसे माचिस से जलाया और एक छोटे डब्बे के उपर रखा, फिर चूल्हा जलाकर धीरे-धीरे एक बर्तन को बैठाया और आधा बर्तन पानी डाला। उसमें दो मुट्ठी चावल फेंकने के बाद देखा कि घर में कोई अनाज या सब्जी नहीं है, क्योंकि शादी की व्यस्तता के कारण कई दिनों से कुछ भी खरीदा नहीं गया था। एक विकर की टोकरी में दो आलू और एक कच्चा केला देखता है, उसे थोड़े से पानी में धोता है और चावल के साथ गरम पानी में मिला दिया। आज, ऐसा लगता है कि भगवान ने मेरे लिए यही खाना ही तय कर दिया है, (अपने गले से टाई और कोट-पैंट उतारकर फर्श पर फेंक दिया, "तू भी आज मुझे अपमान करने में कसर नहीं छोड़ा!"

कमरे की पिछली खिड़की खोली और बहुत व्याकुल मन से बाहर देखा; दूर वह चिर-परिचित पहाड़ी खड़ी मानो उस पर हँस रही हो। पूर्णिमा की रोशनी में चारों ओर आकाश दिखाई देता है। देव ने चंद्रमा की ओर देखा और कहा, "मुझ पर तुमसे अधिक कलंक है! तुम्हारा तेज देखकर लोग तुम्हारा कलंक तो भूल जाते हैं, पर बार-बार मेरे कलंक के ही याद दिलाते हैं। हे भगवान, आपकी दया में चारों ओर पूर्णिमा के चंद्रमा की रोशनी से प्रकाशित है; थोड़ी सी हवा चलने पर पेड़ों की पत्तियाँ खुशी से नाचने लगती हैं, पक्षी सुबह आकाश में उड़ते हैं, समुद्र की लहरें उछलकर रेत पर छपती हैं, छोटी-छोटी कलियाँ खुशी में खिलती हैं और आकार लेती हैं बड़े फूलों का। लेकिन आप मेरे साथ ही ऐसा क्यों करते हो कि मेरी जिंदगी में खुशी और हँसी की जगह सिर्फ दर्द और अंधेरा ही बार-बार आता है! मुझे बताओ कि मैंने क्या अपराध किया है! आँखों से दो बुँदे पानी निकल आयी। हाथ से पोंछने के बाद धीरे से डिब्बे पर रखी मोमबत्ती उठाई और चावल के बर्तन का ढक्कन उठाया, और मोमबत्ती सामने लाकर देखा कि चावल कितना पका है।

जैसे ही आलू देखने में थोड़ासा काले रंग लगा तो समझ गया कि पक गया। आलू, चावल और कच्चा केला एक साथ पकने के बाद धीरे-धीरे मोमबत्ती को वापस रख दी और चावल का आटा निकाल दी। खाने के लिए आसन बिछाया और धीरे-धीरे आलू और केले का छिलका उतारकर अपने आप से कहने लगा, 'योगीबाबा ने ठीक किया, यह मेरा खाना है, मैं तो सिर्फ शादी वाले घर के अच्छे खाने का लालच कर रहा था। उबले हुए चावल का कौर मुंह में लाते ही नूपुर की खनकती आवाज कानों में आती है।

शादी वाले घर के भारी शोर के बीच सुलोचना कुछ देर तक अपने में ही व्यस्त रही। काफी देर तक देव को कहीं न देखकर मन के कोने में शंका होने लगी। चारों ओर व्याकुलता से देखती रहती, पर देव कही दिखाई नहीं दिया। कहीं भी न देख पाने से बहुत चिंता होती है, एक-एक करके गर्लफ्रेंड से पूछते हैं कि क्या उन्होंने देव को देखा है! सबका एक ही जवाब, उन्होंने नहीं देखा। इस बीच, कपटी देव के पास पहुंचने के लिए काफी समय से तलाश कर रही है। कपटी सोचने लगी कि सुलोचना ने जरूर देखा होगा; दोनों आमने-सामने आकर एक-दूसरे से एक ही सवाल पूछते हैं, 'देव कहाँ है?' सुलोचना के मुख से शब्द नहीं निकलते; कपटी की आंखों में भी चिंता के भाव झलक रहे हैं, मानो वह किसी खोई हुई कीमती वस्तु की तलाश कर रही हो।

कपटी (बिना किसी चिंता के): "तुम मुझे जल्दी बताओ कि तुम्हारे घर का वह लड़का क्या नाम बता रहा था, हाँ... हाँ, देव.... देव कहाँ है!"

उसकी उत्सुकता देखकर और उसके मुंह से देव का नाम सुनकर अंदर ही अंदर बहुत गुस्सा हो गई, भौंहें सिकोड़ लीं और कपटी की चेहरे को संदिग्ध नजरों से देखने लगी...

सुलोचना: "तुम्हें अचानक देव की आवश्यकता क्यों है!"

कपटी: "जब मैं देव से बात करना चाहती हूं, तब तो मुझे देव की आवश्यकता होगी, तुम्हे बताने से क्या फायदा!"

सुलोचना: "फायदा-नुकसान तो बाद की चीज़ है, इतने कम समय में एक बार उनसे मिलते ही बार बार मिलने की जरुरी हो गई!"

कपटी: "अरे, अगर मैंने उसे पहले देखा होता या उससे पहले मिली होती, तो जरुरत पहले ही पड़ गयी होती। क्या करूँ मेरी नसीब में तो अभी अभी उनसे मुलाकात हुआ। भाभी तुम तो अभी समझ गयी होगी। तुम्हारा प्यार का बंधन मेरे भैया के साथ तो हो गया है, लक्ष्मी सोना मेरी भाभी, अब तुम मेरे लिए कुछ इंतजाम करो। तुम्हारे घर में ही तो वह देव है, एक बार तुम कह दो तो मेरी उससे रिस्ता बन जायेगा।"

सुलोचना: "प्यार ऐसा चीज है जिसे कहने से नहीं होता। तुम उसे चाहती हो, पर उसे भी तो तुम्हे अच्छा लगना होगा, हो सकता है कि वह किसी और को चाहता हो।"

कपटी: "क्या तुम नहीं जानती कि अगर कोई लड़की वास्तव में किसी लड़के से प्यार करती है, तो देर-सबेर वह भी उससे प्यार करेगा।"

भले ही वह अंदर ही अंदर गुस्से से जल रहा हो, लेकिन वह इसे अपने चेहरे पर व्यक्त नहीं करता...

सुलोचना: "जाओ और खोजो कि मेहमान कहाँ खा-पी रहे हैं, जहाँ खाने पीने का इंतजाम किया गया वह वहीं मिल जाएगा।"

कपटी: "मैं जा रही हूँ और वहां देखती हूँ...."

मन में एक अजनबी आशंका के साथ, सुलोचना एक कदम आगे बढ़ी और देव के कमरे के सामने आई, जहाँ उसने अंदर एक मोमबत्ती जलती हुई पाई, और देव को खाना खाने बैठा हुआ मिला।

देव निगालने को मुँह में लेने से पहले नूपुर की आवाज़ से चौंक गया, उसने आँखें उठाईं और दरवाजे के सामने खड़ी सुलोचना की ओर देखा, जैसे वह कोई देवी हो। सुलोचना एक बार मुस्कुराई और अपनी उंगली से खाने की ओर इशारा किया और थोड़ा सा मुंह बनाते हुए कहा कि मुझे बहुत भूख लगी है, मुझे खाने दो।

देव (हैरान होकर): "तुम अचानक यहाँ क्यों आ गयी!"

सुलोचना: "निश्चित रूप से विषधर ने तुम्हे यहाँ आने के लिए मजबूर किया है, है ना! उसने तुमसे ऐसी अनुचित बातें और अभद्र भाषा प्रयोग की होगी कि तुम सब कुछ छोड़कर यहाँ भोजन करने आ गए हो। मुझे बताओ उसने क्या कहा, आज मैं उसे नहीं छोडूंगी।"

देव: "नहीं....नहीं सुलोचना, उसने मुझे कुछ गलत नहीं कहा, सही बात कही है। मैं एक अनाथ लड़का हूं, क्या मैं इतनी बड़ी जगह पर जाने के लायक हूं! लेकिन तुम इन सब बातों की चिंता मत करो, और ये मेरा रोज का खाना है, मुझे इससे कोई दिक्कत नहीं है। बेहतर होगा कि तुम जाओ और वहां जाकर आनंद उठाओ।"

सुलोचना: "मैं वहां नहीं जाऊंगी, यहीं तुम्हारे साथ मजा करूंगी। तुम जो खाओगे, मैं तुम्हारे साथ वही खाऊंगी, क्या मैंने कुछ दिन पहले नहीं खाया था?"

देव: "ऐसा मत करो सुलोचना, तुम अपने भैया की शादी में जाओ, मेरा वहां काम हो गया, इसलिए मैं चला आया, और तुम जानती हो, यह मेरा असली भोजन है। जब तक बाबा हर चीज़ की अनुमति नहीं देते, मैं उनके आदर्शों को नहीं छोड़ सकता; इसलिए मैं चला आया। बेहतर होगा कि तुम तुरंत चली जाओ, तुम्हारे लिए बहुत अच्छा खाना है, जाओ और खुशी से खाओ। शादी की ख़ुशी बार-बार नहीं मिलेगी।"

सुलोचना: “आज भी तुम मुझे नहीं पहचान पाये। क्या तुम नहीं जानते कि मेरे लिए क्या सुख है और क्या नहीं, तुम जो कुछ भी खाते हो वह मेरे लिए अमृत है।”

देव: “मुझे पता है, तुम मेरी बात नहीं सुनोगी, चलो हम दोनों इस खाना को दोनों मिलकर खाये।”

देव ने खाना को दो प्लेट में अलग अलग रखकर सुलोचना की खाने का इन्तजार कर रहे हे। सुलोचना हाथ-मुँह धोकर उसके सामने बैठ गयी, दोनों प्लेट की खाना उसने एक ही प्लेट में मिला दिया, और सिर हिलाकर देव को मुँह में डालने का इशारा किया। अनिवार्य रूप से, देव को अपना हाथ से खाना प्लेट से उठाकर उसकी मुँह के पास ले जाना पड़ा। सुलोच्चना ने पिछली बार की तरह थोड़ी शरारत करके उसकी उंगली धीरे से काट ली....

सुलोचना: “डरो मत, इस बार मैं अपने साथ तुम्हारे लिए टिटेनस लाया हूँ।”

देव: “हाँ, मुझे पता है, तुम्हारा प्यार ही मेरा टेटनस है।”

सुलोचना: “अब तुम जान गए हो लेकिन थोड़ी देर में।”

उसी तरह जब सुलोचना देव की मुँह के पास एक कौर लाई उसे खिलाने के लिए, तब उसने भी ठीक उसकी तरह हलके से उसकी अंगुली काट ली।

सुलोचना: “उह...बदमाश, मुझे पानी दो।”

देव पानी की लोटा उसके मुँह के सामने ले जाते हैं; जब एक दूसरे को ऐसे खिलाने लगे तब लगता है दोनों आत्माएं एक आत्मा हो गयी।

इस बीच, शादी समारोह में हर कोई चमकीले कपड़ों में व्यस्त है; ऐसे ही समय में सावित्री ने देखा कि एक कोने में छरहरी शरीर की एक स्मार्ट युवती

खड़ी है, जो किसी मॉडल की तरह लग रही थी। पूरे शरीर पर बहुमूल्य सोने के आभूषणों से सुसज्जित वे दोनों वहीं खड़े होकर आपस में कानाफूसी कर रहे थे। सावित्री को थोड़ा संदेह हुआ कि कहीं वह युवती विषधर से तो बात नहीं कर रही है! और इसके बजाय क्या है! यह लड़की इतने करीब से विषधर से क्यों बात कर रही है! धीरे-धीरे एक एक कदम आहिस्ता से जमीन पर रखकर विषधर की पीछे आकर उसकी पीठ को थपथपाये....

सावित्री: "विष बेटे..."

अचानक सावित्री के हाथ के स्पर्श से चौंककर चालाकी से उस लड़की को कहा...

विषधर: "यह सुलोचना की माँ है, तुमने तो पहले सुना मेरी सुलोचना से अगली महीने पच्चीस तारीख को शादी होने वाली है।"

फिर सावित्री से मुखातिब होकर...

विषधर: "आंटी, यह मिस मयूरी; यानी हम जो कंपनी चलाते हैं उसकी सीनियर एक्जीक्यूटिव है मयूरी।"

जब मयूरी झुकी सावित्री को प्रणाम करने के लिए...

सावित्री: "रुको...रुको, तुम आयी तो हम बहुत खुश हुए, ठीक से खाओ-पियो और एन्जॉय करो।"

सावित्री विषधर को मेहमान को देखभाल करने का दायित्व देकर चली गयी।

विषधर बहुत चिंतित होकर सोच रहा है कि क्या पीछे खड़ी होकर सावित्री ने उसकी और मयूरी की सारे बातें सुन ली है क्या! अगर सुन लिया

तो सुलोचना से शादी करने का सपना आसमान में तैरते बादल बनकर रह जाएगा। मयूरी से चिंतित होकर पूछता है...

विषधर: "क्या तुमने देखा कि वह हमारे पीछे खड़ी होकर हम आपस में जो बातें कर रहे थे सुन लिया!"

मयूरी: "जब मैं तुमसे बात कर रही थी, तब भी मेरी नज़र सबकी ओर जाती रही; वह आपके पीछे ज्यादा देर तक खड़ी नहीं रही। और इन सब मामलों में मुझे तुमसे ज्यादा परवाह है, तुम उसके दामाद बनोगे और मैं तुम्हारी जीवनसंगिनी बनूंगी।"

विषधर: "तुम्हारी बुद्धिमत्ता के कारण मैंने तुम्हें जीवनसाथी के रूप में चुना है; अच्छा हुआ सुलोचना यहाँ नहीं है। कम से कम आज तो अपने दोस्त सुजॉय और मालिनी की सुहाग रात के साथ-साथ मैं भी तुम्हारे साथ मयूरी नाईट बिताऊंगा, उनके सुहाग रात से मेरा मयूरी नाईट कम आनंददायक तो नहीं होगा, तुम क्या कहती हो डार्लिंग!"

मयूरी: "हाँ, मैं तुम्हे देख रही हूँ कि मयूरी के प्रति तुम्हारी रुचि और मांग दिन प्रतिदिन बढ़ती जा रही है।"

विषधर: "हाँ, मुझे पता है, केवल एक मोर ही विषधर का ज़हर सोख सकता है।"

धीरे-धीरे रात बीतती जाती है, शादी की पार्टी, खाना-पीना, मेहमानों की आवाजाही, बमों की आवाज, नाच-गाना लगभग सब बंद हो जाता है। सुलोचना भी देव के कमरे से निकलकर सुजॉय-मालिनी जोड़े के कमरे में कुछ देर बातें करने के पश्चात अपने कमरे में आकर खिड़की के पर्दे से शादी के पंडाल को देखने लगी, लेकिन जैसे ही उसकी नजर सड़क पर पड़ी, पूरे शरीर में एक सिहरन दौड़ गई! उसने भय और आश्चर्य से चौड़ी आँखों से

खिड़की से बाहर देखा। आंखों के सामने सड़क पर एक कार खड़ी है, मानो विषधर मयूरी से गुप्त मंत्रणा कर रहा है, कभी-कभी दोनों हंसते हुए एक-दूसरे पर लोट रहे है। एक समय जब बातचीत खत्म होती है तो विषधर मयूरी के गाल पर चुंबन करता है, मयूरी भी उसे चूमती है और दोनों हाथ पकड़कर एक साथ कार में बैठ जाते हैं, ड्राइवर कार स्टार्ट करता है, कार तेजी से चलने लगती है।

सुलोचना अपने बिस्तर पर बैठ जाती है, अपने सिर पर हाथ रखकर सोचती है कि उसके सिर से इतना बड़ा बोझ कैसे उतारा जाए! देव ने वास्तव में अपनी माँ का हार नहीं चुराया था, उसे फंसाया गया था; जिसके लिए उन्हें इतना अपमान सहना पड़ा, आज कोई भी आदमी सहन नहीं करेगा, या अगर सहेगा भी तो इस विला में एक घंटा भी नहीं रुकेगा। इतना कुछ सहने के बाद भी किसी आम इंसान का यहां रहना संभव नहीं है। लेकिन वह मुझसे ऐसे दिल से प्यार करता है लेकिन किसी को कह नहीं सकता। इस प्यार का क्या मोल! क्या वह नहीं देख सकता कि आज या कल मैं उस दुष्ट लड़के का हाथ थाम लूंगी, जिसे मैं पति के रूप में स्वीकार नहीं कर सकती और हमेशा के लिए यह घर छोड़ दूंगी! और अगर उसे सब पता है तो फिर वह इतना चुप क्यों है, और मुझे स्वीकार क्यों नहीं करना चाहता, अनगिनत विचार उसके दिमाग में गूंजने लगा।

विषधर को यह सोचकर बिल्कुल भी राहत नहीं मिलती कि सेठ परिवार में देव अभी भी अच्छे स्वास्थ्य में है। शादी से पहले बातचीत में कोई बदलाव न हो या घर में सुलोचना सभी को शादी का दिन टालने के लिए मजबूर न कर दे, इसी शंका से उनके घर जाने से भी नहीं हिचकिचाता। लगातार आने से सावित्री खुश होकर सुलोचना को कहती है.....

सावित्री: "देखना शादी से पहले वह तुम्हारा ख्याल रखने के लिए हर दिन हमारे पास आते है, ठीक उसी तरह शादी के बाद वह आते रहेगे और हम से मिलते रहेगे। वह तुम्हारे लिए सब कुछ करेगा। हमारे पास है ही क्या, तुम्हारे जाने के बाद हम अकेले हो जायेंगे! कोशिश करते रहना कभी-कभार आकर हमसे मिल सकें।"

सुलोचना: "तुम खुद जानती हो, तुम्हारे पास यह सोचने का मौका कहां है कि मुझे क्या चाहिए!"

सावित्री: "सभी लड़कियों के बारे में उनके माता-पिता सोचते हैं, इसलिए हम सभी पहलुओं पर विचार करके तुम्हारी शादी परिचितों के बीच कर रहे हैं ताकि शादी के बाद कोई अप्रिय घटना न हो। एक अलग घर और जिंदगी है, इसलिए सभी लड़कियों को शादी से पहले थोड़ा मुश्किल होता है, धीरे-धीरे सब ठीक हो जाएगा; फिर तुम्हारे भैया के बचपन का दोस्त है, एक-दूसरे को लंबे समय से जानते हैं।"

सुलोचना: "मैं उन्हें एक समय में जानती थी, तब और अब में बहुत अंतर है! तुम्हारी आँखें इसमें से कुछ भी नहीं पकड़ पाएंगी; सुलोचना कोई इंसान है क्या! उनका बचपना अभी तक खत्म ही नहीं हुआ है।"

इतना बोलते-बोलते सुलोचना अपने हाथों से लगाए गए पौधों को पानी छिड़कने लगी। घर के चारों ओर नजर उठाकर देखते ही उसे विषधर को गेट से अंदर आते हुए दिखाई दिया, मन ही मन बड़बड़ाती रही, साहबजादे आ रहे हैं।

विषधर सीढ़ियाँ चढ़ते हुए सोचने लगा अब मेरी शादी होने वाली है, लगता है कि इस तरह आना-जाना ठीक नहीं होगा। दरअसल वह लड़का जब तक यहां है, मैं चैन से सो नहीं पा रहा हूँ। मैं उस शिकार को कैसे निगल जाऊँ समझ में नहीं आ रहा है, क्या पता वह कब कारनामा करने बैठ जाए!

सोचते हुए सावित्री के पास जाकर प्रणाम करके घर के अंदर की सारी बातें पूछने लगा। लड़कियों के मुंह से बातें निकालने का माहिर धीरे-धीरे सावित्री के मुंह से सुनता है कि सुलोचना के नाम पर कौन सी प्रॉपर्टी है। सावित्री सरल शब्दों में कहती है हमारे पास जो कुछ है वह उसका है।

विषधर (मुस्कुराते हुए): “आपकी बेटी के पास जो कुछ भी है वह आपकी बेटी का है, लेकिन यह जान लो कि मेरे पास जो कुछ भी है, वह भी आपकी बेटी का ही है। आपका आशीर्वाद मेरे सिर पर बना रहे यही मेरी कामना है।”

सावित्री: “हमारी इकलौती बेटी सुलोचना सुजॉय को छोड़कर, तुम्हारे अंकल उसे खुश रखने की पूरी कोशिश करेगा। हमें तुम पर भरोसा है, तुम कभी उसका अनादर नहीं करोगे।”

विषधर: “आप इस बारे में निश्चिंत रहें, एक बार मिल लेता हूँ।”

काफी समय हो गया था सिगरेट नहीं पिया, सिगरेट लेकर बालकनी में आया, अचानक जेब में रखा मोबाइल फोन बजा, घबराकर मोबाइल उठाया...

विषधर (दबी हुई आवाज़ में): “हैलो मयूरी, कार्यसिद्धि लगभग हो गया है; जैसा कि तुमने कहा था, मैंने उसी अनुसार जाल बिछाया और सेठ परिवार की सारी मछलियाँ जाल में फँस गईं। सुलोचना के नाम पर क्या क्या प्रॉपर्टी है थड़ी बहुत मैंने जान भी लिया है। ऐसी व्यवस्था कर रहा हूं कि सुलोचना के नाम की सारी संपत्ति धीरे-धीरे अपने कब्जे में ले सकूं। इसके बारे में ज्यादा चिंता मत करो मेरी जान; सेठ इंडस्ट्रीज की संपत्ति का आनंद लेने के साथ-साथ विजय सेठ का एकमात्र तनया सुलोचना का रूप, यौवन भी मेरे हाथों में होगा। मैं इसके मधु को ग्रहण कर अपनी भूख-प्यास शांत कर लूंगा और सेठ परिवार के अहंकार को धरती की धूल में मिला दूंगा, तभी तो मैं गुणधर का

बेटा विषधर हूँ। मेरे शरीर में केवल विष ही विष मिलेगा। क्या मैंने कुछ गलत बोला!"

मयूरी: "क्या..... क्या कहा तुमने! एक बार और बताओ, सुलोचना का रूप-यौवन तुम्हारे हाथ में होगा, और मैं तुम्हारे पीछे रहूंगी, क्या सुन्दर विचार है तुम्हारा!"

विषधर (अपने ही मन को धिक्कारते हुए कहता है, क्यों मेरे भीतर की सारे बातें बाहर आ गई! इसलिए मैंने कॉलेज में दो बार फेल हुआ था। अब कैसे संभालूं....): "अरे...तुम तो बस गुस्सा हो जाती हो मयूरी, इतनी सी बात पर गुस्सा करेगी तो मुझे अच्छा नहीं लगता। तुम मेरी थी, मेरी हो और मेरी ही रहोगी, अर्थात तुम सदैव मेरी हो, मुझसे नाराज़ मत हो मयूरी; मैं पूरी तरह से तुमसे सहमत हूँ। तुमने कहा कि संपत्ति प्राप्त करने के लिए थोड़ा बहुत अभिनय करना है। और जब मैं acting करूँ तब थोड़ी सी हकीकत भी रहेगी। इसलिए मैंने कहा की सुलोचना का रूप, यौवन भी मेरे हाथों में होगा। तुम मुझे इतनी सी भी नहीं करने दोगी! मेरी जान, थोड़ा सोचो तो सही, उससे शादी होगी, सुहाग रात आएगी, मुझे जगना होगा, कहाँ कहाँ मैं acting करते रहूं, क्या हर जगह चुप रहना ठीक होगा! हर किसी पर तुम शक मत करो! थोड़ी-बहुत नोक-झोंक होगी, लेकिन तुम्हे उसे स्वीकार करना होगा। घबराओ मत, बाद में मैं नाच मयूरी के साथ अपनी नई जिंदगी का नया इतिहास शुरू करूंगा। अगर तुम चाहती हो तो उसे भी तुम पार्टनर के रूप में रख सकती हो!"

मयूरी: "विष, मैं देख रही हूँ कि तुम्हारी स्पर्धा भी कम नहीं है! जितनी बड़ी मुँह उससे बड़ी बात है! तुम दोनों हाथों में लड्डू लेकर एक बार दाएं हाथ पर, और एक बार बाएं हाथ पर स्वाद लेते रहोगे और खुशी से नाचते रहोगे! ऐसा मैं कभी होने नहीं दूंगी। मत भूलो कि मैंने ही तुम्हें यह अनुमति दी

थी, ताकि तुम सेठ इंडस्ट्रीज की संपत्ति पर अपना कब्ज़ा जमा सको और फिर हम सबकी आँखों में धूल झोंककर विदेश जा सकें और आराम से बाकि जिंदगी गुजर सकूँ। यदि तुम्हें सुलोचना के रूप से प्रेम हो गया है, तो तुम्हारी हालत यही होगी, जैसे चींटियों का पंख मरने के लिए ही होती है। शहद को खाते खाते मधु मक्खी मर जाती है। कान खोलकर सुन लो, अगर तुम्हें मयूरी को पाना है तो तुम्हें सुलोचना को भूलना होगा; और अगर तुम सुलोचना को पाना चाहते हो तो तुम्हें मयूरी को छोड़ना पड़ेगा। मैं तुम्हें दो प्यार के सागर में डूबने नहीं दूंगी।" फ़ोन लाइन काट दी....

विषधर (सूखी मुस्कान हा....हा....हा): "हुंह, तुम क्या कह रही हो मयूरी! क्या मैं पागल हूं जो तुम्हें पाने के लिए सुलोचना को भूल जाऊंगा! धत् तेरे की, तुम तो मुझे मिल ही चुकी हो, सुलोचना एक ताजा गुलाब है जो अभी मेरे प्यार के बगीचे में खिल रहा है। सभी पंखुड़ियाँ ताज़ा हैं, मैं इसे कैसे छोड़ सकता हूँ! और यदि सुलोचना की संपत्ति मेरी पहुंच में आ गई तो, तुम जैसी दस-बीस मयूरियां मेरे दोनों ओर सदैव नाचती रहेगी। मैं एक एक मोर का एक एक पंख को तोड़ता रहूँगा। मूर्ख मयूरी, तुम मूर्ख ही बनी रहो! मैं चाहता हूं कि तुम्हारा और सुलोचना का शारीरिक और भौतिक संपत्ति का उपभोग करके कॉकटेल का आनंद लेता रहूं।"

धीरे से आगे आया और सुलोचना के कमरे के बाहर खड़े होकर दरवाजा खटखटाया। थोड़ी देर बाद दरवाज़ा आधा खुला और अंदर से चेहरा थोड़ा बाहर निकाला....

सुलोचना: "आप क्या चाहते हो?"

विषधर: "आशिकी, तुम अभी से इतना नाराज मेरे ऊपर क्यों हो? आगे कैसे चलेगा! शादी के बाद तुम मुझे संभालोगी, इसलिए अब से धीरे-धीरे

इसकी आदत डाल लो। यह जान लो कि मैं वे घंटे और मिनट गिन रहा हूं जब मैं तुम्हें अपनी बाहों में पाऊंगा।"

सुलोचना: "मुझे अच्छा नहीं लग रहा है, मैं अकेला रहना चाहती हूँ। क्या आपको किसी और चीज़ की ज़रूरत है?"

विषधर: "नहीं.....मैं कह रहा था कि जब तुम्हारा शरीर ठीक नहीं लग रहा है, तो क्या मैं तुम्हे थोड़ी सेवा प्रदान कर सकता हूँ?"

सुलोचना: "नहीं, इसकी कोई आवश्यकता नहीं है।"

मन को द्रवित करने के लिए धीमी आवाज में...

विषधर: "तुम इतना गुस्सा मुझ पर क्यों निकालती हो! मैं हर समय तुम्हारे बारे में सोचता हूं, मैं तुम्हारे अच्छे होने की कामना करता हूँ। ये देखो.....ये देखो, मैं तुम्हारे लिए क्या लाया हूँ.......(अपनी जेब से एक गुलाब का फूल निकाला)

विषधर: "अगर तुम अपना सिर थोड़ा नीचे झुकाओगे तो मैं यह खूबसूरत गुलाब तुम्हारे सिर पर लगा देता हूँ।"

सुलोचना: "वह आप शादी के बाद ही देना।"

विषधर: "आह.... नाराज़ क्यों हो रही हो! तुम्हे पता है, शादी के बाद देने का मज़ा और अब देने का मज़ा, दोनो में बहुत अंतर है! अब तुम मेरा सपना हो; और शादी के बाद तुम असली होगा; क्या सपने हकीकत से ज़्यादा मीठे और ख़ुशहाल नहीं होते!"

सुलोचना: "सपने मीठे होते हैं, लेकिन बुरे सपने भयानक होते हैं; बेहतर होगा कि आप दुःस्वप्न देखना बंद कर दो।"

बिषधरः “तुम्हारा इतना अहंकार है! तुम अपनी मर्यादा भूल गई हो! तुम जानती हो कि तुम किस से बात कर रही हो, जो दो दिन बाद तुम्हारे घर का दामाद बनने वाले है! अगर तुम्हारे माता-पिता या भैया को पता चल गया, तो तुरंत तुम्हारा हाल क्या करेगी पता है! मैं तो यहां-वहां जाकर माला बदल लूंगा, लेकिन तुम क्या करेगी! तुम और तुम्हारे सेठ परिवार सर उठाकर जी सकेगा! इस इलाके में तुमसे मेरी शादी का खबर किसी का अज्ञात नहीं है।”

सुलोचना (ताली बजाते हुए थोड़ा मुस्कुराती हुई) “बह....बह, आप तो अच्छी बात कही, इधर-उधर जाकर माला बदल लोगी और मेरा क्या होगा! तुम इतने लेट क्यों हैं! मेरे गर्दन पर बोझ बने बिना दूसरों पर बोझ बनो जाकर। मैंने तुम्हें बुरा-भला नहीं कहा था, मैंने कहा था कि शादी के बाद गुलाब देना।”

थोड़ी देर पहले उसको मयूरी से डांट पड़ी थी, अब फिर सुलोचना ने उसका इतना अपमान किया, गुस्से से पागल होकर गुलाब को जमीन पर फेंक दिया और अपने बूट से दबा दिया...

बिषधरः “शादी के बाद जब बिषधर का जहर तुम्हारे शरीर में प्रवेश करेगा, तो तुम जहर के जलन से इतनी छटपटाओगी कि गुलाब की सुंदरता तुम्हारे लिए विनाश का कारण बन जाएगी। बिषधर का फन हमेशा तुम्हारी आँखों के सामने तैरता रहेगा, मैं आज जा रहा हूँ, शादी की रात तुम्हे आज का हिसाब चुकाना पड़ेगा। अलविदा।”

कुछ दिनों के बाद...

विजय सेठ: “सावित्री, क्या तुमने सुलोचना का चेहरा देखा कि वह कैसी हो गयी है! शादी को कुछ ही दिन बचे हैं, लेकिन उसके मन में कोई खुशी नहीं है, वह हमेशा चिंतित रहती है। उसमें कोई मुस्कुराहट, ख़ुशी या

उत्साह नहीं है, लेकिन मुझे नहीं पता कि मैं इस शादी से उसे सही कर रहा हूँ या नहीं!"

सावित्री: "शादी के बाद वह नई जगह, नए माहौल में जाएगी, इसलिए थोड़ा परेशान तो रहेगी।"

विजय: "क्या तुम्हे भी ऐसा हुआ था!"

सावित्री: "उह... आप इतने दिनों बाद पूछ रहे हो कि मुझे क्या हुआ था! मैंने सोचा था कि मैं डर के मारे भाग जाउंगी।"

विजय: "कहाँ जाना चाहती थी? डर किसका था?"

सावित्री: "तुम्हारे डर से मैं किसी रिश्तेदार के घर जाना चाहती थी।"

सुलोचना खिड़की के पास बैठकर सड़क की ओर देखने और सोचने लगी कि घर में इतने लोग हैं, किसी ने विषधर की चाल नहीं पकड़ पायी; हर कोई उससे अच्छी तरह से बातें करने लगते, लेकिन कोई यह नहीं समझना चाहता कि उससे मेरी शादी का मतलब यह है कि मुझे जीवन भर नरक भोगना पड़ेगा। केवल वह भैया का दोस्त है, यही एक बात को लेकर पूरे परिवार उसके पक्ष में है, और उससे मेरी शादी पक्की हो गई! मैं अकेली, किस किस को समझाती रहूँगी कि असल में वह एक शैतान है! हालाँकि पिता थोड़े अलग हैं, लेकिन माँ और भैया ने ऐसा समझाया है कि वह भी उनके तरफ हो गए। देव ने तो ऐसी कसम खाई कि वह योगी बाबा से किया अपना वादा कभी नहीं तोड़ेगा। क्या दो दिन के भीतर योगी बाबा ऐसा कोई चमत्कार कर सकते है! मुझे तो यकीन नहीं होता! पता नहीं देव किस धातु से बना जो सब कुछ उन पर छोड़ दिया है। कुछ भी हो, देव तो उसका अपना पुत्र नहीं है न! कैसे देव पर उसकी माया और ममता रहेगा! इसलिए देव को इतनी छोटा उम्र से ही सब कुछ करने के लिए शिखाया। देव ने मुझसे कहा था कि

याद करने से वह दूर से भी सुनते है। कितनी बार मैंने उसकी तस्वीर को गले लगाया और विषधर से बचने के लिए रोया। यह सब बकवास है, अब मैं नहीं जानती कि मेरे साथ क्या होनेवाला है! एक बार मैं भागने के बारे में सोचती हूं जिस दिशा में मेरी दोनों आंखें जाती हैं, फिर से मुझे अपने माता-पिता के बारे में याद आता है। अचानक एक चपरासी आया और उनके घर के लेटर बॉक्स में एक पत्र डाल गया। देखती हूँ जाकर चिट्ठी किसकी है! जिज्ञासावश लेटर बॉक्स खोला तो उसमें एक लिफाफा मिला जिस पर पत्र पानेवाला का नाम देव लिखा है, केयर ऑफ विजय सेठ, प्रेषक योगी बाबा। मन बहुत उदास हो गया, डर से दिल कि धड़कने तेज हो गयी! अब तो ऐसा लगता है कि देव सब कुछ छोड़कर हमेशा के लिए जंगल में चला जायगा।"

अपने कमरे में प्रवेश करते हुए ड्रेसिंग टेबल के सामने बैठकर लिफाफा पलट दिया और इधर-उधर देखा, अपनी जिज्ञासा को दबाने में असमर्थ रही और उत्तेजना से उसे फाड़ दिया। अपने आप को दोषी मन लिया इसलिए कि यह पत्र तो देव को लिखा है योगी बाबा ने, लेकिन मैंने इसे क्यों खोला! अंदर ही अंदर खुद को सांत्वना देते हुए सोचते रही...मुझमें जो तूफ़ान चल रहा है उसे कैसे रोकूँ! पत्र पढ़कर बहुत परेशान हो गई, जो सोचा था वही हुआ! अगर देव ने यह पत्र पढ़ लिया होता तो.......। आह भरते हुए उस पत्र को अपनी निजी डायरी में रखकर उस डायरी को ड्रेसिंग टेबल की दराज में छिपा दिया, ताकि कोई देख न ले। अचानक नई बहू (भाभी) मलिना घर में दाखिल हुई।

मलिना: "कैसी हो सुलोचना, तुम यहाँ अकेली बैठी क्या कर रही हो?"

सुलोचना (आंखों से आंसू पोंछते हुए): "और क्या करूंगी भाभी!"

मलिना: "वाह, अब तुम्हारी ख़ुशी की घड़ी है, अब क्यों रोएँ!"

सुलोचना: "तुम्हें कैसे पता है कि मैं कितनी दुखी हूँ!"

मलिना: “यह निश्चित है, तुम अपने माता-पिता के पास इतने लाड़-प्यार से बढ़ी हुई हो, अब यह सब कुछ छोड़कर जाना पड़ेगा, दुःख तो होगा ही!”

सुलोचना: “नहीं, किसी अजनबी का हाथ पकड़ना इतना मुश्किल नहीं होता, मैं जानती थी कि जो किस्मत में है वही होगा; लेकिन मैं जिसका हाथ पकड़ रही हूं वह परिचित है, इसलिए दर्द हो रहा है। अच्छा भाभी, तुम एक अजनबी के पास आयी हो, बहुत परेशानी में हो क्या!”

लड़की होने के कारण उसका मन की स्थिति को समझने के लिए अब कुछ बचा ही नहीं था।

मलिना: “तुम मेरे साथ आओ, मैं तुम्हारे साथ बैठूंगी और तुमसे बात करूंगी।”

सुलोचना मलिना का हाथ पकड़ती है और उनके कमरे में चली जाती है।

विवाह निकट है, चारों ओर लबादे लगे हुए है; सभी लोग घर की साफ-सफाई करने के लिए दौड़ रहे हैं; अचानक सबने देखा कि सुलोचना का कमरा खुला है। कभी सुलोचना को बुलाने से भी जल्द दरवाजा नहीं खुलता, पर आज उसका दरवाजा ऐसा खुला है। पता नहीं आज इतना जल्दी उठकर कहाँ गई! सभी ने ढूंढ़ने लगे सुलोचना कहाँ गई! बालकनी से लेकर छत तक, यहां तक कि मंदिर और आसपास के इलाकों में ढूंढने के बाद भी वह कहीं नहीं मिला। धीरे-धीरे घटना की जानकारी घर में सभी को हो गई, विजय सेठ, सावित्री, दरबान नंदलाल और सभी काम करने वाले लोग इधर-उधर खोजने लगे। सुबह सावित्री देखती है कि देव सफेद पायजामा और सफेद चादर पहने हुए है, और कुछ फूल लेकर मंदिर की ओर जा रहा है। उससे एक बार पूछके देखते है कि उसने सुलोचन को देखा है या नहीं!

विजय: “देव, क्या तुमने सुलोचना को देखा है?”

इतनी सुबह-सुबह सुलोचना के बारे में पूछने पर थोड़ा आश्चर्य हुआ...

देव: "मैं मंदिर में पूजा करने जा रहा हूँ, लेकिन मुझे कहीं दिखाई नहीं दिया!"

विजय: "मुझे नहीं पता कि वह कहाँ गयी है, बेहतर होगा कि तुम इधर-उधर देखें, यदि मिल जाए तो उसे ले के आना।"

देव ने सोचा कि वह अचानक घर से क्यों चली गयी और कहाँ गयी! जाने से पहले मुझसे कुछ नहीं कहा! लेकिन क्या उसने कहीं जाकर विषधर से शादी करने से बचने के लिए कुछ कर तो नहीं लिया! फिर तो इसके लिए सभी मुझे जिम्मेदार ठहराएँगे! उसने कितनी बार कहा, "तुम मुझे जहां भी रखोगे मैं तुम्हारे साथ वही रहूंगा।" क्योंकि मैं योगी बाबा के निर्देशों का उल्लंघन नहीं कर सकता था, इसलिए उसने खुद को अकेला समझकर ऐसा कोई गलत निर्णय ले लिया होगा! अगर वह कुछ ऐसी करती है तो मैं खुद को जिंदगी भर माफ़ नहीं कर पाउँगा; दिल तेजी से धड़कने लगता है। मंदिर की मूर्ति पर फूल चढ़ाकर उसके शीघ्र वापस आने की प्रार्थना करता है, और फिर उसे खोजने के लिए खुले दरवाजे से बाहर निकाल जाता है।

जैसे-जैसे समय बीतता जाता है, यह खबर चारों ओर फैल गई; विषधर ने जैसे ही सुना, वह तेजी से आया। घर के सारे लोग चिंतित हैं। नंदलाल रोज गेट की रखवाली करता है, और लोगों के आने पर गेट खोल देता है, लेकिन अभी तक उसने सुलोचना को गेट से बाहर निकलते नहीं देखा है। घर में लोगों की भीड़, शादि दो दिन बाद होने वाली है, सबका एक ही सवाल, "क्या सुलोचना लौट आई?" विजय सेठ और सवित्री इस कदर टूट चुके है कि वे दोनों एक घर में बैठ गए, किसी से मिलना या बात करना बंद कर दिया।

विषधर के चेहरे पर चिंता की झलक, यह शादी ही उसे समाज में स्थापित कर सकती है। अगर यह रिस्ता टूट गया, तो उसे अपनी बाकी जिंदगी मयूरी का गुलाम बनकर गुजारनी होगी। सोचते रहा देव यहां रहते हुए सुलोचना क्यों अकेली चली गई है! इसके पीछे जरूर उसका हाथ हो सकता है! सुलोचन को पहले ही योजना बनाकर हटा दिया गया ताकि वह सही समय पर यहाँ से चुपके से निकल सके! जल्दी हाँपते हुए दूसरे मंजिल में, जहाँ विजय सेठ बैठे थे, उनके पास आया।

विषधर: "अंकल मैं कह रहा था, आप सब को सावधान रहना चाहिए, हो सकता है कि ये सब देव की कोई बड़ी चाल है। उसने जानबूझकर सुलोचना को पहले ही यहां से दूर कर दिया, इसलिए कि वह मुझसे शादी न कर सके। अब देखना, अचानक वह यहां से गायब हो जायगा। यह उसकी गहरी चाल है, जिसे आप लोग कोई नहीं पकड़ सकता। मुझे नहीं लगता कि वह अच्छा लड़का है!"

विजय सेठ (थोड़ा धमकी भरे स्वर में): "बंद करो ये सब तुम्हारा नाटक, अगर आज भी देव आकर मुझे बताये कि उसे सुलोचना से शादी करनी है, तब भी मैं उसे मना नहीं करूँगा। मैं उसे अच्छी तरह से जानता हूँ वह कैसा लड़का है। वह योगी बाबा के निर्देश के बिना एक भी काम नहीं करता। हालाँकि हमने उसे बहुत समझाया, फिर भी वह एक ही बात कहता है, 'जब बाबा मुझे बुलाएँगे तो मैं चला जाऊँगा', जाओ, तुम और सुजॉय दोनों मिलकर पुलिस स्टेशन में रिपोर्ट करो, मुझे डर है कि उसे कुछ हो तो नहीं गया!"

विषधर उदास मन से सुजॉय के पास जाता है।

इस बीच, पहाड़ी सड़क पर और घर के आसपास नहीं मिलने पर, देव भारी मन से अकेले घर लौटता है, यह सोचकर कि अगर सुलोचना वापस

नहीं आई या वह नहीं मिली, तो मुझ पर आसमान टूट पड़ेगा। फिर विषधर सारा दोष मुझे ही देगा और सुजॉय के साथ मिलकर मुझे थाने के हवाले कर देगा! इससे तो बेहतर यह है कि मुझे तुरंत घर छोड़ देना चाहिए, और किसी दूर इलाके में कुछ काम ढूंढना होगा ताकि किसी तरह जीवित रह सकूं। जब तक योगी बाबा मुझे नहीं बुलाते, तब तक मैं वहां वापस भी नहीं लौट सकता। आज मेरी जिंदगी में सुलोचना के बगैर कोई है भी नहीं। मैं जाऊं तो किसके पास जाऊं! हजारों प्रश्न चिह्न मन में उथल-पुथल हो रहे है।

समय बीतता जाता है, घर पुलिस से भर गया, हर कोई गहरे दुःख में होने के कारण चारों तरफ गुनगुनाहट भरा माहौल है। अपने कमरे में प्रवेश करने के बाद लाल पोटली के अंदर दो-चार बहुत ही जरूरतों के सामान रखकर बाहर निकला, यह सोचकर कि आज से इस घर का दरवाजा उसके लिए हमेशा के लिए बंद हो गया। कुछ भी नहीं सोच पा रहा है कहाँ जाना है, क्या करना है, कभी अपने लिए जेब में एक पैसे नहीं रखा। दिल में योगी बाबा के प्रति बहुत गुस्सा होने लगा, मन ही मन सोचने लगा इतना सख्त आदेश उसे क्यों दिया था, जिसके कारण सभी का जीवन बर्बाद हो गया! पुरानी यादें याद आती रही हैं, सुलोचना से बातचीत के क्षण आंखों के सामने घूम जाते हैं, 'तुम कौन देव, किस जगह का देव, देवाधिदेव, इंद्रदेव न पति...इस्स....! तुम मुझे छोड़कर चले तो नहीं जाओगे! तुम्हारे बिना मैं कभी नहीं रह सकती! बताओ अगर तुम मुझे छोड़ दोगे, तो क्या मेरे लिए तुम्हे थोड़ा कष्ट भी नहीं होगा! तुम मूर्ख हो, तुम्हें यह भी नहीं पता कि स्वर्ग की एकमात्र सीढ़ी 'सत्य' है। तुम्हारा हाथ पकड़कर मैं कठिन रास्ता भी आसानी से पार कर लुंगी, लेकिन तुम्हारे बिना मैं सीधे रास्ते से भी भटक जाउंगी। मेरे शरीर में जहर नहीं है, मैं तुम्हारा जहर चूस लिया और मेरा अंदर का प्यार तुम्हे देकर जा रही हूँ।' वह थोड़ा उबला हुआ केला-आलू खा लेता और कहता, तुम्हारा भोजन अमृत है। मैं यही उम्मीद रखता हूं कि तुम सिर्फ मेरी होगी।' सीढ़ियां उतरते वक्त देव का

दो आंखें भर आईं; पोटली को उठाकर घर का गेट पार कर चुपचाप घर से निकल गया, सड़क पर चलने लगा और रात भर चलता रहा।

अगले दिन देखा कि सड़क के दोनों ओर दुकानें, गाड़ियाँ, घोड़े और बाज़ार थे, लेकिन जेब में कुछ भी नहीं है। गाड़ी में चढ़ नहीं सकता क्यों की किराया देने का पैसा नहीं है। जब ज्यादा भूख लगती है तो कहीं सप्लाई या ट्यूबवेल से पानी पी लेता हैं। थक जाता हैं तो कुछ देर पेड़ के नीचे आराम कर लेता हैं। पागल की तरह अनजाने रास्ते पर चलता ही रहता, उसे नहीं पता कि वह कहां जा रहा है या क्यों जा रहा है। चलते-चलते शहर छोड़कर मोहल्ले के बाहर चला आया, रात को सड़क के किनारे किसी पेड़ के नीचे या किसी बंद दुकान या घर के बाहर बरामदा में लेटकर सो जाता है। अगले दिन, अबिश्राम चलना शुरू कर दिया, जैसे-जैसे दिन चढ़ता गया, उसका शरीर शिथिल होने लगा। लगातार चलने से टाँगें सूजकर भारी हो गयी हैं, असम्भव भूख लगती है जो सहन नहीं कर पाता।

कुछ दूर पर एक जामुन का पेड़ देखा, जिस पर कई लाल और काले जामुन लगे हुए है। बचपन में पेड़ों पर चढ़ने की आदत थी, तुरंत पेड़ पर चढ़ गया जमीन पर लाल पोटली को छोड़कर। हाथों की पहुंच में आने वाले सारे जामुन तोड़ ली और पैंट की जेबों में रखकर निचे उतर आये और पेड़ के नीचे बैठ कर खाने लगा। पेट में थोड़ा सा खाना उसे उनींदा बना देता है, उसकी आंखें अपने आप बंद हो जाती हैं। कुछ देर बाद लोगों की चीख-पुकार से तंद्रा टूटी, देखा कि कई लोग एक शव को ले जा रहे हैं और जोर-जोर से "राम नाम - सत्य है" बोले जा रहे है। शव बाहकों के शब्द सीने में हथौड़ा जैसा पीटने लगा!

एक शव वाहक: "देखो भाई, हमें इसी नदी के किनारे दाह संस्कार ख़त्म करके जल्दी ही लौटना है क्योंकि बगल में घना जंगल है, शाम को वहाँ कोई आता-जाता नहीं है।"

दूसरा एक शव वाहक: "अंतिम संस्कार हो या न हो, मैं शाम चार बजे के बाद यहां कदम नहीं रखूंगा। तुम्हे रहना है तो रहो, मेरे घर में बीबी बच्चे सकोश नाम सुनते ही डर जाते हैं।"

"सकोश जंगल"...यह शब्द देव के कानों में गूंजता रहा, योगी बाबा के साथ रहते हुए उसने कई बार यह नाम सुना था। जीवन की शुरुआत की कितनी यादें उस हरे-भरे जंगल में छिपी हैं। मानो जंगल में कोई उसे बुला रहा हो, "आ जा देव, आ जा, डर मत।" कुछ ही देर में शव को कंधों से उतर कर जमीन पर रखा और दाह संस्कार की करवाई शुरू कर दी। उनमें से एक ने उसे नदी की ओर जाते देखा, डर और आश्चर्य से चिल्लाया.......

शव वाहक: "भाई, तुम उधर काहे को जा रहे हो?"

देव (जवाब देता है): "नदी के उस पार।"

शव वाहक: "क्यों भाई, मरने के लिए जा रहे हो!"

एक और शव वाहक: "मत जाओ मेरे भाई, दिन में भी कोई उस तरफ अकेला नहीं जाता। अभी देर हो गई है, जल्दी ही शाम हो जाएगी; अब जाओगे तो वापस नहीं आ पाओगे। उस विशाल जंगल में सभी नरभक्षी, साँप हैं; यद्यपि तुम उनसे बच भी जाओगे, परन्तु प्रेत आत्माओं और जंगली जनजातियों से नहीं बचोगे।"

देव (धीरे से मुस्कुराते हुए): "मैं भूल गया हूं कि मेरे अंदर प्राण है, अगर मैं किसी तरह एक बार सदानंदपुर जा सकूं तो फिर मुझे कोई चिंता नहीं रहेगी। डरो मत, मुझे कुछ नहीं होगा।"

शव वाहक: “भाई, तुम्हें पता है तुमने कितनी बड़ी गलती की है! तुम जिस रस्ते से सदानंदपुर जाने की बात कर रहे हो, वह यहां से होकर जाओगे तो कभी नहीं पहुंच पाओगे। यह जंगल का दूसरा किनारा है, तुमने गलत दिशा ले ली है। अभी भी समय है, जल्दी लौट आओ। यदि तुम इस जंगल को पार करोगे तो तुम एक गहरे जंगल में प्रवेश करोगे; यदि तुम एक बार सांगपो के हाथ पड़ गये तो तुम अपनी जान नहीं बचा पाओगे। तुम्हें समझना होगा कि मैं तुम्हें इतनी चेतावनी क्यों दे रहा हूँ! कल सुबह तुम यहां से पांच कोस दूर हबीबपुर गांव से आसानी से सदानंदपुर जा सकते हो। यहाँ का रास्ता घने जंगल तक जाता है, देख नहीं रहे हम इसी रास्ते से एक साथ यहाँ आये हैं। क्या तुम्हें यहां कोई खास लोग दिख रहे हैं, तुरंत वापस चले जाओ!”

देव: “मेरे पास लौटने का कोई रास्ता नहीं है, मृत्यु मेरे लिए आनन्द है; मैंने सब कुछ खो दिया है। मैं किसके साथ जीऊंगा और किसके लिए जीऊंगा, देखता हूँ क्या मुझे इस जंगल में जीवित रहने का कोई रास्ता मिल सकता है या नहीं!”

एक और अंतिम संस्कार जुलूस में आये हुए शव वाहक (दूसरों को संबोधित करते हुए): “जब वह मरने वाला हो तो उसे मत रोको।”

फिर सभी शव वाहकों ने एक साथ बोलने लगे, “राम नाम, सत्य है” और एक आदमी एक लम्बे बांस से शव को ठोकता रहा जैसे अच्छे से शव जल्दी जल जाये।

देव ने देखा कि नदी में ज्यादा पानी नहीं है, उसने अपनी पैंट को थोड़ी मोड़ ली ताकि नदी में पानी के अंदर पैदल चल सकें। पोटली को कंधे पर रखकर धीरे-धीरे नदी पार कर गया; उसने अपनी पैंट और शर्ट को ठीक किया और जंगल में चलने लगा।

धीरे-धीरे शाम होने लगी; जंगल में ऐसा लगता है मानो चारों ओर अंधेरा ही अंधेरा है, कीड़े की चहचहाहट कानों में गूंज रही है। अँधेरे में चलते-चलते जूते फट जाते है, जिसे कोशिश के बाद भी ठीक नहीं किया जा सका। घना जंगल, चारों तरफ अंधेरा, समझ में नहीं आ रहा कि कैसे जाएं, किस दिशा में जाये। किसी तरह एक-एक कदम नंगे पैर पर धीरे धीरे चलने लगा। चलते समय शरीर थककर बहुत कमज़ोर होने लगा; सिर घूमने लगता है, दोनों आंखें बंद हो जाती हैं। प्यास से गला सूख गया है, एक गिलास पानी न जुटाया तो खड़ा नहीं हो सकता। धीरे-धीरे आगे बढ़ते हुए कानों में एक आवाज आती है, सूखे पत्ते पर एक-दो पानी की बुँदे जैसा देखने में लगा। जहां गिर रही हो वहां खड़े होकर कुछ पत्तियां उठाएं और देखा कि पत्तियां गीली हैं। ऐसा प्रतीत होता है कि पेड़ से कोई जड़ी-बूटी का रस या पके फलों का रस या गोंद गिर रहा है! जल्दी से एक छोटा सा डब्बा जो पोटली के अंदर रखा था निकालकर जहाँ पानी जैसा रस गिर रहा था वहां रख दिया ताकि डब्बा उस रस से भर जाने से पी सकें। पैरों की सूजन और दर्द कम न होने पर जमीन पर सर रखकर सूखे पत्तों पर लेट जाता है। डब्बे में पेड़ से रस गिरने लगा। थोड़ी देर बाद डब्बा आधा भरा हुआ देखकर मन थोड़ा शांत हुआ। इसे भरने दो, मैं थकान मिटाने के लिए आंखें बंद कर लेता हूं, और शरीर फैला देता हूं। थकान, प्यास और भूख के कारण सो जाता और भूल जाता है कि वह कहाँ है। अचानक तेज सिसकारी की आवाज से नींद टूट गई; जब अपनी आँखें खोलीं, तो देखा कि जिस पेड़ के नीचे लेटा हुआ है, उसकी एक ऊँची शाखा पर एक विशाल अजगर साँप, जिसका सिर नीचे की तरफ था, उसके मुँह से रस या लार टपक रही थी। जब धड़कती हुई पोटली को लेकर खड़ा हुआ तो उसका चेहरा भयभीत हो गया! एक जंगली जानवर तेजी से दौड़कर उसके ओर आ रहे है! जल्दी से अपना शरीर पेड़ से सटाकर खड़ा हो गया, थोड़ी देर बाद एक जंगली बाइसन या हाथी आँखों के सामने दौड़ गया,

उसकी एक क्षण भी खड़े रहने की हिम्मत नहीं हुई। कानों में रैटलस्नेक की आवाज, लोमड़ी का हुक्का और रात्रिचर पक्षी का कर्कश रोना भयभीत कर देती है। एक एक कदम बहुत ही सावधानी से रखकर आगे बढ़ता है; जंगल घना हो जाता है, कुछ दिखाई नहीं देता। क्या करूँ, क्या न करूँ, यह सोचकर धीरे-धीरे आगे बढ़ता है। अचानक ध्यान आया पैर को उठा नहीं पाता, दोनों पैर जमीन के नीचे गड़े हुए प्रतीत हो रहे हैं। बहुत कोशिशों के बावजूद अपने शरीर को ऊपर की ओर खींचने में असमर्थ हो गया। उसे मालूम हुआ शकोश जंगल में जंगली सांगपो जनजातियाँ रहते है, उन लोग नरभक्षी होते है। शायद उनके द्वारा बिछाई गयी जाल में वह फंस गया। कई साल पहले योगी बाबा ने कई बार सुनाया था कि जंगल के एक किनारे पर जंगली सांगपो जनजातियाँ रहते है जहाँ कोई नहीं जाता। वे सांगपो जनजाति लोगों को फँसाने के लिए पकड़ती हैं और अमावस्या के दिन उसे जंगल की देवी 'संगमुंडी' के सामने बलि चढ़ा देते हैं। जब दूसरे जानवर जाल में फंस जाते हैं तो वे देवी को बलि चढ़ाकर खा लेते हैं। इसलिए इस इलाके में लोगों का आना-जाना लगभग वर्जित है। अचानक कानों में जंगली जनजाति की उल्लास और चीत्कार गूंजने लगी, सीने का खून सूख जाता है, बार-बार कोशिश करता रहा कि किसी तरह शरीर को गड्ढे से बाहर निकाला जाए, लेकिन कामयाब नहीं हुआ। रात के अंधेरे में, जंगली आदमियों का चिल्लाना और जयकार करना "हुल्ला हू, हुल्ला हू, हू हुल्ला, हू हुल्ला" और ढोल की आवाज उसे मौत का पैगाम समझ में आया।

धीरे-धीरे आवाज उसकी ओर आने लगी! थोड़ी देर बाद, बहुत सारे आधे-नग्न पुरुष और महिलाएं मशालों के ढेर के साथ नाचते और चिल्लाते हुए दिखाई देते हैं "हू हुल्ला, हू हुल्ला.... हू, हू!" धीरे-धीरे सभी लोग उसके आसपास इकट्ठे हो गए, उनकी खुशी देखकर देव के सांसें फूलने लगे। दो-चार लोगों ने झटपट उसके हाथ पीछे करके पत्तों से बाँध दिये, फिर उसे गड्ढे से

बाहर खींचकर खड़ा कर दिया। थोड़ी देर बाद उन सब के जो लीडर या सरदार है, आया और बोला, “सांगपो नीकु, संगमुंडी कुल्ला।”

डर के मारे देव का प्राण जैसे बाहर निकालकर आ गया! सरदार के मुँह से निकले शब्दों को देव ने समझने की कशिश की और इसी तरह मतलब निकाली; ‘संगमुंडी’ उन लोगों के देवी माँ है। उस देवी माँ के समक्ष मनुष्य को बलि चढ़ाना उनके नजरों में पुण्य माना जाता है। इसलिए उन सब ख़ुशी से झूम उठे। इसमें कोई शक नहीं कि वह जंगली ‘सांगपो’ के जाल में फंस चुके है। सरदार के हाव-भाव का मतलब था कि देव को बलि दिया जाएगा और अब उसे देवी के पास ले जाने का समय आ गया है। हर कोई झट से उसे चारों ओर घेर लिया और खुशी से नाचना और ढोल बाजाना शुरू कर दिया। पत्तियों और जड़ी-बूटियों से बनी जलती हुई माशाले सभी ने एक हाथ में पकड़ रखा। घने जंगल के रास्ते से होते हुए उसे एक गुफा जैसी जगह पर ले आया जहाँ एक बड़े पत्थर थे। ऐसा लगता है जैसे उस पत्थर पर कोई प्राचीन मूर्ति खुदी हुई हो। यह ‘संगमुंडी’ होगी, यहां उसकी बलि दी जायगी और उसका मांस उन सभी सांगपो खाएंगे या जंगल में फेंक देंगे। सरदार आगे आया और देवी माँ कि पूजा करने कि रीती रिवाज धीरे धीरे निभाते रहे, जबकि बाकी लोग उनके जंगली भाषा में नाचने-गाने लगे, जिसका मतलब देव समझने लगे.....

हू हुल्ला, हू हुल्ला, हू हू

वाह... वाह... वाह... वाह

तुम भी खाओ, हम भी खाये

हम सब लोग मिलके खाये

खून चूसकर मांस खाएंगे

हू हुल्ला, हू हुल्ला, हू हू

प्रसाद चढ़ाएंगे, हड्डियां चबाएंगे

जिगर, तिल्ली फाड़कर खा लेंगे

रात को टुकड़ों में काटा जाएगा

लोमड़ी-कुत्ता साझा करेगा

वाह... वाह..... वाह.... वाह

हू हुल्ला, हू हुल्ला, हू हू

आज रात को वली चढ़ेगा

संगमुण्डी खुश होगा

बाहर वाले को मार डालेंगे

जंगल में राज करेंगे

वाह... वाह..... वाह.... वाह

हू हुल्ला, हू हुल्ला, हू हू

पत्थर के नीचे एक खड़गा था, जिसे सरदार ने निकाला और उसे एक बार पत्थर की मूर्ति पर और एक बार अपने सिर पर लगाया प्रणाग के उद्देश्य से। काफी समय से उपयोग में न आने के कारण एक-दो स्थानों पर थोड़ा सा जंग लगा हुआ है। सरदार ने सावधानीपूर्वक उसकी जांच की, उसे पत्थर पर दो-चार बार रगड़ा, जंगल के कुछ फूल और पत्ते देव कि गर्दन पर माला बनाकर दो-चार सांगपो महिलाएं पहनाया, दोनों हाथ पीछे से कसकर बांध कर पत्थर की मूर्ति के पास उसे लाये और घुटनों के बल उसके सिर को झुकाया बलि देने के लिए। मूर्ति के सामने आधे बैठे हुए देव; ढोल जोर-जोर से बजने लगे, सभी लोग "हू हुल्ला.....हू हुल्ला, हू.....हू, चिल्लाते हुए नाचने लगे। सरदार ने खड़गा उठाया और देव के सामने आ गया; उन्हें बलि चढ़ाने के लिए अपने कंधे से ऊपर खड़का को उठाया....., अचानक ढोल

की आवाज और लोगों की चीख-पुकार से चट्टान के नीचे लिपटे एक जहरीले सांप ने घबराकर सरदार के पैर में काट लिया। मुखिया के हाथ से खड़गा गिर गया, मुखिया जमीन पर गिरकर तड़पने लगा, मुखिया के अचानक खतरे से सभी लोग स्तब्ध रह गये। जैसे जंगली लोगों में अंधविश्वास होता है, वैसे ही भोलापन भी होता है। वे सोचते हैं कि देवी माँ को देव पसंद है, और हमारा सरदार उसे मारने गए तो देवी माँ ने रुष्ट होकर सांप को छोड़ दिया। इसलिए सरदार का अनर्थ हो गया। सभी एकसाथ मिलकर देव का बंधे हुए हाथ को तुरंत खोल देती है। सौभाग्य से वह लाल पोटली जो देव साथ में लाये थे वहां मिल गयी। बचपन में योगी बाबा ने उसे जंगल में अपनी रक्षा कैसे करनी है, यह बताते थे, विभिन्न विद्याओं और तंत्रों-मन्त्रों में उसको पारंगत कर दिया था। देव जानता था कि जंगल में साँप या अन्य जानवर के काटने पर उसका इलाज कैसे किया जाता है। पोटली के अंदर से कुछ पेड़ों की जड़ें और साधना सामग्री निकालें और सभी को थोड़ी दूरी पर खड़े होने का निदेश दिया। उस समय सभी को उस पर असीम विश्वास हो गया कि देवी माँ क्रोधित हो गईं थी क्योंकि उनका सरदार उसे वध करने गया था; और सरदार को मारने के लिए देवी माँ ने साँप को छोड़ दिया। उसका इशारा समझकर सब लोग पीछे खड़े हो गये; सरदार जमीन पर बेहोश पड़ा है। कुछ देर तक मंत्र जाप करने के पश्चात उसे बिस्वास आ गया कि योगी बाबा की सिखाई हुई विद्या कभी निष्फल नहीं हो सकती। उसने अपने हाथ में तीन कौड़ी लेकर जंगल की तीन दिशाओं में फेंक दीं। थोड़ी देर बाद उस पहाड़ी सांप ने धीरे-धीरे अपना फन उठाया और सरदार के शरीर की ओर आया। देव के निर्देशानुसार सभी ने दूर-दूर खड़े होकर बार-बार देवी माँ को प्रणाम करता रहा और आश्चर्य से साँप को देखता रहा। जब सांप सरदार के पास आता है तब सब ने देखा कि सांप के सिर पर वह तीन कौड़िओं में से एक चिपके हुए है, जिसे कुछ देर पहले देव ने मंत्र पढ़कर फेंक दिया था। सांप

धीरे-धीरे सरदार के पैर के घाव को दोबारा काटता है और सारा जहर सोख लेता है। जब मनुष्य के शरीर के जहर सांप के शरीर में जाता है तो सांप भी पूरी तरह से बेजान हो जाता है। सभी ने देखा कि वह कौड़ी जो सफ़ेद रंग कि थी वह धीरे धीरे काली हो गयी और सांप के सर से नीचे गिर गयी। बेजान सांप बहुत मुश्किल से धीरे धीरे जंगल कि ओर चला गया (यह विद्या सच है। आज से 75-80 साल पहले लेखक के पत्नी का पिता (ससुर जी) ने बचपन में रायगंज से दूर धमजा के जंगल में देखा था, जहां एक ग्रामीण को सांप ने काट लिया था और एक फकीर ने मृत घोषित किया गया ग्रामीण का इलाज उस पद्धति से करके उसे बचा लिया था)। जब सरदार की आँखें चौड़ी हो गईं, तो हर कोई खुशी से झूम उठे। सब मिलकर उसे अपने कंधे पर उठाया और "हू हुल्ला..... हू हुल्ला, हू....हू" कहते हुए खुशी से नाचने लगे। मुखिया समेत सब लोगों ने उसे पत्थर की मूर्ति के सामने खड़ा कर दिया; फिर सभी ने अपना अपना हाथ ऊपर उठाकर एक पैर पर खड़े हो गये, दूसरे पैर को मोड़कर घुटने पर रख लिया और झुक गया सम्मान देने के लिए, जो हमारे झुकने से (प्रणाम के लिए) थोड़ा अलग है। वह आदरपूर्वक देव के भोजन के लिए कुछ फल एकत्र करते है, फिर सभी लोग चले जाते हैं। घने जंगल में अकेले, बहुत असहाय महसूस करने लगा, भूख और प्यास मिटाने के लिए, उनके द्वारा छोड़े गए एक या दो जंगली फल खाकर देखा बहुत स्वादिष्ट है। खाकर सोचा यहां पर ऐसे बैठे रहने से और खतरे में पड़ सकते हैं। दिल में हिम्मत जुटाकर जेब में रखे अपनी मां के कपड़े का एक टुकड़ा निकाला, अपने लंबे बालों को रिबन की तरह बांधा और एक कदम...दो कदम चलने लगा। घने जंगल में अँधेरे में नंगे पैर चलने से पैरों में कांटे चुभने लगे। झट से अपने हाथ से काँटा निकाला और एक हाथ से पैर पकड़ लिया जिससे खून बहना बंद हो गया। ऐसी स्थिति में वह आगे बढ़े या न बढ़े, डर के मारे झिझका और आगे बढ़ने लगा; एक लड़की की धीमी आवाज में कुछ

फुसफुसाते हुए सुनाई देती है। उसने कान खड़े कर सुनने की कोशिश की और इधर-उधर देखता रहा, पर कुछ दिखाई नहीं दिया। उसे महसूस होने लगा की ठंडी हवा के साथ सुगन्धित कुछ बहता जा रहा है, जो उसे कुछ संकेत देना चाहता है। थोड़ी देर बाद वह लड़की की आवाज फिर से सुनाई दी, इस बार उसने बिलकुल कान के पास लड़की की आवाज़ सुनी, "देव धीरे चलो।" आश्चर्य की बात यह है, ऐसी आवाज पहले कभी नहीं सुनी थी। रात के अँधेरे में जंगल में अकेले, एक लड़की की आवाज़ मात्र जिसे दिखाई न दे, दिल डर से धक् धक् करने लगा, शरीर भी थोड़ा थोड़ा कांपने लगा। मन ही मन एक अज्ञात भय से भयभीत होने लगा कि सुलोचना तो कुछ दिन पहले ही घर से निकली थी, पर कहीं उसने आत्महत्या तो नहीं कर ली! हो सकता मेरे साथ उसके जो रिश्ते थे उसे तोड़ नहीं पायी। स्वयं को जिम्मेदार मानकर उसकी आत्मा का कष्ट को सोचते हुए दिल टूट जाता है। थोड़ी सी हिम्मत करके फिर आगे बढ़ने लगा, सीने के अंदर धड़कने तेज होने लगी! जैसे ही एक कदम आगे बढ़ा, पायल पहने हुए किसी लड़की की कदमों की आहट सुनाई दी। ठीक उसके सामने, कोई लड़की पैर पर घुंघुर बंधे हुए आगे आगे चल रही है। डर से उसका पूरा शरीर कांप रहा है। पैर इतने अकड़ गए हैं कि उसे हिलाने की क्षमता नहीं रहती। एक जगह पर खड़े होकर सोचने लगे कि क्या करें और क्या न करें! कुछ देर खड़े रहने के बाद देखा वहाँ कुछ भी नहीं है, बस कीड़ों की सरसराहट और हवा चलने की आवाज़ थी। जैसे ही उसने अपना पैर उठाया और एक कदम आगे रखा, लड़की के पैरों पर नूपुर के कदमों की आवाज आई और कानों में सुनाई दी, "देव, धीरे चलो"... साथ ही हवा की सुगंध महसूस हुयी। अब बिना डरे खड़ा होकर अपने आप से बोला, "कौन....कौन हो तुम! क्या तुम सुलोचना हो!" देर रात जंगल में शब्द बड़बड़ाते और गूँजते हैं, कोई जवाब नहीं आता, एक मीठी मुस्कान 'हो...हो...हो' हवा में गायब हो जाती है। साहस के साथ एक-एक कदम

आगे बढ़ने लगा, अब साफ समझ में आ रहा है कि पैरों में घुंघुर बंधे हुए कोई लड़की उसके आगे आगे जा रही है, जो थोड़ी देर पहले सुना था वही नूपुर या घंटी की आवाज है। उसी आवाज को अनुसरण करते हुए आगे बढ़ते चला। एक स्थान पर आकर ध्यान दिया कि घुंघुड़ की आवाज बहुत तेज और बार-बार हो रही है; ऐसा लगता है मानों कोई घुंघुर पहन कर उस जगह पर नाच रहा हो! मन ही मन सोचता है कि उस स्थान पर कोई रहस्य है, जिसके कारण उसे आगे बढ़ने से रोका जा रहा है। सावधानी से चलने पर उस जगह में खड्डा दिखाई दी। भोर के समय कम रौशनी में कुछ दुरी पर तुलसी मंच का एक जोड़ा दिखाई दिया। यद्यपि दोनों वृक्षों के सिर अलग-अलग है, फिर भी वे एक-दूसरे से चिपके हुए है। सुबह होने पर लड़की की और घुंघुर की आवाज सुनाई नहीं देती। आगे देखने पर सफेद मंदिर दिखाई देता है। तुरंत याद आया कि यही वह मंदिर है जहां उसके बचपन की यादें जुड़ी हुई हैं; आनन्द में खोकर जोर-जोर से चलने लगा। अचानक योगी बाबा की चेतावनी याद करके दिल तेजी से धड़कने लगा, "जब तक मैं न बुलाऊँ, तुम यहाँ कभी वापस नहीं आओगे।" एक बार रुका, क्षण भर को सोचा कि मेरे जीवन में और क्या रह गया जिसके सहारे मैं जी सकूंगा! उनकी चेतावनी मेरी जिंदगी खत्म कर दी! क्या होगा, सोचते हुए मंदिर की ओर आगे बढ़ता है। आगे आकर फूलों से ढकी एक कब्र देखी तो तुरंत फूट-फूटकर रोने लगा; क्या योगी बाबा हमे छोड़कर चले गए! बिल्कुल असहाय होकर कब्र पर सिर पटक-पटक कर रोने और बड़बड़ाने लगा, "तुमने मुझे बताया क्यों नहीं, मैं तुम्हारे पास आ जाता। आज सबने मुझे छोड दिया, पर तुमने मुझे अकेला क्यों रखा! मैं अभी जिंदा होते हुए भी मर चुका हूं।"

अचानक सिर पर किसी मुलायम हाथ का स्पर्श महसूस हुआ। घुटने टेके हुए अपना सिर उठाया और देखा योगी बाबा उसके पीछे खड़े है, उनका विशाल सुनहरा शरीर, उनके चेहरे पर एक दिव्य मुस्कान, गले में एक विशाल

रुद्राक्ष की माला, सफेद दाढ़ी और सिर पर लम्बे वालो की एक गांठ बंधा हुआ है।

योगी बाबा (शांत गंभीर स्वर में): "डरो मत, मैं यहाँ हूँ। तुम्हारी छोटी माँ का दो दिन पहले निधन हो गया, यह उनकी कब्र है।"

देव ने छोटी माँ का कब्र को प्रणाम किया।

योगी बाबा: "कुछ दिनों पहले मेरा शरीर बहुत खराब हो गया था, मैंने तुम से एक बार मिलने के लिए एक पत्र लिखकर लिफाफे में भेजा था, जिसमें तुम्हे सदानंदपुर आने का विवरण था। मेरे आदमी को सदानंदपुर में तैनात किया गया था, ताकि जब तुम आ जाओ, तो वह तुम्हे अपने साथ लेकर यहां आ सकें। तुम्हारे जीवन का दूसरा अध्याय अभी से शुरू होने वाला है, इसलिए मैं तुमसे और इस पृथ्वी से विदा लेना चाहता हूँ।"

देव (बेहद आश्चर्यचकित होकर): "लेकिन बाबा, मुझे आपका कोई पत्र नहीं मिला, क्या वह पत्र वास्तव में पोस्ट किया गया था!"

योगी बाबा: "क्या कहते हो बेटे! मुझे पता है की तुम इतने दिनों बाद आओगे, तुम्हे ढूंढ़ने से भी रास्ता नहीं मिलेगा! इसके लिए मैंने नित्यानंद को सदानंदपुर में पत्र पोस्ट करने का निर्देश दिया था; ताकि पत्र सदानंदपुर में पोस्ट हो जाए और तुम्हे सदानंदपुर आने तक उसे वहीं छात्रावास में रहने के लिए बंदोबस्त किया था। फिर सदानंदपुर तक आने का आसान रास्ता मैंने लिफाफे में लिखा था, पत्र पोस्ट करने के पश्चात नित्यानंद करीब एक सप्ताह तक सदानंदपुर में थे। तब......."

देव (आश्चर्य से): "इसका मतलब है कि मुझे आज तक कोई पत्र नहीं मिला!"

योगी बाबा: “तुम्हे कैसे मिलेगा! वह जो मेरी बेटी, तुम्हारी जगह आयी, मन से बहुत अच्छी है। नित्यानंद उसे लेकर यहां आये, उन्होंने आकर मेरी देखभाल की और अच्छी सेवा की, तभी मैं स्वस्थ हुआ।”

देव ने अपने सिर पर हाथ रखकर सोचने लगा कि यह कैसे हो गया! योगी बाबा अपनी कुटिया में चले गये।

कुछ दूरी पर एक आश्रम-कन्या लाल किनारी, सफेद साड़ी, माथे पर चंदन की बूंदे, एक हाथ में पुष्पमाला और दूसरे हाथ में जल से भरा कमंडलु लिए मंदिर की ओर आ रही है। एक-दूसरे को देखकर खुशी से अधीर हो जाते हैं, मानो दोनों ने अपने जीवन की खोई हुई सर्वोत्तम संपत्ति पुनः प्राप्त कर ली है।

देव: “तुम्हे यहाँ..... इस तरह अकेले आने का, मैं सपने में भी सोच नहीं सकता! यह चमत्कार कैसे हुआ!”

सुलोचना: “तुम अकेले ही सब कुछ कर सकते हो! जब मुझे वह पत्र मिला, तो मैंने सोचा कि यदि यह पत्र तुम्हे हाथ लग जायेगा तो तुम मुझे छोड़कर अकेले ही यहाँ आ जाओगे। फिर दो दिन बाद विषधर के गले में माला पहनना पड़ता, जो मेरे लिए मौत के बराबर है। फिर मैंने सोचा कि जब योगी बाबा ने पत्र में आने की सारी बातें लिखी हैं, तो एक बार कोशिश करके देखूँ, उस समय बिषधर के हाथ से बचने का मेरे पास और कोई रास्ता नहीं था। इसलिए बिना किसी देरी के मैं सुबह होने से पहले ही बिना कुछ खास लिए घर से निकल पड़ी। यह ईश्वर की कृपा है कि मुझे आने में कोई कठिनाई नहीं हुई। यहां आने के बाद योगी बाबा ने मेरे कपड़े और रहने की सारी व्यवस्था की; मैंने सारी बात बतायी तो योगी बाबा बोले, ‘तुमने जो किया सही; लेकिन तुम्हारे माता-पिता को बहुत कष्ट होगा। जिसके लिए, योगी बाबा ने मेरे यहां पहुंचते ही मेरे पिता को एक पत्र लिखा। लेकिन यह

पत्र वहां पहुँचने में समय लगेगा। देव ने सुलोचना की फूलों की सजावट से कुछ फूल उठाए, कुछ छोटी माँ की कब्र पर और कुछ मंदिर में अंजलि अर्पित की; धीरे-धीरे सीढ़ियों से नीचे उतरे और देखा कि योगी बाबा अपनी कुटिया से बाहर निकलकर उसकी ओर आ रहे हैं।

योगी बाबा: "देव, आज समय हुआ है, मैं तुम्हें सब सच बताऊंगा। तुम्हारा माता और पिता दोनों एक दूसरे के लिए ही बने थे। तुम उनके इकलौते पुत्र थे, तुम्हे बहुत प्यार करते थे, लेकिन समाज ने तुम्हारे माता-पिता के अनवर्ण विवाह को स्वीकार नहीं किया। समाज के निम्न सोच वाले लोग जाति के आधार पर तुम्हे और तुम्हारे माता-पिता को मारने की साजिश रचते हैं। तुम्हें बचाने के लिए तुम्हारे माता-पिता इस जंगल में आये और स्वेच्छा से मर गये ताकि तुम जीवित रह सको। तुम्हे माता के इस मंदिर में तुम्हारी देखभाल करने और एक अच्छा इंसान बनाने के लिए मंदिर की माँ से तुम्हारे माता-पिता ने प्रार्थना की थी। मैं जब तुम्हे मंदिर में देखा तब तुम बहुत छोटे थे। मैं तुम्हे अपने पास रखकर एक अच्छा इंसान बनाने के लिए प्रयास करता रहा। आज के समाज में खुद को स्थापित करने के लिए बहुत अधिक शिक्षा और ज्ञान की आवश्यकता होती है, जो यहां पर्याप्त नहीं था। तुम्हें सब कुछ जानना आवश्यक है, इसलिये मैं तुम्हें अपने प्रिय शिष्य विजय के पास भेजा था। भेजने से पहले मैं तुम्हें इस वचन में बांध दिया था की तुम्हे यहां लौटना पड़ेगा। इसका करण यह था की तुम अपना कर्तव्य अच्छी तरह से निभाते रहो ताकि कोई प्रलोभन या व्यसन आदि में न फंसो। ये कुछ वर्ष तुम्हारे लिए जीवन की अग्निपरीक्षा थी। कहने का उद्देश्य यह था कि तुम कभी भी गलत संग में रहकर अनुचित जीवन न जिओ, तुम्हें यह भय रहे कि मुझे पुनः योगी बाबा के पास लौटना पड़ेगा। तुमने मेरी आज्ञा मानकर अपनी वफ़ादारी का परिचय दिया है। हमारा चरित्र दुनिया की सब से कीमती चीज है, जैसे हीरे, जवाहरात, सोना, माणिक आदि से कहीं अधिक मूल्यवान है। उस बहुमूल्य

धन को तुम्हारे पास संग्रहित करने के लिए मैंने वचन की गांठ बांध दी। आज तुम्हारी शिक्षा पूर्ण हो गयी; तुम्हे भी धर्म, जाति और मजहब से ऊपर उठकर मानव सेवा ही जिंदगी का उद्देश्य, यही सब को समझाना पड़ेगा। निरपराध लोगों को मारना या घृणा करना यदि कोई धर्म है, तो वह अपधर्म या कुधर्म होगा। आज तुम्हें नये धर्म का विश्लेषण करके समाज को प्रबुद्ध करना है, यदि तुम सचमुच एक महान आदर्श को अनुसरण करते हो तो एक दिन वही आदर्श तुम्हे सम्राट की कुर्सी प्रदान करेगी।"

योगी बाबा धीरे-धीरे तुलसी मंच की ओर बढ़े।

योगी बाबा (दो तुलसी मंच दिखाते हुए): "मैंने तुम्हारे माता-पिता के पवित्र प्रेम के स्मारक के रूप में इस तुलसी मंच की स्थापना की है।"

सुलोचना के हाथ से दो फूलों की मालाएं ली और तुलसी मंच पर चढ़ाया। देव और सुलोचना ने तुलसी मंच और योगी बाबा को प्रणाम किया। उन्होंने दोनों के सिर पर हाथ रखा और आशीर्वाद दिया।

योगी बाबा: "मैं तुम दोनों के जीवन को एक सूत्र में बांधना चाहता हूँ। इसी आश्रम में तुम्हारा विवाह यज्ञ सम्पन्न होगा, जिसके बाद तुम वापस घर जाकर वहां अपनी मर्जी के अनुसार शादी का रस्म निभाते रहना। तुम दोनों के वैवाहिक जीवन आम लोगों से थोड़ा सा अलग होगा। यद्यपि वैज्ञानिक संकरों के माध्यम से जानवरों की उच्चतर प्रजातियाँ बनाने में सफल हो गए हैं, लेकिन वे नहीं जानते कि भविष्य में मनुष्य को कैसे और किस प्रकार देवदूत/महापुरुष के रूप में उन्नत किया जा सकता है। आज से करीब सत्तर-पचहत्तर साल पहले बाबामणि (स्वामी स्वरूपानंद परमहंसदेव), जिन्होंने हमारी अगली पीढ़ियों के माध्यम से देवदूत/महापुरुष के इस पृथ्वी पर आने का रास्ता निकल लिया था। उन्होंने जीवन भर मनुष्य के आदर्श चरित्र के निर्माण के लिए गांव से लेकर शहर तक सभी मनुष्यों के बीच संदेश फैलाया।

ऐसी अनेक पवित्र आत्माएँ हैं, जो पवित्र पात्रों के माध्यम से पृथ्वी पर उतरने के लिए उत्सुकता से प्रतीक्षा कर रही हैं। वे नीचे उतरने के लिए उत्साहपूर्वक आगे आते हैं लेकिन अनुपयुक्त कोख को देखकर निराश होकर वापस लौट जाते हैं। जब तुम्हारे विचार, गतिविधियाँ और आजीविका, प्रेम, पवित्रता और ईमानदारी पर आधारित होंगी तब शुद्ध आत्माओं के आने का रास्ता सरल हो जायेगा। शुद्ध आत्माओं को गर्भ धारण करने के लिए एक पवित्र आश्रय की जरुरत है। इस प्रक्रिया के माध्यम से तुम्हारी अगली पीढ़ी में एक देवदूत/महापुरुष अवश्य अवतीर्ण होंगे; बेटी(सुलोचना को), अपने शरीर, मन और आत्मा को शुद्ध करो ताकि देवदूत उत्साहपूर्वक आ सकें। देव, मेरे पुत्र, तुम्हारी तपस्या से मैं प्रसन्न हूँ; अब तुम दोनों पति-पत्नी अपनी अगली पीढ़ी में शुद्ध आत्मा के अवतरण के लिए संयम रखते हुए वर्षों तक नियमित रूप से सर्वशक्तिमान से प्रार्थना करोगे। तुम दोनों का दाम्पत्य जीवन मन के संकीर्ण विचारों को सदा के लिए निर्वासित कर, श्रेष्ठ विचारधारा का पालन करते हुए पवित्र विचारों में बिताओगे।"

यह एक अनोखा कार्यक्रम जो योगी बाबा के आश्रम में होने जा रहा है; संसार त्याग किया एक संत ने दो आत्माओं के मिलन के लिए शादी का आयोजन में लगे है। जहां समाज और परिवार को छोड़कर त्याग के मार्ग पर चलने के लिए पारिवारिक रिश्ते-नाते तोड़ दिए हैं, वहीं अब पारिवारिक रिश्तों को स्थापित करने के लिए पुत्र-कन्या दोनों के पिता के रूप में कार्य कर रहा है। सदानन्दपुर से कई लोग आये; सुहासिनी, कमलिनी, नंदिनी, चित्रलेखा सभी सुलोचना की तैयारी में लगे है। ब्रोकन हारु सुबह से ख़ुशी ख़ुशी उसका एकतारा लेकर गाना गाने लगा।

मुझे डरने की जरुरत नहीं रे

सुख और दुःख में

विपत्ति संकट आते है

अगर तुम मिल जाओ
डरने की जरुरत नहीं रे

सोना, चांदी, और पैसा, मकान
मोटर गाड़ी और कीमती सामान
रिश्तेदार, दोस्त, सागा-सम्बंद
मैं कहाँ छोड़कर जाऊं रे
काम-क्रोध, लोभ, माया-मोह
उसी में डूबा रहता हूँ
जाऊंगा कैसे तुम्हारे पास
जेब में फूटी कड़ी नहीं रे
कृपया मुझे इतना ही दो
तुम्हारा शरण में मुझे ले लो
चाहिए नहीं और कुछ मुझे
एक बार तुम मुझे मिलो
मुझे डरने की जरुरत नहीं रे

मन को छू लेने वाले, भावपूर्ण हृदय से गाए उनके गीतों को सुनकर हर कोई मंत्रमुग्ध हो जाता है। धीरे-धीरे शाम होने लगी, योगी बाबा के निर्देश पर माता के मंदिर से कुछ दूरी पर जंगल में एक छोटे से पंडाल की तरह यज्ञ कुंड बनाया गया है। चारों ओर गैस और मिट्टी के तेल की बत्तियाँ जलाई जाती हैं, शंख ध्वनि के साथ विवाह यज्ञ की शुरुआत की जाती; नवविवाहित जोड़े को यज्ञ वेदी के सामने लाकर बैठाया गया। कुछ देर बाद योगी बाबा आए और

मंत्र पढ़ते हुए अग्नि को साक्षी मानकर उन दोनों की शादी के रस्म को आगे बढ़ाया, पूरा क्षेत्र रोशन हो गया। जंगल में रात के अँधेरे में अनेक आश्रम के पालतू और जंगली जानवर भी यज्ञ में शामिल हुए; आश्चर्यजनक रूप से सभी जानवर जैसे लोमड़ी, कुत्ता, बंदर, दो बड़े हिरण, यहां तक कि सांप भी सिद्ध साधक की चमत्कारी महिमा को महसूस करते हुए अनुशासन में घूम रहे हैं। सुलोचना रात के अंधेरे में जंगल में बैठकर मंत्र का जाप कर रही थी और उसे ऐसा महसूस हो रहा था मानो वह देवलोक में देवता के साथ बैठी हो। विवाह की रस्म पूरी करने के बाद सभी खड़े हो गए।

योगी बाबा: "जब सर्वशक्तिमान की इच्छा से इस विचित्र समारोह के माध्यम से तुम दोनों का मिलन हो गया है, तो तुम दोनों को मेरी आज्ञा का पूरे दिल से पालन करना होगा। एक दिन या एक क्षण के लिये भी मेरी आज्ञा की अवहेलना मत करना। मैंने तुम दोनों को पति-पत्नी के रिश्ते को गौरवशाली बनाने के लिए अपने दिल से आशीर्वाद देता हूँ, तुम दोनों पति-पत्नी पूर्ण पवित्रता और संयम से रहोगे, कभी भी अधर्म के मार्ग पर नहीं चलोगे। मैं जानता हूँ कि तुम दोनों यहां आने से पहले से ही एक-दूसरे से प्यार करते आए हो, मैं प्रार्थना करता हूँ कि तुम दोनों का प्यार बरकरार रहे। यह मत भूलो कि एक अच्छा पेड़ अच्छा फल देता है, तुम दोनों अपने प्रयासों के परिणामस्वरूप एक देवदूत या एक सुपरमैन या एक अच्छा इंसान बनाने के लिए दुनिया के इतिहास में एक नया अध्याय लिखने जा रहे हो। याद रखो कि तुम संयम के माध्यम से जिस पवित्र आत्मा का आह्वान करोगे वह देश, समाज और लोगों के कल्याण के लिए आएगी। हिंसा, गुटबाजी, आदमी से आदमी को नफरत को भुलाकर सबको सत्य, प्रेम और त्याग के मार्ग पर चलने के लिए निरंतर प्रेरित करते रहना। तुम्हारे उच्च विचार परिणाम स्वरुप शरीर की प्रत्येक कोशिका और मांसपेशी में एक अजीब शक्ति उत्पन्न होगी जो तुम्हे उच्चतम स्थिति में ले जायगी। तुम दोनों के मिलन से एक

असाधारण संतान का जन्म होगा, जो जन्म से ही दुर्लभ गुणों से युक्त होगा। मैं तुम्हारे उस बच्चे की प्रतीक्षा में जीवित रहूँगा, अब बाकी सब तुम्हारे हाथ में है। क्या तुम भविष्य में एक बेहतर इंसान और समाज बनाने के लिए पारंपरिक जीवन जिओगे, या आदर्शों के रास्ते पर चलोगे, जैसा कि मैंने कहा। मुझे विश्वास है कि तुम वह कर सकते हो, जो मैंने कहा है।

सुलोचना और देव एक साथ योगी बाबा के चरणों में झुककर प्रणाम करके एक नया जीवन बनाने का वादा करते है। जब अगली सुबह बाबा उठे और उनके जाने की सारी व्यवस्था की तो सुलोचना और देव रोने लगे, उनके बार-बार अनुरोध के बावजूद योगी बाबा ने उन्हें वहां रुकने की अनुमति नहीं दी। अंत में देव और सुलोचना एक सजी हुई पालकी में बैठकर एक-एक करके सभी को अलविदा कहकर अपने गंतव्य स्थान की ओर चल पड़े।

विजय सेठ के घर पर बुरे वक्त के काले बादल छा गए हैं, बेटी की शादी की तमाम तैयारियों के बावजूद कोई नहीं कह सकता कि वह जिंदा है या मर गए! विजय सेठ अंदर ही अंदर इतना टूट गया है कि वह घर से बाहर भी नहीं निकलता, अगर कोई उनसे मिलने भी आता है तो वह उसे लौटा देती है। देव को बड़ी उम्मीद से घर लाया था, वह सब कुछ छोड़ कर कहां चला गया, इसका कोई पता नहीं। इतने बड़े सेठ परिवार में श्मशान जैसा सन्नाटा छाया हुआ है। दोपहर के चार बजे बरामदे में बेंत की बड़ी कुर्सी पर बैठे विजय सेठ मन ही मन अचानक जो कुछ हुआ उसके बारे में सोचने लगे।

सावित्री (आती है और उसके सामने मेज पर रखी चाय की कप-प्लेट उठाती है और उसके हाथ में दे कर कहती): "चाय तो पी लीजिये, ठंडी हो रही है।"

विजय सेठ (एक आह भरते हुए): "और चाय...!"

कप लेता है और धीरे-धीरे दो घूंट पीता है।

अचानक मुख्य द्वार से आती हुई एक महिला पर ध्यान गया जिसका पूरा चेहरा लगभग घूंघट से ढका हुआ था।

सावित्री: "कौन हो तुम! कौन हो?"

महिला: "मैं दुखी हूँ!"

विजय सेठ और सावित्री यह नहीं सोच पा रहे है कि यह औरत कौन है! यह अपना मुँह कपड़े से क्यों ढँक रही है! और घर में चोरी-छिपे क्यों घुस रही है!

सावित्री: "तुम कौन हो, और अपना चेहरा ढक कर चोरों की तरह इस घर में क्यों घुसे हो?"

चेहरे से कपड़े बगौर हटाए रोने लगी....

महिला: "क्या आप मुझे नहीं पहचानती मैडम! मैं इस घर की दासुमा हूँ...."

सावित्री (चौंककर) "तुम इस तरह चोरों की तरह क्यों खड़ी हो, तुम्हें क्या हो गया?"

दासूमा: "मैं अब इस घर में काम करने के लायक नहीं हूँ, और आज के बाद कभी आउंगी नहीं।"

सावित्री: "अच्छा बताओ क्या हुआ! तुम क्यों नहीं आ सकती? ऐसे दूर क्यों खड़ी हो, पास आओ।"

धीरे-धीरे सीढ़ियाँ चढ़कर सावित्री के पास खड़ी हुयी लेकिन कुछ बोल नहीं पायी।

सावित्री: "बताओ तुम्हें क्या हुआ?"

दासूमा: "मैडम, मैं बहुत बड़ी पापी हूँ, मैं आपको कैसे बताऊँ कि मैंने कितना बड़ा पाप किया है!"

विजय सेठ: "तुमने जो किया, वह गलत किया; अब इसे छुपाओ या कहो! जो कुछ भी होने वाला है वह हो चुका है, लेकिन तुम हमें बताओं, तो हम कुछ व्यवस्था कर सकते है, तुम्हे जो भी कहना है बेझिझक कह सकती हो।"

दासूमा: "बाबू, मैं आपके घर में काम कर रही थी और दो वक्त का खाना अच्छा से मिल रहा था। लेकिन मुझे पता नहीं था कि मेरी नसीब पर क्या लिखा है। मैंने अपने आप को उस विषधर बाबू की बातों में बेच दिया था। एक दिन विषबाबू ने मुझसे कहा, 'सुनो, मैं तुम्हें इतने पैसे दूंगा कि तुम्हें लोगों के घरों में काम करने की जरुरत नहीं पड़ेगी। तुम मैडम के गले में जो नेकलेस है, कैसे भी हो उसे लाकर मुझे दो। फिर जब सब को पता चलेगा तो देव का नाम ले लेना। बाबू, वो देव भाई साहब निर्दोष हैं, उनके साथ मैंने इतनी बड़ी गलत काम किया की भगवान भी मुझे माफ नहीं करेगा। झूठी बदनामी और लांछन मेरे बजह से वो कितना कष्ट सहा है, मैं महापापी हूँ...... मैं महापापी हूँ...... मेरे पाप को कोई क्षमा नहीं करेगा।"

विजय सेठ (कुर्सी से उछलते हुए): "तुमने हमारे घर को बहुत नुकसान पहुँचाया है, एक हीरे जैसे लड़के को झूठे आरोप लगाकर तुम लोग उसे जीते जी मार डाला! तुम बहुत सज़ा के हक़दार हो!"

दासूमा: "मेरे लिए अब क्या सज़ा बाकी है..."

वह चेहरे का कपड़ा एक तरफ खींच लेती है, जिसे देखकर लोग कांप उठेंगे। उसे देखकर सावित्री और विजय ने डर के मारे अपनी आंखें बंद कर

लीं, चेहरा बुरी तरह से जल गया है, आंख, मुंह, नाक साफ दिखाई नहीं देता। वह तेजी से सीढ़ियों से नीचे चली गयी और कहती रही...

"मैं बहुत बड़ी पापी हूँ..... मैं बहुत बड़ी पापी हूँ..... मुझे माफ कर दो....... मुझे माफ कर दो!"

असमंजस में विजय सेठ फिर कुर्सी पर बैठ गये.......

सुजॉय पिता के पास आकर भारी आवाज में........

सुजॉय: "इसके लिए मैं भी कम ज़िम्मेदार नहीं हूँ; मैंने जो किया है वह अक्षम्य है! विष की बातें सुनकर उस सीधे, सरल, मासूम लड़के को आहत किया, उसने बिना विरोध किए सबकुछ सहन कर लिया। वह साधारण मनुष्य नहीं है, जो इतने अन्याय सहन करते हुए भी हमे दो शब्द भी नहीं कहा। जब तक मैं उससे माफी नहीं मांग लेता, मुझे इस जीवन में शांति नहीं मिलेगी।

सभी ने देखा कि मयूरी धीरे-धीरे आगे आ रही है, उसके सिर के बाल बिखरे हुए है, साड़ी भी बार-बार उसके शरीर से नीचे गिरती जा रही है, पर उसे पता ही नहीं चला। उसके चेहरे पर चिंता और उदासी के भाव है।

सावित्री: "तुम्हें फिर क्या हो गया!"

मयूरी: "आंटी, मुझे सब पता चल गया है, मेरे साथ बिषधर की शादी के लिए सब कुछ तय हो गया था, लेकिन उसने मुझे गलत बताकर सुलोचना से शादी करने की तैयारी कर ली। जैसे ही सुलोचना से उनका विवाह नहीं हुआ, मुझे सारा समाचार मालूम हो गया, उन्होंने मेरे सामने सब कुछ खुल कर कबूल कर लिया और बार-बार कहाः ईश्वर नाम की भी कोई चीज होती है। चाहे मेरी सजा कितनी भी बड़ी हो, मैं उसे स्वीकार करूंगा, मैंने इस जीवन में इतना गलत काम किया की भगवन भी मुझे माफ़ नही करेंगे।"

वैनिटी बैग से धीरे-धीरे एक नेकलेस निकालते हुए...

मयूरी: "यह उसने मुझे दिया था, सुनार से थोड़ा संशोधन और चमकाने के बाद। वह आपकी संपत्ति का लालची था।"

विजय सेठ (गुस्से से काँपते हुए कुर्सी से खड़े होकर): "विषधर कहाँ है!"

नेकलेस को हाथ में लेकर परखते हुए देखा मेन गेट से एक कार को अंदर आते, गुस्से से कांपते हुए अपनी कुर्सी से उठ खड़ा हुआ।

जैसे ही कार अंदर दाखिल हुई, सुलोचना और देव योगी बाबा के आश्रम के दो सेवकों के साथ कार से बाहर निकले, सेवकों के हाथ में सुलोचना और देव की शादी का छोटा सा भेट था, जिसे योगी बाबा ने आशीर्वाद के रूप में भेजा। विजय सेठ ने अति प्रसन्न होकर सुलोचन को गले लगा लिया।

विजय सेठ: "तुम आ गाये हो माँ!"

जब देव ने किया सावित्री को प्रणाम-

सावित्री (उसके सिर और शरीर पर हाथ फेरते हुए) "बेटा तुम युग युग जिओ।"

जब हर कोई एक-दूसरे को पाने की खुशी में डूबा हुआ था, सुजॉय थोड़ी दूरी पर सिर झुकाए खड़ा था। सावित्री और विजय सेठ को प्रणाम करने के बाद सुलोचना और देव सुजॉय की ओर बढ़ते हैं...

सुजॉय (सिर झुकाए हुए): "मैं तुम्हारा बड़े भैया होने के योग्य नहीं हूँ।"

धीरे से अपना सिर उठाया और देव की ओर देखा और उसका हाथ पकड़ कर रो पड़ा....

सुजॉय: "तुम जानते हो कि मैंने कितना गलत किया है तुम्हारे साथ! मैं जानता हूं कि यह गलती अक्षम्य है, लेकिन अगर तुम मुझे माफ नहीं किया, तो मेरे दिल में शांति कभी नहीं मिलेगी।"

देव: "क्या कहते हो बड़े भैया, मैं तो इतना जानता हूँ कि मैं एक इंसान हूँ; इंसान होकर किसी दूसरे इंसान को मैं क्या माफ कर सकता हूँ! केवल वही क्षमा कर सकता है जो सर्वशक्तिमान है, चाहे आपने कोई भी गलत काम किया हो, सभी लोगों की कुछ गलतियाँ होती हैं, इसे याद नहीं रखना चाहिए।"

सुजॉय और देव एक दूसरे को गले लगाते हैं।

योगी बाबा का अनुगामी (योगी बाबा द्वारा भेजा गया छोटा सा उपहार विजय सेठ को सौंपते हुए): "यही बाबा ने आशीर्वाद के रूप में दिया और हमसे कहा कि जब सुलोचना और देव पहुँच जाए तब उनके लिए देना और आश्रम में लौट आना।"

विजय सेठ: "आज मैं किसी को बता नहीं सकता कि मैं कितना खुश हूँ, एक पिता के रूप में मैं अपनी बेटी की शादी नहीं करवा सका या मुझसे कितनी बड़ी गलती हो जाती, जो योगी बाबा ने बिल्कुल सही किया।"

उपहार को एक बार सिर पर रख कर सावित्री को सौंप दिया....

विजय सेठ: "सावित्री, बेटी की शादी का पहला मिठाई उन्हें दो, जो योगी बाबा के आश्रम से आए हैं। आज शुरुआत उन लोगों से करो; शंख बजाओ, भोंपू बजाओ।"

योगी बाबा का अनुगामी मिठाई खाकर चले गए।

विजय सेठ (दोनों बाहों में देव को गले लगाते हुए, उसकी आंखों से खुशी के आंसू गिरने लगे): "जानते हो बेटे, मैं आज तुम्हें सच बता रहा हूँ,

योगी बाबा ने मेरा सपना सच कर दिया है, बाकी तुम और सुलोचना उनके आदेशों का पालन करोगे।"

देव को योगी बाबा की सलाह तुरंत याद आती है, "यदि कोई अपने आप को महान आदर्श के अधीन समर्पित कर देता है, तो आदर्श उसे एक दिन सम्राट की गद्दी पर बिठा देगा।"

विजय सेठ ने देखा कि विषधर सिर झुकाए उनके घर की ओर आ रहा है, एक पल में उसके सिर गरम हो जाता है। बालकनी में लगे लकड़ी के बक्से का दरवाज़ा झटके से खोलकर बंदूक निकाल ली और विषधर को निशाना बनाकर उंगली से ट्रिगर दबा दी, देव तुरंत विषधर के सामने आकर खड़ा हो गया। उसी समय बन्दूक से गोली निकली, उसकी आवाज से दीवार पर टंगे शीशे का शीशा टूटकर जमीन पर गिर पड़ा। गोली देव के बाएं कंधे पर लगी, देव जमीन पर गिर गया। हर तरफ चीख-पुकार मच गई, सुलोचना रोते हुए देव के शरीर पर गिर पड़ी।

देव (किसी तरह घाव को दूसरे हाथ से पकड़कर हांफते हुए): "हिंसा नहीं, प्रेम करना ही मनुष्य का धर्म है; मैं अपने जीवन में लोगों को केवल प्यार देना चाहता हूं। मेरी जिंदगी का शब्दकोष में जीने का मतलब है प्यार जिसे स्वर्ग कहा जा सकता और नरक मतलब है नफ़रत। हिंसा या नफ़रत नहीं प्यार ही बाँटना है।"

सुजॉय ने जल्दी से देव को खड़ी कार में उठाया और अस्पताल के लिए निकल गया। अस्पताल परिसर लोगों से भरा हुआ है, सभी एक ही सवाल कर रहे हैं, "देव कैसा है!"

कुछ घंटे इंतजार करने के बाद डॉक्टर ने कहा, "गोली सफलतापूर्वक निकाल ली गई है, अगर यह बगल में यानी दिल में लगी होती तो इसे बचाया नहीं जा सकता था।"

कुछ दिन अस्पताल में रहने के बाद डिस्चार्ज होकर देव विजय सेठ के घर लौट आया; घर में खुशी का ज्वार उमड़ पड़ा है। विजय सेठ ने सभी को सूचित किया कि कुछ दिनों के बाद देव और सुलोचना की शादी का एक भव्य रिरोप्शन होगा। सभी एक-एक करके देव को देखने आते हैं, मयूरी पश्चाताप करती है और देव के पास आती है; विषधर के कृत्य के लिए माफी मांगती है। उसी समय विषधर आ पहुंचा।

मयूरी (चिल्लाते हुए): "विष, तुम फिर से यहाँ आए हो! फिर से कुछ अनहोनी घटना घट सकती....."

विषधर एक-एक कदम आगे आता है; सावित्री, सुजॉय, सुजॉय की पत्नी, विजय सेठ, सुलोचना, रिश्तेदार और घर के सभी लोग खड़े होकर उसे देखते रहे। कोई उससे बात नहीं करता; विषधर देव के सामने आया और उसने सुलोचना के साथ उसकी शादी की तोहफे के रूप में अपने पास मौजूद बैग से योगी बाबा की एक खूबसूरत सोने की फ्रेम वाली तस्वीर भेंट की।

देव (उसे गले लगकर): "हिंसा मानव हृदय में देवत्व को जागृत नहीं कर सकती, उसके लिए शुद्ध प्रेम की आवश्यकता है। एक सच्चा दोस्त ही जो प्यार से दूसरे की हृदय में देवत्व को जगाने में मदद करता है, अब से तुम मेरे दोस्त हो। प्रेम ही जिंदगी का मुख्य उद्देश्य है। हम सभी को विश्व प्रेम दिवस मनाना चाहिए ताकि विश्व के सभी मनुष्य प्यार का बंधन से एक हो जाए।"

विषधर (घुटने के बल पर आधे बैठे और हाथ जोड़कर): "क्या तुम इंसान हो! वो इंसान तुम हो जो मुझ जैसा शैतान को इंसान बनने का ताकत दिया है। आज से, मुझे "भगवान नहीं इंसान चाहिए।".

समाप्त

www.ingramcontent.com/pod-product-compliance
Lightning Source LLC
LaVergne TN
LVHW052138041026
849558LV00042B/542
9789359893969